味象書屋零稿

孙维城 ◎ 著

安徽师范大学出版社

· 芜湖 ·

图书在版编目(CIP)数据

味象书屋零稿 / 孙维城著 .— 芜湖 : 安徽师范大学出版社 , 2024.2
ISBN 978-7-5676-6653-5

Ⅰ.①味… Ⅱ.①孙… Ⅲ.①中国文学—古典文学研究—文集 Ⅳ.①I206.2-53

中国国家版本馆 CIP 数据核字(2024)第 048439 号

味象书屋零稿

孙维城◎著

责任编辑 : 李克非　　　　　　责任校对 : 胡志恒
装帧设计 : 张　玲　汤彬彬　　责任印制 : 桑国磊
出版发行 : 安徽师范大学出版社
　　　　　芜湖市北京中路2号安徽师范大学赭山校区
网　　　址 : http://www.ahnupress.com/
发 行 部 : 0553-3883578　5910327　5910310(传真)
印　　　刷 : 江苏凤凰数码印务有限公司
版　　　次 : 2024年2月第1版
印　　　次 : 2024年2月第1次印刷
规　　　格 : 700 mm × 1000 mm　1/16
印　　　张 : 16　　插　页 : 3
字　　　数 : 240千字
书　　　号 : ISBN 978-7-5676-6653-5
定　　　价 : 50.00元

凡发现图书有质量问题,请与我社联系(联系电话:0553-5910315)

全家福

作者与弟子谷卿在安庆书房

作者60岁在庐山

宋韵

SONGCI RENWEN JINGSHEN YU SHENMEI XINGTAI TANLUN

宋词人文精神与审美形态探论

孙维城 著

安徽大学出版社

中国古代文学论丛

千年词史待平章
——晚清三大词话研究

QIANNIAN CISHI DAI PINGZHANG

孙维城 著

北京师范大学出版集团
安徽大学出版社

况周颐与蕙风词话研究

孙维城 张传信 著

黄山书社

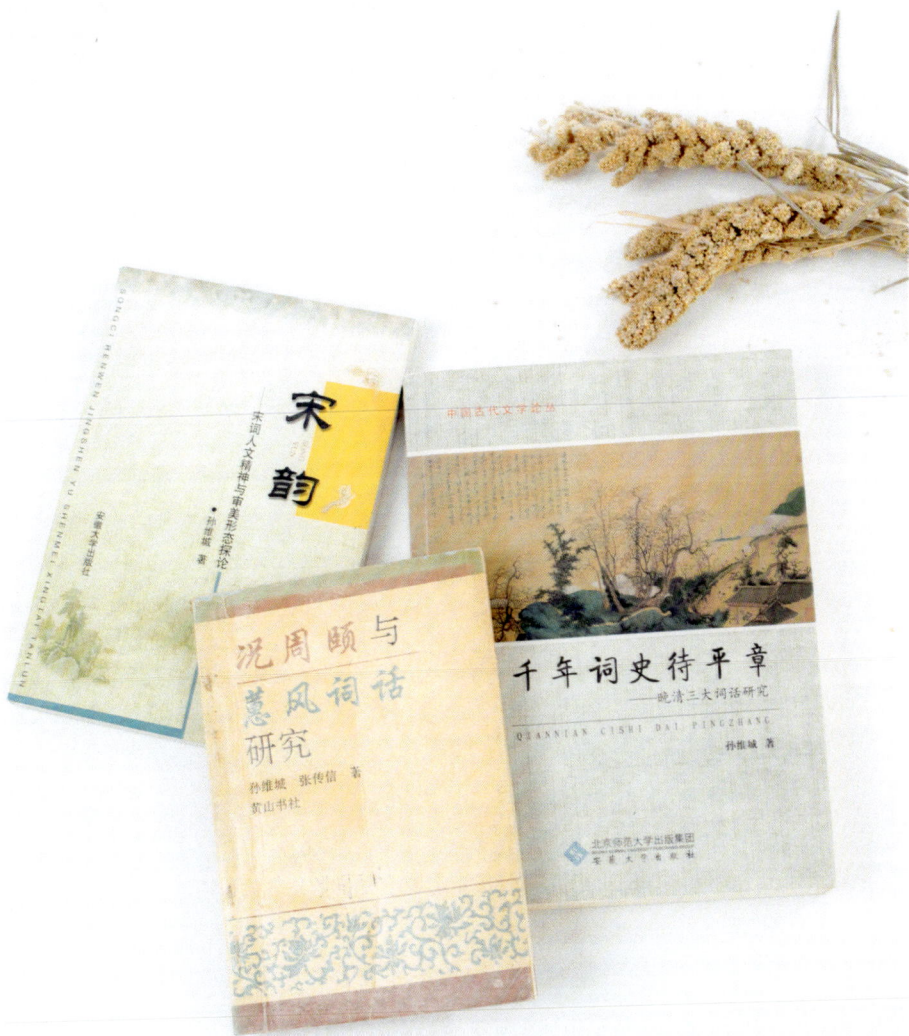

主要学术著作

学术著作与教材

文献整理与点校

本书由安庆师范大学皖江文化数字化保护与智能处理重点实验室资助

自　序

真是敝帚自珍，已经退休10年了，出了9本书了，还想起来有一些零章碎简没有面世，不免可惜。在弟子谷卿的鼓动下，决定将这些碎屑收集起来，出一本小集子，名曰《味象书屋零稿》，其中包含四个部分：宋代文学简说，博文论学，研余随记，韵语掬存。

第一部分是"宋代文学简说"。我看过许多宋代文学史与作品选，都是务求全面，不能说不好，也是需要的；但我想写一部极简极精并与文论结合，具有个体风格的以作品为主的宋代文学史，这就有了这部宋代文学简说。实际是对自己三十年的研究与教学的巡礼，我的研究基本在宋代文学及历代词学，教学在唐宋文学，尤其对词学理论有自己的体会。这一部分表现出两大特点，第一，以宋韵及意境为理论核心串联成篇，文中的综述、作者介绍，注释及作品分析都体现出这一倾向，与一般的作品选稍有不同；第二，我讲课注重对作品的逐句分析，虽小不放过，虽虚亦讲实。这一部分可说是我讲课的精华浓缩。尤其对苏轼的作品分析到位，力求融入自己的理论心得。但不知做得怎样。

第二部分是"博文论学"。"宋代文学简说"是对自己二十年专精研究的巡视，而"博文论学"是对自己知识积累与学术思考的比较广泛的检阅，收录了我从2009年到2014年的博客文章。当时博客流行，我也紧随潮流，但又有不同，一般写博客都是自己的生活感悟，而我实际是论学的时断时续、时快时慢、时长时短、绵延不绝的思考，所以现在起名为"博文论学"。博文写了六年，到2014年，更方便的微信流行起来，博客渐渐式微，我也就搁笔不写了。这一段时间的博文是我论学的断续思考，扔掉又觉不忍，所以就收在这里，一共43篇，内容丰富，干货不少，尤其记载名人轶事与治学、诗词。引一篇较短的看看：

谈"俗"

俗与雅相对，要了解典雅、雅致，就要了解其对立面"俗"。何谓俗？实在不好说。正好大师陈寅恪与钱钟书谈到了这个问题。陈寅恪说"熟就是俗"。这句话出自蔡鸿生《仰望陈寅恪》之附录《学风学位与学问》一文。蔡鸿生说，20年代清华四大导师中王国维、赵元任、陈寅恪三人讨论这个问题，同意陈的看法："熟就是俗"。要创新，唯陈言之务去。我看许多清代的诗就是甜熟，没有一点缺点，但就是没有一点感人之处，这就是俗，所以古人说宁拙毋巧，宁秃毋尖。而钱钟书说，太过，太多就是俗。他在《论俗气》（载《人生边上的边上》）一文中说，俗有两个意义，一是某桩东西中某成分的量超过适当的量，二是这桩东西能感动的人数超过适当的人数。举《石林诗话》说郑谷的诗"格力适堪揭酒家壁，为市人书扇耳！天下事每患自以为工处，着力太过，何但诗也！"魏禧《与友人书》道："着佳言佳事太多，如市肆之列杂物，非不炫目，正嫌有市井气耳！""卖弄装腔以及一切有市井气或俗气的事物就坏在太过太多两点。"太过、太多就会太熟，这就是俗。

我们今天对"俗"一词几乎都是称赞了，通俗，大众化。其实，俗不仅有通俗一义，还有庸俗一义，这一义为陈寅恪、钱钟书批评，他们说得太精彩，是我们没有想到的：俗就是熟，太过，太多。太过，太多就是熟，就是俗。近体诗到了清代，已经炉火纯青，没有缺点了，甜熟了，其缺点就是俗烂。这样的谈论只能在高水平的学者中才能进行，对我们是振聋发聩！所以我把这篇谈"俗"的文章放在这部分的第一篇，好引发后面大量的文字。

第三部分是"研余随记",取顾炎武《日知录》之义。顾氏《日知录》序云:"愚自少读书,有所得辄记之。其有不合,时复改定。或古人先我而有者,则遂削之。积三十余年,乃成一编,取子夏之言,名曰《日知录》,以正后之君子。"我取顾氏之意,也在读书之余,稍作记录,时有感想,时间大概从2001年始,到2016年止,惜未留具体时间。读书的实得我心与豁然开通时时引起我的得意与喜悦。举一例看:

> 明代陈继儒在董其昌《容台集叙》中说:"凡诗文家客气、市气、纵横气、草野气、锦衣玉食气,皆锄治抖擞,不令微细流注于胸次,而发现于毫端。……渐老渐熟,渐熟渐离,渐离渐近于平淡自然。而浮华刊落矣,姿态横生矣,堂堂大人相独露矣。"
>
> 李煜词中看不出皇帝象,富贵气,如他的《乌夜啼》"无言独上西楼",清人茅瑛《词的》评道:"绝无皇帝气,可人可人。"

客气、市气、纵横气、草野气、锦衣玉食气,都应"锄治抖擞,不令微细流注于胸次,而发现于毫端",各色人等都带了自己的自以为得意处,而将诗歌应该有的精微失去,只有李后主不在乎自己的皇帝身份,写出天地境界,所以茅瑛称之为"绝无皇帝气,可人可人"。陈继儒指出这就是"渐老渐熟,渐熟渐离,渐离渐近于平淡自然。而浮华刊落矣,姿态横生矣,堂堂大人相独露矣"。也就是宋人所主张的平淡。联想起来,这不也是陈寅恪、钱钟书所说的"去俗"嘛!客气、市气、纵横气、草野气、锦衣玉食气,不就是太过、太多嘛!这样一想,豁然贯通,天下的学问浑然一体了。想到此处,我不由会心而笑。

第四部分是"韵语掬存",是我的旧体诗词和对联创作,只有53首(副),76岁老翁一生居然只汇集起来这些作品,可见在旧体诗词联语创作上的慵懒了!细思起来,可能是我很难从文学研究中走出来,转换为文学创作,想要写首诗时,常常感到文思阻扰,但是当我准备写诗时,也就调动起全部的思维一心创作，可以说是殚精竭虑，首首都尽了心力。当然也丢弃了一些篇章，1978年上大学前的诗全部丢弃了，后面随手写出的一些也丢弃了。这样也就一年一首诗了，实在说不过去！唯一能够提起的是尚有一些自认的佳作，自觉拿得出手的是2002年写的一首《新居书房感赋》：

> 半世艰难筑屋迟，从拈白发感书痴。
>
> 窗含秀水寻常绿，门掩修篁自在枝。
>
> 坐久偏因观物老，吟余正是忘筌时。
>
> 抚琴欲令千山应，味象何须挂席驰。

尤其"观物老"与"忘筌时"的对仗，都是用典，而且一用儒家典，一用道家典，语气上又能一以贯之。自己偏爱，又拿去找安庆书法家、林散之先生嫡派弟子冯仲华先生写成条幅挂到书房。冯仲华先生不仅给我写了条幅，还另写了匾额"味象书屋"，以后我的书斋就叫味象书屋了，这本小书也连带称为《味象书屋零稿》。

此时，窗外桂树婆娑，细雨如帘。想起当年住到安庆书房写的"窗含秀水寻常绿，门掩修篁自在枝"，那实际是描绘窗玻璃上的刻画，现在在杭州的书房可是正对窗外绿树细雨，时得花香！澄怀味象，怡然自得！

是为序。

孙维城

2022年11月17日于味象书屋

2023年12月4日改写定稿

目　录

宋代文学简说

综　述

　　宋太祖赵匡胤陈桥兵变，黄袍加身，引北上收复燕云十六州的部队南下收复南方几个小王朝，实现了国家的统一，结束了五代的纷乱。统一以后，加强中央集权，有效地防止了武人跋扈作乱，却削弱了国防力量。宋代没有四方之志，燕云十六州始终没有恢复，而边患层出不穷，西夏、辽、金、蒙古，愈演愈烈。这从反面刺激了知识分子，宋代慨叹国耻国难的作品几乎与赵宋王朝同时产生，到了南宋，更成为一百五十年文学的主调。

　　宋代是封建社会后期的开端，统治者加强了对人民的思想钳制。他们感到晚唐五代以来，儒家道统再次失落，而且旧的道统也不能适应封建后期的社会，所以要创立一种既不同于前期儒家思想，又要吸收佛、老思想的新的儒家学说，所以一种适应加强中央集权统治的需要，强化伦理纲常和道德名教的理学兴起。这种坐而论道的作风对文学尤其诗文的议论起了很大的影响，同时也促使宋代诗文从一开始就关心时政，有尚实的倾向。

　　同时，封建社会的后期形态化，唐代辉煌事功的永远消失，使得宋人在高谈阔论以外又有一种无可奈何之感，感到盛世难再，转而表现人的心灵感受、心路历程，正如李泽厚所说："时代精神已不在马上，而在闺房；不在世间，而在心境。"这种社会心理与理学家的道是多么格格不入，所以宋人不能在文中也不能在诗中加以表现，只有词是小道、诗余，这使得言情成了词的专利，为宋人言情保留了一块小小的土壤。而言情的词又恰恰代表了宋代文学的审美特质。

宋代诗词文全面发展，唐宋散文八大家，宋占六家，宋诗虽比不上唐诗，也有自己的特点，宋词更是代表一代的文学样式。此外，宋代白话小说开始兴起，影响了后代的小说，戏曲也有很大发展。下面我们简要介绍宋代的文、诗、词。

宋文。宋初继承五代的风习，讲究骈偶，柳开、穆修等人开始提出恢复韩柳散文的传统，但是影响不大。一直到庆历以后，欧阳修、苏轼等人大力提倡，宋代散文得到大的发展。

欧阳修是北宋诗文革新的领袖，他的主要贡献在散文领域。他学习韩愈的散文，而略过韩文奇崛险怪的一面，发扬其文从字顺的一面，建立了宋文平易晓畅、委曲婉转的风格。他又喜欢奖掖后进，苏轼、苏辙、曾巩出自他的门下，二苏的父亲苏洵也得到他的揄扬，王安石也曾受到他的提携，经过三十年的努力，宋代散文形成了队伍，取得了蓬勃发展，奠定了一代文风。

王安石首先是政治家，他的文章都是密切为政治服务的。他强调文章要"有补于世用"，"适用为本"。散文以政论文为主，"文风峭刻，笔力雄健"，是唐宋八大家之一。

三苏的散文，以苏轼成就最高。苏轼的散文向来同韩、柳、欧三家并称。他的散文以平易自然、文从字顺为特点，往往以描写、叙述、议论、抒情错杂并用，而结构布局又随主题的需要而变化多端，正如他自己所说："大略如行云流水，初无定质，但常行于所当行，常止于不可不止"（《答谢民师书》），"如万斛泉源，不择地而出"（《文说》），而"文理自然，姿态横生"（《答谢民师书》）。

宋代散文以欧、苏为代表，形成了平易晓畅、文从字顺的特点，较之韩愈散文的浩瀚恣肆、洪波涌起，柳宗元散文的奇峰异嶂、层见叠出，显得更加自然，更加亲切。后代散文基本承袭了宋文，尤其是欧、苏的散文，如明代唐宋派的古文，公安派与竟陵派的小品文，清代桐城派的古文等。

宋诗。宋初诗风浮艳，出现了诗坛派别——西昆派。西昆派以杨亿编《西昆酬唱集》得名，这是一部收集杨亿、钱惟演、刘筠等十几个御用文人公余酬唱、点缀升平的诗歌总集。内容单薄，感情虚假，形式上却词藻华丽，声律谐和，对仗工稳，用典贴切。他们号称学习李商隐，却生吞活剥，没有学到李商隐的深情绵邈，只学来了李诗的外形外貌。

欧阳修倡导诗文革新，力戒西昆派的浮艳之风，叶梦得《石林诗话》说："欧阳文忠公诗，始矫昆体，专以气格为主，故言多平易疏畅。"但是欧阳修的创作成就主要在散文领域，在奠定宋诗特色方面，梅尧臣与苏舜钦起到相当的作用，尤其梅尧臣有着开山之功，所以刘克庄《后村诗话》说："本朝诗唯宛陵为开山祖师"。梅尧臣主张诗歌要反映现实，要有兴寄，他还主张"平淡"，他自己说："作诗无古今，唯造平淡难"，欧阳修曾引述他的话说："必能状难写之景，如在目前，含不尽之意，见于言外，然后为至矣"。这种风格后来经苏轼再提倡，并拈出陶渊明，成为宋诗以及诗歌欣赏的重要标准。缺点是受韩愈、孟郊影响，有生硬与散文化的倾向，又爱发议论，同时有些诗也以新颖工巧取胜，他的诗已经开了宋诗工巧、散文化、议论化的先河。

苏轼是北宋诗坛的第一大家，苏诗题材广泛，而真正代表他的诗歌风貌和成就的是抒发个人情怀与歌咏自然景物的作品，尽管作品中时时流露出人生空漠的感伤与企求解脱的愿望，但也表现出对人生的诚挚的情感。艺术上表现出笔力纵横、挥洒自如的特点，往往以奇幻的想象，出人意表的夸张与多种多样的比喻，使他的诗富于一种浪漫色彩，诗的形象显得不够鲜明饱满，而以理趣见长，同时又喜欢以议论为诗，以才学为诗，这是受韩愈以文为诗的影响而又有所发展。这些都体现出宋诗的基本特征，而影响到后来的宋诗作者。

北宋的诗文革新到苏轼而达到高潮，也从苏轼开始趋向分流。古文运动在北宋后期趋于低落，而诗歌则得到长足发展。苏门四学士之一的黄庭坚是当时的诗坛主将，他主张学习杜甫，主张"无一字无来处""点铁成金""夺胎换骨"，影响到一大批诗人，由于黄庭坚是江西人，他们遂被称为江西诗派。江西诗派有所谓的"一祖三宗"，一祖是唐代的杜甫，三宗则是黄庭坚、陈师道与陈与义。江西诗派的诗歌内容由梅苏欧的干预现实转向抒写人生，表现自我。他们作品的常见主题是粪土功名，鄙弃流俗，在鄙弃流俗的同时，他们还表现出退避社会、自我保护的倾向。从艺术追求看，意境方面主张平淡，语言上主张瘦硬劲健，风格上崇尚老成朴拙，诗歌技巧上主张翻新出奇、趋生避熟。由于追求新奇博雅，有从书本上寻求源泉的倾向。

南宋开国，为了维持小朝廷的偏安局面，向金人称臣割地，而广大人民奋起抗金，士大夫也走出了书斋，曾几、陈与义、范成大、杨万里等走出了江西诗派的象牙塔，从退避社会走向了斗争第一线，表现出强烈的爱国热情。陆游是他们最杰出的代表，他的爱国诗篇的内容包括揭露投降派的投降卖国，对沦陷区人民的深切同情，"铁马金戈""气吞残虏"的英雄气概以及壮志难酬的悲愤，带有苍凉沉郁的色彩。陆游是一个善于学习前人及今人的诗人，他对屈原、陶渊明、李白、杜甫、岑参等推崇备至，同时又曾师事曾几，对江西诗派也有所继承，但终于还是跳出了前人的范围，形成自己独特的风格，可以概括为"深沉凝炼，雄浑奔放，平易自然"。七律学杜，他往往把巨大的生活内容压缩在一首短诗中，少对现实做客观具体的刻画，而是抒写个人主观感受，这样，他的七律就如同杜律一样具有凝练深沉的风格特点。七古学李、学岑，将李白的狂放与岑参的奇丽结合在一起，陆游的七古就具有一种雄浑奔放的风格特点。闲适诗学陶学白，闲居生活近白居易，农村生活近陶渊明，他的诗很自然地又取法于陶、白二家，具有平易自然的风格。

陆游等人从反映时代风云出发抛弃了江西诗派，而后起的永嘉四灵与江湖诗人则从形式上反对江西诗派。永嘉四灵指徐照（灵晖）、徐玑（灵渊）、翁卷（灵舒）、赵师秀（灵秀），他们都是永嘉人。他们拈出晚唐诗人贾岛、姚合来对抗杜甫，主张不用典故，尽量白描。但是他们的才气与视野都太小，诗风显得清新刻露，下者更是枯窘贫薄。四灵这种学习晚唐的诗风在布衣、小官中影响推广，就成为江湖诗派。这一派中除少数人官比较大之外，大都是山人、食客，他们以江湖相标榜，多少表现出与当权者不同的在野身份，但是良莠不齐，流品很杂，比较好的有两类，一类狷，保持狷洁之身，一类狂，关心时政，好高谈阔论以博取时名。

南宋最后一个大诗人是文天祥，他在民族危难之际，破家为国，抵抗蒙古的入侵，最后从容就义。他的诗学习杜甫，内容包括为理想献身的豪情与壮志难酬的悲愤两个方面，为宋诗抒写了一个光辉的结尾。

宋诗的成就不如唐诗，但是也有自己的特点，它是唐诗的合理发展与变化。宋人严羽批评宋人"以文字为诗，以才学为诗，以议论为诗"，实际总结了宋诗散文化、议论化以及诗中有学问的特点，另外，宋诗讲究理趣，追求新颖工巧，都是有别于唐诗的特点，宋诗还有一个美学特征，就是主张平淡，更是表现了古代诗歌审美理想的成熟。

宋词。五代词有两个中心，西蜀与南唐。西蜀词首先兴起，承温韦余波，婉丽绮靡，而《花间集》的结集就标志着这一旧阶段的结束；南唐词代兴，情致缠绵，吐属清华，具有中晚唐七绝的风韵。南唐君臣文化修养、艺术修养较西蜀君臣为高，不再沉溺于物质享受与感官刺激，与西蜀词有粗细之分，文野之分，王国维说："词至李后主而眼界始大，感慨遂深，遂变伶工之词而为士大夫之词"。南唐词开辟了下及宋初的词史上的新阶段。宋初词家继承的是南唐词，其代表人物是晏殊、欧阳修，他们多写小令，词风也婉丽柔媚。他们都学习南唐的冯延巳，刘熙载说："冯延巳词，晏同叔得其俊，欧阳永叔得其深"。晏殊词虽然仍有一些男欢女爱的内容，却已经不是其词的主导方面了，其词的绝大部分是抒发士大夫伤春伤逝、伤离伤别的沧桑之感，表现出一种理性的思考。欧阳修强化了词的情感表现，既坚持了文学作品的情感特质，又体现出词体尤为强调窈渺写心的特点，所以他的词尽管仍然是大量男女恋情的表现，却不能认为是五代之余绪，而应看作是北宋初年词对情感的要求，使得词体更加纯情化、审美化了。欧阳修词在艺术表现上具有婉曲层深的特点，更使得词既继承了诗的抒情性，又有别于诗，形成了婉约词特有的表现特征，这正是欧词在宋词中的地位所在。

以晏殊、欧阳修代表的小令篇幅短小，文辞雅致，讲究含蓄，仍然是诗一般的表现，这种小令的体制适应五代宋初宫廷及官僚家庭的需要，而不能适应市井民间、勾栏瓦舍的需要，必须要改革，这个改革的人物就是柳永。柳永慢词的出现是宋代社会政治经济文化发展的需要，其对真宗、仁宗朝承平气象的描写有着史笔的意义。柳永词的内容分前后两期，前期词"多闺门淫媒之语"，后期词则多"羁旅穷愁之辞"。柳永是词史上的一块里程碑，他在词史上贡献是巨大的，第一，发展了慢词。柳永是北宋第一个专力写词，并大量创制慢词的词人，两宋慢词的时代由柳永开始。第二，多用赋体。长调宜于铺陈，所以柳词多用赋体，这种铺叙而有层次的写法成为后来慢词写作的基本方法。第三，雅俗并陈。宋人多说柳永词近俗，实际柳永词并不一味浅俗，他的一些名作，大多俗中有雅，雅不避俗；同时也要看到，柳词的俗，正代表了一个新的方向，代表了新兴市民阶层的审美趣味，上承敦煌曲子词，下开金元曲子，起着桥梁与中介作用。

苏轼是词史上的第二块里程碑，北宋中后期的所有词人几乎没有不受到他的影响。苏轼一生作词345首，不及他的诗歌总数的八分之一，但是他在词坛上的地位并不亚于他在诗坛、文坛的地位。苏轼词坛的地位不仅在于他的创作成就，而且在于他的改革精神，他的改革是以柳永为对手的，柳永慢词以赋的铺叙手法来写，虽能驾驭长篇，却平铺直叙，缺少韵味，柳永大量写作俗词，不够典雅，柳永词内容不外男欢女爱、羁旅行役，比较单调。苏轼明确表示自己的词"自是一家"，表现在：第一，"以诗为词"，其核心为"诗人句法"。汤衡《张紫薇雅词序》说："元祐诸公，嬉弄乐府，寓以诗人句法，无一毫浮靡之气，实自东坡发之。"苏轼曾明确批评秦观学习柳永词："'消魂当此际'，非柳词句法乎"（黄升《花庵词选》卷二）？就是以诗的写法来反对柳永词的赋的写法。苏轼的《水调歌头》"明月几时有"就是诗的写法的典范，接近李白的长篇乐府诗。第二，主张有韵味。苏轼"以诗为词"不是抹杀词的文体特点，也不是全盘否定柳永的铺叙，而是改造柳词平铺直叙的毛病，以诗的写法糅进赋的写法，使词如同诗一样具有一种韵味。"韵味"要求作品具有言尽意永，余音缭绕的效果。一般认为苏轼改革词风，主张豪放，这是一种误解，说苏词豪放，不如说苏词旷达，苏轼的《念奴娇》"赤壁怀古"、《水调歌头》"明月几时有"、《定风波》"莫听穿林打叶声"等词都表现出一种旷达的风格特点，而真正称得上豪放的词并不多。旷达是一种人生态度与艺术的审美态度的统一，其对作品的要求就是具有余音缭绕的韵味。韵味与俚俗是不兼容的，所以苏轼反对柳词的俚俗。第三，扩大词境。苏词境界阔大，不仅有儿女柔情，也有英雄事业，不仅有宦游感慨，也有兄弟、家人的情谊，不仅有贤人君子的遗迹，也有农村生活的抒写，不仅以情致胜，而且以理趣胜。可以说，凡是入诗的题材都可以入词，为词境开疆拓土，使词走出了花间的小径。

苏门四学士之一的秦观是这一时期重要的词人。一般都认为秦观作词与苏轼不同，而继承了柳永。秦观是有一些俗词学习柳永，黄庭坚也有，这反映了一时的风尚，但并不占秦词的主流。秦词的主流是典雅的，今传少游词以小令居多，兼有李煜的淡雅深婉与晏几道的妍丽俊逸。秦观慢词多写羁旅行役中的感受，往往"将身世之感打并入艳情"（周济语），使其作品充满了人生的感慨，这就是苏门所要求的韵味，说明秦观并不是与苏轼背道而驰，至于风格上的不同，正是优秀作家应该具备的。

后出的周邦彦是北宋词的殿军，慢词到他趋于定型成熟。周邦彦对词坛的贡献，吴熊和在《十大词人》中认为有四点：第一，善于创调，严于持律。周词共用了88个词调，自创的有40调，在宋词人中，仅次于柳永。柳永所创词调俚俗，周邦彦创制的词调则去俗复雅，音韵清蔚。第二，融化唐诗，浑然天成。北宋前期词大多取径于花间南唐，周邦彦善于融化唐诗，使宋词在继承唐诗方面前进了一大步。周氏的融化唐诗不仅在字面，而且在意境，形成周词丰富典雅而又饶有情致的特点。第三，下字运意，皆有法度。周邦彦的慢词长调章法绵密，布置停匀，浑厚而不废勾勒，转折而兼顾首尾。周词还注重炼字炼句，其名句举不胜举。第四，传奇入词，误成佳话。吴熊和认为："周词之所以为人生发附会，与他在词中加强'述事'的因素不无关系"，无意中道出了周词的基本特点，即叙事。一般论者认为周词继承柳词的铺叙，变柳词的平铺直叙为往复腾挪，而往复腾挪是怎样的？他们并未深究。其实，铺叙是对景物的描写，是空间的；而往复腾挪是时间的，忽今忽昔，穿插往复。周邦彦词有景物描写，但是并不多，多的是叙事，忽今忽昔，往复腾挪，如《兰陵王》"柳"。引叙事入慢词，是苏轼"以诗为词"的一种尝试，他是尝试以长篇乐府诗的写法作词，周词在这一点上继承了苏词。周邦彦继承了苏门诗的写法即叙事抒情的写法与柳永赋的写法即铺叙景物的写法，形成了自己熔叙事、写景、抒情于一炉的写作方法，成为北宋词坛的殿军，是为"集大成"。

相对于北宋词，南宋词是一大变化，变得工而深了。南宋词有三个大家：辛弃疾、姜夔、吴文英，都出入于北宋而又变化了北宋，以自己的成就卓然挺出。辛弃疾是词中之狂者，他的词以慷慨纵横、不可一世之气概的被拦截，别具一种呜咽沉郁之气；姜夔是词中之狷者，他的词幽韵冷香，藐姑冰雪，如梅如琴，以瘦硬幽冷显示出一种清空之韵；吴文英是末世的忧生者，他的词以蕃丽的外表对比幽怨郁塞的深厚之情，表现一种密丽之美。

辛弃疾词是战士之词、英雄之词，不同于苏轼的士大夫之词，柳、周的词人之词，晏、欧、秦的文人之词，他的词中充满了一种以英雄自诩或以英雄许人，热望恢复祖国河山的壮志豪情，以及深沉的壮志难酬的悲愤。风格上以纵横慷慨、雄深雅健为主，被称为豪放词，他也有不少平淡委婉的词与刚柔相济的词。表现方法上，发展苏轼的"以诗为词"为"以文为词"，经史子集，往往随手拈来，而着手成春。他又大量运用口语入词，给他的词带来新鲜活泼的气息。辛弃疾影响到刘过、陈亮等一些词人，他们被称为辛派词人。

周邦彦在词史上是一个结北开南的人物，姜夔与吴文英都受到他很大的影响。南宋词家张炎以清空、质实评价姜夔与吴文英，对吴文英有所贬抑，但后来演变成疏与密的分派，就不含贬义，而有着某种合理性了。周邦彦对于南宋疏密两派都有影响，清末陈廷焯认为周氏影响到姜夔与史达祖，他说："词至美成，乃有大宗。前收苏、秦之终，后开姜、史之始"（《白雨斋词话》），而周济认为周氏影响到吴文英，他说："问涂碧山，历稼轩、梦窗，以还清真之浑化"（《宋四家词选目录序论》）。我们认为：周邦彦词主要继承苏轼词的诗的写法，即"疏"，其影响于后代的，主要也是"疏"，其继承者故而是姜夔。但是，另外一方面，周邦彦又继承了柳永的赋的写法，即"密"，因此周词也影响到吴文英。

由于所处的社会以及词发展的共同环境，决定了姜夔、吴文英词有着许多共同之处。第一，词的内容都以绮怀为主，也有一些家国黍离之悲。第二，词发展到后期，由俗而雅，由直露而含蓄。姜词号称"骚雅"，吴词也非常雅致；姜词讲究含蓄，吴词为了不露，则用代字、僻典，甚至造成晦涩难懂。第三，精通词律，善于自度曲。姜吴的不同之处就在于疏与密，具体表现为：第一，内容上的空与实。空，情语多，景语少；实，景语多，情语少。第二，章法上的疏与密。疏，多用虚字呼唤；密，不用或少用虚字。第三，用词的淡与浓。姜词设色较淡，而且显得冷幽瘦硬，吴词设色浓丽，多用温（庭筠）李（商隐）字面，张炎批评他如七宝楼台。

总结一下宋词的发展成熟。宋初晏欧词承南唐词的流风余韵，多为小令，词风婉丽柔媚。柳永是北宋第一个专力写词，并大量创制慢词的词人。但柳永慢词以赋的铺叙手法来写，虽能驾驭长篇，却平铺直叙，缺少韵味，苏轼的以诗为词是针对柳词的改革，其核心是诗人句法。周邦彦是北宋词的殿军，他继承了苏轼诗的写法与柳永赋的写法，形成了自己熔叙事、写景、抒情于一炉的写作方法，成为北宋词坛的殿军。相对于北宋词，南宋词是一大变化。南宋词有三个大家：辛弃疾、姜夔、吴文英。辛弃疾词是战士之词，英雄之词，不同于苏轼的士大夫之词，柳、周的词人之词，晏、欧、秦的文人之词。姜夔与吴文英都受到周邦彦的影响，而形成了疏与密两派，具体表现为内容上的空与实，章法上的疏与密，语言上的淡与浓。

作家作品

（一）李煜

李煜（937—978），字重光，25岁嗣位为南唐国主，39岁国破为宋俘，囚居汴京3年，被宋太宗赐药毒死。他是五代时期重要词人。其词可分前后两期，前期词多写宫廷生活，后期词写亡国之痛，尤其后期词达到了前所未有的艺术高度。他的词有一个共同的特点，就是情真，王国维称为有赤子之心。他善于用一些普通的象喻表达自己的情感，而具有包容人世整体的趋势。语言纯净明白，炼极反璞，只有李白、李清照可与媲美。

浪淘沙令

帘外雨潺潺①，春意阑珊②。罗衾不耐五更寒③。梦里不知身是客，一晌贪欢④。　独自莫凭栏，无限江山⑤。别时容易见时难⑥。流水落花春去也，天上人间！

注　释

①潺潺（chán），雨声。

②阑珊，零落，将尽。

③罗衾（qīn），丝绸的被子，这儿指自己盖的单薄的被子。不耐，不能忍受。

④一晌（shǎng），片刻。

⑤无限江山，指已经沦亡的南唐国土。

⑥别时，指南唐国破，与国土分别之时。容易，这儿有轻易、草率的意思。见时难，指被囚禁后，与国土难于再见。

分析

词分上下片。上片写夜晚，下片写白天。上片以倒叙手法，先写梦醒景事，听到帘外春雨潺潺，感到春天将尽。接着以被子不能经受五更的寒冷，暗示自己内心的凄凉，这才转入梦境的描写，梦里不知身是客，是婉转的说法，实际是囚徒，而还在贪图着那片刻的欢乐。这一句包含有无比的沉痛。下片写白天。告诫自己独自一人不要凭栏，因为见到的是故国的无限江山，实际是凭栏了，经过这样一番婉曲，引出情感的抒发：别时容易见时难。别时容易，寄托遗恨于离别的匆促，把仓皇辞庙以来的沉痛情事表达出来了，而见时难，更传达了词人对故土永无再见之期的无比追悔的心情。结尾"流水落花春去也"，以春去照应开头的春意阑珊，更有一种象喻作用，指国破家亡。而最后的"天上人间"，感慨无穷，使人有所意会，却又难以说出。

（二）晏殊

晏殊（991—1055），字同叔，抚州临川（今属江西）人，14岁以神童应举，累官至宰相。他所处的北宋初年是所谓百年无事的时代，作为太平宰相，他过着征歌逐舞的生活，这样，他的词就继承了冯延巳的词风，把词当成了娱宾遣兴的工具。另一方面，宋代是封建社会后期的开端，一种迟暮落寞的心理弥漫在士大夫的心头，因此在晏殊词中又有一种莫名的惆怅，感叹着"时光只解催人老"，"一向年光有限身"的人生变幻。他的词是典型的士大夫词，不以镂金错彩的雕琢为美，而以玉润珠圆的语言取胜，风格疏秀娴雅，雍容典重。

蝶恋花

槛菊愁烟兰泣露①，罗幕轻寒②，燕子双飞去。明月不谙离恨苦③，斜光到晓穿朱户④。　昨夜西风凋碧树，独上高楼，望尽天涯路。欲寄彩笺兼尺素⑤，山长水阔知何处！

注 释

①槛（jiàn）菊，槛，栏杆，槛菊，栏杆里面的菊花。愁烟，指菊花上笼罩着一层雾气。泣露，指兰草上沾着露水。

②罗幕，丝罗织成的帷幕。

③不谙，不熟悉，不深知。

④朱户，朱门，指贵族人家。

⑤彩笺，彩色的笺纸，指精美的信笺。尺素，亦指信笺，古人用素绢书写，绢长一般为一尺，故称尺素。语出《古诗》："客从远方来，遗我双鲤鱼。呼儿烹鲤鱼，中有尺素书。"

分 析

这首词以一个闺中少妇的口气写离别相思之苦。上片写少妇在清晨对室内室外景物的感受。菊花笼罩着烟气，而似有愁，兰草沾上露水，而似哭泣，既是眼前景，又含主人公之情。由此引出少妇处境的描写：罗幕抵挡不住秋天寒气微微透入，反映了独处空房之少妇对节候的敏感。而触目所见呢？梁间燕子比翼双飞而去，燕子双飞，比喻夫妻双栖双宿，而反衬少妇相思之苦。所见之景不仅有燕子，而且有月光，明月不知少妇离恨之苦，斜斜的月亮一直从夜里到清晨穿过朱门。整个上片以菊、兰、罗幕、燕子、明月，反反复复地烘托出少妇的离愁别恨。下片翻近一层，写少妇走出卧室，登楼远望，进一步表现情。秋风吹掉了树上碧叶，扫掉了登高望远的障碍，于是少妇独上高楼，眺望远方的丈夫，但是哪能看到丈夫呢？最后只有一个办法，寄信，然而山长水阔，丈夫在何处，连书信也无由寄达。下片以登楼、远望、寄信等行为层层递进地表现少妇由渴望到失望的心曲。是一首很有代表性的婉约词。

（三）柳永

柳永（987？—1053？），原名三变，字景庄，后改名永，字耆卿，崇安（今福建武夷山）人。年轻时多游青楼妓馆，仕途上不得意，仅官至屯田员外郎，但为乐工歌妓制作歌词，得其传播。柳永是宋初著名词人，在词史上贡献巨大。柳永是北宋第一个专力写词，并大量创制慢词的词人，两宋慢词的时代由柳永开始。在慢词写作上多用赋体，这种铺叙而有层次的写法成为后来慢词写作的基本方法。宋人多说柳永词近俗，人们把晏、欧词称为雅词，柳永词称俗词。其实柳永词并不一味浅俗，他的一些名作，大多俗中有雅，雅不避俗。

八声甘州

对潇潇暮雨洒江天①，一番洗清秋。渐霜风凄紧，关河冷落，残照当楼②。是处红衰翠减③，苒苒物华休④。惟有长江水，无语东流。　不忍登高临远，望故乡渺邈⑤，归思难收。叹年来踪迹，何事苦淹留？想佳人、妆楼颙望⑥，误几回，天际识归舟⑦，争知我、倚阑干处、正恁凝愁⑧。

注 释

①潇潇，雨势急骤，洒，遍地散落。

②霜风，冷涩的秋风。凄，凄凉。紧，急。关河，山河。苏轼一向看不起柳永，对这三句却赞叹不已，称为"此语于诗句不减唐人高处"（赵令畤《侯鲭录》）。

③是处，处处，到处。红衰翠减，红花绿叶凋零。

④苒苒，渐渐地。物华，美好景物。休，完结。

⑤渺邈，遥远。

⑥佳人，美人，这儿指妻子。颙（yóng）望，抬头望。颙，头。

⑦正常词序是：几回误识天际归舟。意思为：几次错误地辨识着天边归船，以为是丈夫的船。此用谢朓《之宣城郡出新林浦向板桥》诗句："天际识归舟，云中辨江树"。

⑧争知，怎知。倚阑干处，倚栏杆时。恁（nèn），如此。凝愁，愁思凝结不散。

分 析

上片写景，望中所见。开头两句点出地点、时间、人物、事件，选景用词传达出清冷之意。接着展示雨后秋暮景象：秋风凄凉，山河冷落，楼头残阳夕照。景象苍茫悲凉，境界高远雄浑，表现出词人一事无成而羁旅他乡的苦恼。第三句写出楼头所见秋天花叶凋零的衰飒景象，衬托出词人孤零清苦的处境，这是近景。第四句宕开一笔，推出远景长江。以江水写离愁。下片抒情，望中所思，抒发羁旅思乡之情。四句形成四层婉曲。第一句写归思。第二句转入自问为何不归？突出了归思与淹留的矛盾。第三句又化实为虚，从对面着笔，设想家中妻子悬望自己，几次错把天际归舟当作丈夫回来了。设想是虚拟，却又用这样具体的细节来表现，故而由实到虚又到实，虚虚实实，极尽其妙，用细节表现，也看出词人对妻子的细腻深情。最后一句又归结到自己，自己倚栏凝愁，本是实情，却又从对方设想，化实为虚，显得十分空灵动荡。四层抒情，把深婉细腻之情表现得淋漓尽致。

凤栖梧

伫倚危楼风细细①，望极春愁，黯黯生天际②。草色烟光残照里③，无言谁会凭阑意。　拟把疏狂图一醉④，对酒当歌，强乐还无味⑤。衣带渐宽终不悔，为伊消得人憔悴⑥。

注 释

①伫，久立。危楼，高楼。

②望极，望到极远处。黯黯，暗淡。

③草色，春草的青色。烟光，春天的景光。

④拟，打算。疏狂，狂放不羁，这儿指放纵一下。

⑤强，勉强。强乐，勉强寻欢作乐。

⑥衣带渐宽，因消瘦而衣带渐宽，从《古诗十九首》："相去日已远，衣带日已缓"化出。伊，她，指思念的人。消得，值得。

分 析

词意表现对远方情人的思念。上片写登高望远。词人久立于高楼之上，春风细吹，景致是美好的，但是极目远望，一缕春愁黯然从天际而生，说明他所思念的人十分遥远，空间的遥远加浓了离愁。而此时所见之景是春草的青色与春天的烟光都涵容在夕阳落照中，给人春光易逝之感，词人对此默默无言，谁能领会他的凭栏念远之意呢？下片写借酒浇愁。打算放纵一下自己，图个一醉方休，但是对酒当歌，勉强寻欢作乐，还是感到无滋无味。经过这样一番收纵跌宕，最后引出之死靡它的誓言：衣带渐宽也始终不后悔，为了思念之人值得自己憔悴。全词以景物渲染情感，以收纵跌宕锤炼情感，目的全在于结尾所表达的之死靡它的情。而这一情感的抒发是直接的，毫不掩饰的，以决绝语达到一种震撼人心的力量。

（四）张先

张先（990—1078），字子野，乌程（今浙江湖州）人，官至都官郎中。与晏殊、欧阳修、王安石等人都有来往。晚年游赏于杭州、湖州之间，苏轼在杭州受他影响，开始写词。他的词仍以小令为主，但也开始写慢词，与柳永齐名。他以小令作法写慢词，而不用柳永的铺叙，晁补之称他韵高，柳永不及。但他才力不如柳永，李之仪说他才不足而情有余。

天仙子

《水调》数声持酒听①，午醉醒来愁未醒。送春春去几时回？临晚镜、伤流景②，往事后期空记省③。　沙上并禽池上暝④，云破月来花弄影⑤。重重帘幕密遮灯，风不定，人初静，明日落红应满径。

注 释

①《水调》，曲调名，传为隋炀帝所作，其音悲伤。

②流景，如流水一样逝去的时光。

③往事，过去的事。后期，后约，后会之约。

④并禽，成对的鸟。

⑤张先以此句与"娇柔懒起，帘压卷花影"，"柳径无人，堕风絮无影"而自诩为"张三影"。

分 析

这首词六十八字，比小令略长。主题是临老伤春。上片写愁，先写持酒听歌，歌曲为《水调》，声韵悲切，定下全词基调。接着写送春之悲，临镜伤老之悲，表现对往事的追怀与未来的迷惘。下片更以春夜景致烘染这种伤春叹老之情。沙岸上并禽双栖，对比出自己的年老孤独，而天上云破月出，地上花影明暗，只写其朦胧的身影，略貌取神，传神入微，尽得花之风流体态，动人怜爱；更以"弄影"，暗示有风，隐隐传达出对花的命运的担心。然后写夜深人静，重重帘幕，密密遮灯，仍然感到外面风未停息，这才进而写出结句：明日落红应满径。以花的生命凋残对比人的生命凋残，表现出这临老伤春之人沉重的生命之悲。

（五）梅尧臣

梅尧臣（1002—1060），字圣俞，宣城（今安徽宣城）人，世称宛陵先生。他在仕途上不得意，在诗坛却享有盛名，与苏舜钦并称"苏梅"，是欧阳修倡导的"诗文革新"在诗歌领域的重要人物。他是北宋初期最早反对西昆体的人，主张诗歌要反映现实。他还有一个重要文学主张是"平淡"，他说："作诗无古今，唯造平淡难"，欧阳修曾引述他的话说："必能状难写之景，如在目前，含不尽之意，见于言外，然后为至矣"，又称赞他的诗是"又如食橄榄，真味久愈在"，都讲的是平淡风格。梅尧臣对宋诗有开山之功，所以刘克庄《后村诗话》说："本朝诗唯宛陵为开山祖师"。

鲁山①山行

适与野情惬②，千山高复低。

好峰随处改，幽径独行迷。

霜落熊升树，林空鹿饮溪。

人家在何许，云外一声鸡③。

注释

①鲁山，一名露山，在河南省鲁山县东北，接近襄城县西南，时梅尧臣任襄城知县。

②野情，爱好山野的情趣。惬（qiè），满足，满意。

③云外，指距离遥远，一声鸡，说明有人家。

分析

这是一首五言律诗。开头说正好与爱好山野的情趣相合，为什么呢？

下句回答了：周围的千座山峰高高低低。按顺序，应该是先景后情，却写成先情后景，显得突兀不凡，从突兀不凡中表现爱山的情趣。颔联正写山行。山峰是客观之景，"好"则表现爱山之情，而随着人的行走，眼前的山峰不断改变美好的姿态，这是写观赏，写大景。下句写感受，写身边的小景，幽深的山径，独行而迷路，迷字充满了野趣。颈联写景。霜落林空而见熊升树、鹿饮溪之山野景象，显得生机益然。最后一问：人家在何处呢？因为近处熊升树、鹿饮溪，远处白云缭绕，茫无人烟，故有此问，而云外传来一声鸡叫，正好回答了自己的提问，那种惬意、喜悦与好奇的情态在这一声鸡鸣后宛然可见。结尾余味无穷，而又真力弥满，没有一些律诗后四句绵软无力、勉强成篇的毛病。

（六）欧阳修

欧阳修（1007—1072），字永叔，号醉翁，晚年又号六一居士，庐陵（今江西吉安）人。24岁中进士，次年到洛阳任西京留守推官，与尹洙、梅尧臣等人切磋诗文。仁宗时期参加范仲淹领导的庆历新政，被贬往滁州等地，晚年官至参知政事。欧阳修是当时的文坛领袖，他倡导诗文革新，在文坛主张文道并重，学习韩愈古文，略过其奇险深奥的一面，而取法其文从字顺的一面，建立了宋文平易婉转的风格特点。欧阳修的诗歌成就不及其散文，但风格与散文一致，多平易疏朗之作，他赞同梅尧臣的诗歌见解，主张平淡之美，影响到后出的苏轼。欧阳修在词坛与晏殊并称"晏欧"，多写小令，其词风流蕴藉、婉曲层深、富于情韵，对后出的苏轼、秦观有很大影响。他的《六一诗话》又开创了诗话这一体裁。

秋声赋

欧阳子方夜读书，闻有声自西南来者，悚然而听之①，曰："异哉！"初淅沥以萧飒②，忽奔腾而砰湃③，如波涛夜惊，风雨骤至。其触于物也，鏦鏦铮铮④，金铁皆鸣；又如赴敌之兵，衔枚疾走⑤，不闻号令，但闻人马之行声。余谓童子："此何声也？汝出视之。"童子曰："星月皎洁，明河在天⑥，四无人声，声在树间。"

余曰："噫嘻悲哉！此秋声也，胡为而来哉？盖夫秋之为状也，其色惨淡⑦，烟霏云敛⑧；其容清明，天高日晶；其气栗冽⑨，砭人肌骨⑩其意萧条，山川寂寥。故其为声也，凄凄切切，呼号愤发。丰草绿缛而争茂⑪，佳木葱茏而可悦⑫；草拂之而色变，木遭之而叶脱；其所以摧败零落者，乃其一气之余烈⑬。夫秋，刑官也⑭，于时为阴⑮；又兵象也⑯，于行用金⑰；是谓天地之义气⑱，常以肃杀而为心⑲。天之于物，春生秋实。故其在乐也，商声主西方之音⑳；夷则为七月之律㉑。商，伤也㉒，物既老而悲伤；夷，戮也㉓，物过盛而当杀㉔。嗟乎！草木无情，有时飘零。人为动物，惟物之灵㉕，百忧感其心，万事劳其形，有动于中，必摇其精㉖。而况思其力之所不及，忧其智之所不能，宜其渥然丹者为槁木㉗，黟然黑者为星星㉘。奈何以非金石之质，欲与草木而争荣？念谁为之戕贼㉙，亦何恨乎秋声！"

童子莫对，垂头而睡。但闻四壁虫声唧唧，如助余之叹息。

注 释

①悚（sǒng）然，惊惧的样子。

②淅沥以萧飒，淅沥，形容雨声。萧飒，形容风声。

③砰湃（pēng pài），波涛发出的声音。

④鏦鏦（cōng）铮铮（zhēng），金属撞击声。

⑤衔枚，枚，形如筷子的小棒，古代行军时常令战士把它横衔在口中，防止出声，籍以保密。

⑥明河，天上银河。

⑦惨淡，阴暗无色。

⑧烟霏云敛，霏，飞。敛，聚。形容天气阴晦，烟云密聚。

⑨栗冽，形容逼人的寒气。

⑩砭（biān），古代治病用的石针，这里是针刺的意思。

⑪绿缛，缛：通"褥"，垫子。这里形容草长得又绿又厚。

⑫葱茏，树木繁茂。

⑬一气，天地间浑然之气，这里指秋气。

⑭夫秋，刑官也，周朝以天地四时的名字来命名官职，称为六卿，司寇为秋官，掌管刑法、狱讼。审决死罪人犯也在秋天。

⑮于时为阴，古代以阴阳二气配合四时，春夏属阳，秋冬属阴。《汉书·律历志上》："春为阳中，万物以生；秋为阴中，万物以成。"

⑯兵象，古代用兵多在秋天。《礼记·月令》载"孟秋之月"，"天子乃命将帅，选士厉兵，简练桀俊，专任有功，以征不义"，所以称秋为兵象。

⑰于行用金，古代以五行（金、木、水、火、土）分配四时，秋天属金。

⑱天地之义气，天气尊严之气。《礼记·乡饮酒义》："天地严凝之气，始于西南，而盛于西北，此天地之尊严气也，此天地之义气也。"孔颖达疏："西南，象秋始"。

⑲肃杀，严厉摧残。心：意念。

⑳商声主西方之音，古代以五声（宫、商、角、徵、羽）分配四时，秋天为商声。《礼记·月令》载孟秋、仲秋、季秋之月，"其音商"。西方，秋天的方位。

㉑夷则为七月之律，古代以十二律（黄钟、大吕、太簇、夹钟、姑洗、中吕、蕤宾、林钟、夷则、南吕、无射、应钟）分配十二月，七月为夷则。律：古代用来正音的竹管，转指音律。

㉒商、伤，商、伤同音，以声为训。

㉓夷、戮，夷、戮同义，以义为训。

㉔杀（shài），衰减。

㉕人为动物，唯物之灵，人在动物中特别有灵性，不同于草木之无情。《尚书·周书·泰誓上》："惟人万物之灵。"

㉖有动于中，必摇其精，心中感动，一定消耗他的精神。中：心中。摇：摇落、消耗。精：精力、精神。

㉗渥然丹者，浓郁润泽的朱红色，这里指红润的脸色。渥（wò）然，湿润的样子。槁木：枯木。

㉘黟（yī）然，乌黑的样子。星星：喻白色的头发。谢灵运《游南亭》诗："戚戚感物叹，星星白发垂。"

㉙戕（qiāng）贼，残害、伤害。

分析

欧阳修早年参加庆历新政，晚年身居高位，思想渐趋保守。这篇赋写于晚年，描绘秋的肃杀，指出人事的挫伤更有甚于自然，显然寄寓了他对早年改革失败的牢骚，又要人养生全命，不为外物所伤，表现出晚年的知足保安的思想。

全文分三部分。第一部分描状秋声。从欧阳子夜读书开篇，暗示了夜读书的幽静环境。在这一背景下出现秋风的声音，再以自己的惊惧暗示声音的凄厉。由此描写风声的形状，以风雨交加声的由远而近来比喻秋声的声势，再以金属撞击来比喻秋声的音响，以军队行军的人马杂沓来比喻秋声的动态。声音如此壮观，使得作者让书童出去看，引出书童的回答，以诗一般的语言补充描写了欧阳子读书的幽静环境，又引出下文对秋的铺写。第二部分写秋的肃杀及其对草木的摧残并引出人事的挫伤，是全篇的主旨所在。首先从色、容、气、意四个方面描写变态多端的萧瑟秋景，目的在于溯秋声之源，再写秋气对万物的摧残，为了烘托秋气摧残万物的"余烈"，运用前人对秋的种种说法，从官制、兵象、四时、五行、五声、十二律等几个方面借题发挥，大肆渲染。最后从自然的秋过渡到社会的秋，展开两层对比。第一层是无情草木与有情人类的对比，第二层是草木与人类遭遇的对比，通过对比，对早年改革的失败表达了愤激与不平。接着转为平和，表现养性保生的老庄思想，指出摧残人的身心的不是秋声，而是人的忧思劳苦。这一结论虽然有明哲保身的消极一面，却也提醒人们在挫折面前要保持乐观与旷达。第三部分是诗意的结尾，既照应了开头，完成了秋夜意境的描写，又以凄清幽冷的秋的氛围烘托出一个孤独寂寞的老人，我们似乎听到了他那饱经沧桑而又无可奈何的叹息。

戏答元珍①

春风疑不到天涯②，二月山城未见花。

残雪压枝犹有桔，冻雷惊笋欲抽芽③。

夜闻归雁生乡思，病入新年感物华。

曾是洛阳花下客④，野芳虽晚不须嗟。

注 释

①戏答，戏，随便的意思，古人往往故意把反映自己真实思想的严肃作品称为戏作，如杜甫《戏为六绝句》。元珍，丁宝臣，字元珍，当时担任峡州军事判官，与欧阳友善。

②这一句诗，欧阳修自己十分自负。《欧阳文忠公集·笔说》"峡州诗说"条说："'春风疑不到天涯'，若无下句，则上句何堪？既见下句，则上句颇工。文意难详，盖如此也。"

③冻雷，寒雷。

④欧阳修曾任洛阳留守推官，洛阳以花著称。

分 析

首联词序排列应该是"疑春风不到天涯"，我怀疑春风不能吹到天涯，因为二月山城没有见到春花。这儿把"春风"放到"疑"的前面，先声夺人，强调了春风不到。同时"春风疑不到天涯"，音顿是上五下二，不同于一般上四下二，可称为拗，韵味也就从拗中体现出来了。从内容看，不仅指大自然的春风不到（景），更重要是写朝廷的春风（皇恩）不到。颔联承上写山城时令入春，而节候却迟迟未入春的景象，而景中含情。颈联抒情议论。夜间听到归雁叫声，产生乡思，生病延续到第二年，而感叹美好的春光景物。最后仍然振作起来，曾经是洛阳城花下游客，山城野花虽然开得较晚，也不须嗟叹。言外意是自己今天遭贬，虚度年华，但终究要实现理想抱负，几年以后，他就参加了范仲淹领导的"庆历新政"。

蝶恋花

庭院深深深几许？杨柳堆烟，帘幕无重数。玉勒雕鞍游冶处①，楼高不见章台路②。　雨横风狂三月暮，门掩黄昏，无计留春住。泪眼问花花不语，乱红飞过秋千去。

注 释

①玉勒雕鞍，玉勒，玉制的马衔，雕鞍，雕画的马鞍，指华贵的骏马。游冶处，指歌楼妓馆。
②章台路，汉代长安有章台街，在章台下，后成为妓女住所的代称。

分 析

这首词写闺怨，有人认为有寓意，恐怕不确。上阕开头写思妇所处的典型环境。三个"深"字极言庭院的幽深，而一簇簇杨柳堆积着烟雾，衬托着数不清的帘幕，造成内外隔绝，使得本来深深的庭院更加深邃了。这就是那个贵族少妇的生活环境，这样的环境应该说是美好的，但是薄幸丈夫一味在外狎妓游冶，美好的环境反而成了自己与丈夫的障碍物了。上阕从空间写，下阕从时间写。三月春暮，风狂雨骤，摧折花草，加速了春的消逝，使人悲从中来，只好在黄昏来临之时关起门来，但关门也无法留住春光。这几句写伤春、惜春、留春，除指春天之外，也象征自己美好的青春与爱情，因为男子的薄幸而雨横风狂，惨遭摧折了。将女主人公那种因物感时、因时怀人而又自伤孤寂的内心活动曲曲传出。结句"泪眼问花花不语，乱红飞过秋千去"，是历来传颂的名句，以眼前景写心中情，寄深于浅，含蕴丰厚。

（七）苏轼

苏轼（1037—1101），字子瞻，号东坡居士，眉州眉山（今属四川）人。22岁考中进士，步入仕途，有用事之志而勇于进言，在王安石厉行新法时，持反对态度，出任杭州通判，后转密州、徐州、湖州知州，元丰二年因作诗讽刺新法，被捕下狱，责授黄州团练副使，这就是有名的"乌台诗案"。到司马光废除新法时又持不同意见，外放杭州、颍州、扬州、定州等地知州。后来哲宗亲政，任用新党，苏轼一贬再贬，从惠州直到儋州（今海南岛）。到徽宗即位，才遇赦北归，第二年死于常州。苏轼的思想比较博杂，儒释道三家都有，当他关心政治，热衷仕途时，儒家思想占上风，当他退避江湖，穷则独善时，释老思想占上风，而他留给后人的主要形象是道家的追求个性自由的方面。苏轼事实上并没有退隐，但在诗文中表现出的人生空漠之感，却比前人的退隐要沉重得多，深刻得多。苏轼的诗词文在北宋文学中都是成就最高的。在散文方面，苏轼是散文八大家之一，他的散文向来同韩柳欧三家并称，与韩文的浩瀚恢宏，柳文的澄澈隽永，欧文的容与闲易不同，苏文是以奔腾倾注、波浪层出而见长。正如他自己所说："大略如行云流水，初无定质，但常行于所当行，常止于不可不止"（《答谢民师书》）。苏诗大多抒发个人情怀与歌咏自然景物，艺术上表现为笔力纵横，挥洒自如，想象奇特，往往以理趣取胜，有以议论为诗、以才学为诗的倾向，影响到后出的宋代诗人。苏轼在词史上有突出贡献，可以说词到柳永是一块里程碑，到苏轼又是一块里程碑。苏轼"以诗为词"，全面改革词风，提高了词的品位，开拓了词的境界。从花间到柳永，词为艳科，是小道，苏轼变女性化的词为士大夫之词，可以如诗一样表现内在的生活与外在的世界，表现人的性情怀抱，有人甚至认为苏词超过苏文与苏诗。

前赤壁赋

壬戌之秋①，七月既望②，苏子与客泛舟，游于赤壁之下。清风徐来，水波不兴。举酒属客③，诵明月之诗，歌窈窕之章④。少焉，月出于东山之上，徘徊于斗牛之间⑤。白露横江，水光接天。纵一苇之所如，凌万顷之茫然⑥。浩浩乎如冯虚御风⑦，而不知其所止；飘飘乎如遗世独立⑧，羽化而登仙⑨。

于是饮酒乐甚，扣舷而歌之。歌曰："桂棹兮兰桨⑩，击空明兮溯流光⑪；渺渺兮予怀⑫，望美人兮天一方⑬。"客有吹洞箫者，倚歌而和之⑭。其声呜呜然⑮，如怨如慕⑯，如泣如诉；余音袅袅⑰，不绝如缕⑱，舞幽壑之潜蛟，泣孤舟之嫠妇⑲。

苏子愀然⑳，正襟危坐㉑，而问客曰："何为其然也？㉒"客曰："'月明星稀，乌鹊南飞㉓'，此非曹孟德之诗乎？西望夏口㉔，东望武昌㉕，山川相缪㉖，郁乎苍苍㉗，此非孟德之困于周郎者乎㉘？方其破荆州，下江陵㉙，顺流而东也，舳舻千里㉚，旌旗蔽空，酾酒临江㉛，横槊赋诗㉜，固一世之雄也㉝，而今安在哉！况吾与子渔樵于江渚之上㉞，侣鱼虾而友麋鹿㉟，驾一叶之扁舟，举匏樽以相属㊱。寄蜉蝣于天地㊲，渺沧海之一粟。哀吾生之须臾㊳，羡长江之无穷。挟飞仙以遨游㊴，抱明月而长终㊵。知不可乎骤得，托遗响于悲风㊶。"

苏子曰："客亦知夫水与月乎？逝者如斯㊷，而未尝往也；盈虚者如彼㊸，而卒莫消长也㊹。盖将自其变者而观之㊺，则天地曾不能以一瞬㊻；自其不变者而观之，则物与我皆无尽也㊼。而又何羡乎㊽？且夫天地之间，物各有主，苟非吾之所有，虽一毫而莫取。惟江上之清风，与山间之明月，耳得之而为声，目遇之而成色；取之无禁，用之不竭。是造物者之无尽藏也㊾，而吾与子之所共适㊿。"

客喜而笑，洗盏更酌㊿。肴核既尽○，杯盘狼籍○。相与枕藉乎舟中○，不知东方之既白○。

注 释

①宋神宗元丰五年（1082），岁在壬戌。

②既望，望日，每月的十五日，月亮与太阳相望，称望日，既望，过了望日，即十六日。

③属（zhǔ）客，向客人劝酒。属，倾注，引申为劝酒。

④指《诗经·陈风·月出》："月出皎兮，佼人僚兮，舒窈纠兮，劳心悄兮。"窈纠，联绵词，即窈窕。

⑤徘徊，徘徊不前，这儿指动荡。斗、牛，星宿名，是湖北分野对应的星。

⑥纵，任凭。一苇，像一片苇叶的小船。如，往。凌，越过。万顷之茫然，茫然万顷，茫茫然的万顷水面。茫然，旷远的样子。

⑦浩浩乎，浩浩然，水大的样子。冯，即古凭字。虚，空。冯虚，腾空。御风，驾风。

⑧飘飘乎，飘飘然。遗世独立，遗留人世，超然独立。

⑨羽化，道教称成仙的人能身生羽毛，变化飞行，羽化即成仙。

⑩桂棹、兰桨，划船用具的美称。

⑪空明，月光下清澈的流水。溯，逆水而上。流光，这儿指随江水浮动的月光。

⑫予怀，我心。渺渺，指想得遥远。渺渺兮予怀，实际是予怀渺渺，我心想得遥远。

⑬美人，贤人，这是以香草美人比喻君子，一说指宋神宗，表现思君恋阙的思想。

⑭倚歌，按歌曲的节拍。和，伴奏。

⑮呜呜，象声词。

⑯如怨如慕，好像怨恨，好像眷念。

⑰余音，尾声。袅袅，悠长婉转。

⑱不绝如缕，像细丝一样不断绝。缕，细丝。

⑲舞、泣，使动用法，使深渊中潜藏的蛟龙起舞，使孤零零的小船上的寡妇哭泣。幽壑，深谷，这儿指深渊。潜蛟，潜藏的蛟龙。嫠（lí）妇，寡妇。

⑳愀（qiǎo）然，忧愁变色的样子。

㉑整整衣襟，严肃地端坐着，危，高，转端正。

㉒何为，为何，为什么。其然，它是这样？

㉓曹操《短歌行》的句子。

㉔夏口，今武昌（属湖北武汉）。

㉕武昌，今湖北鄂城。

㉖山川相缪，山水互相缭绕。缪（liáo），通缭。

㉗郁乎苍苍，郁郁苍苍。郁郁，草木茂盛。苍苍，苍翠的颜色。

㉘指吴将周瑜在赤壁打败曹操号称八十万大军一事。郎，吴中对少年英俊男子的美称，周瑜年二十四为中郎将，吴中皆呼为周郎。

㉙方，当。建安十三年，刘琮率众向曹操投降，曹操不战而占领荆州、江陵。

㉚舳舻（zhú lú），此指战船。

㉛酾（shī）酒，滤酒，此指酌酒。

㉜横槊，槊，长矛，横持着长矛。

㉝固，本来。一世，一代。雄，英雄。

㉞渔樵，打鱼砍柴。江渚，江中的沙洲。

㉟侣鱼虾而友麋鹿，侣、友，名词作动词用，加上意动用法。以鱼虾为伴侣，以麋鹿为朋友。麋（mí），鹿的一种。

㊱匏（páo）樽，匏瓜做的酒杯。匏，匏瓜。

㊲寄，寄生。蜉蝣，朝生暮死的小虫，比喻人生的短暂。

㊳渺，渺小。沧海之一粟，大海中的一粒米，沧海，大海。

㊴吾生，我的生命。须臾，片刻，短暂。

㊵挟，携带。飞仙，神仙。遨游，漫游。

㊶抱，怀抱。长终，至于永远。

㊷遗响，余音，指箫声的余音。悲风，秋风。

㊸逝者如斯，《论语·子罕》："子在川上曰：'逝者如斯夫！不舍昼夜。'"逝者，逝去的。斯，此，指水。

㊹盈，满。虚，缺。彼，那，指月亮。

㊺卒，终于，到底。莫，没有。消长，消失或增长。

㊻盖，发语词。将，如果。自其变者，从它那变化的一面。观之，观看它。

㊼曾，简直，乃。不能以一瞬，不能停止一刻。

㊽物，万物。无尽，无穷无尽。

㊾何羡，羡何，羡慕谁。

㊿造物者，大自然。无尽藏（zàng），佛家语，无穷无尽的宝藏。

(51)适，享受。

(52)洗盏，洗酒杯。更酌，再饮酒。

(53)肴核，菜肴和水果。既，已经。尽，完了。

(54)杯盘，酒杯与菜盘。狼籍（jí），杂乱。

(55)相与，互相。枕藉（jiè），枕靠着。

(56)既，已经。白，发白，发亮。

分析

这篇赋是苏轼乌台诗案后被贬为黄州团练副使时所作。全文分五个自然段。第一段写苏子与客泛舟赤壁之下，主要是记游、写景。以"清风徐来，水波不兴""白露横江，水光接天"十六个字写出了清风与水光，又有"月出于东山之上"的描写，风、水、月三景贯串全文，成为文章的外在线索。同时景中含情，这就是内在的情感线索。诵明月之诗，表现思君、恋阙的儒家入世思想，在文中不占主流，故很快为"遗世独立""羽化而登仙"的道家出世思想所代替。从情感表现看，这一段表现的是乐。第二段是一个过渡段，写饮酒高歌，客倚歌吹箫，箫声悲凉，由乐入悲。第三段借主客问答，写人生无常的怅惘。客人从赤壁月夜之景想到曹操描写月夜的诗，从曹操的诗想到当年曹操大战的古战场，再想到曹操当年的英雄气概，写出了人间春风得意的极点，表现的还是儒家达则兼济的思想，但很快用"而今安在哉"的反问把它推倒，转入到生与死的思考，处处把自己这渺小的无人生建树的人物与曹操对比，写出自己的更深悲哀，从而引出羡慕水与月长生不老的话题，表现的又是佛老思想了。第四段写主人的话，承上客人"羡长江之无穷"，希望"抱明月而长终"的感慨而发议论：你们只知道水与月无穷、长终的一面，而不知道它们的另一面，只知道他们不变的一面，不知道它们变的一面。这是借眼前景生发出的一番道理，显得自然贴切，毫不牵强，看出苏文的纵横自如，随物赋形。接着阐述物我一致的道理，反驳客人的消极看法，阐明自己从宇宙的变化中看到人类和万物同样永久存在的道理。从表现看，通过生动的形象，用水的流逝，月的盈虚这些眼前美好的景物打比方，说出变与不变的道理，寓说理于抒情之中，故文章显得优美、生动，不枯燥、不板滞。这是谈宇宙观，下面转入人生观的表述：天地之间万事万物都有它的主宰者，只有江上的清风和山间的明月不属任何人私有，是大自然无穷无尽的宝藏，而我与你可以共同享受。最后一段以客人回悲为喜，畅饮入睡作结。整个线索是乐—悲—喜。而水、月、风既是外在线索，也是主人公活动场所，同时又是主客议论变与不变道理的比喻物。全文虽如汉赋一样采取主客问答，抑客扬主的做法，却创造性地运用赋体，赋中主客两方实际就是东坡本人思想矛盾的两个方面，他在乌台诗案后思想极端矛盾，表现在文中既有人生短暂、如同蜉蝣的消极思想，又有万物无穷、遗世独立的达观，借了主客问答形式表达出来。

记承天夜游①

元丰六年十月十二日，夜，解衣欲睡，月色入户，欣然起行。念无与为乐者，遂至承天寺寻张怀民②。怀民亦未寝，相与步于中庭。庭下如积水空明③，水中藻荇交横④，盖竹柏影也。

何夜无月？何处无竹柏？但少闲人如吾两人者耳⑤。

黄州团练副使苏某书。

注 释

①承天，即承天寺，在黄州城南。

②张怀民，一说即张梦得，清河（今河北清河）人，元丰六年贬黄州，居承天寺。

③空明，月光下清澈的流水，这儿指树影如积水一般清澈。

④藻荇，水藻与荇菜。

⑤闲人，本指无事之人，此指内心闲淡之人。

分 析

这篇小品文写于苏轼贬官黄州时期，不足一百字，却叙事、描景、抒情、议论，充分体现了苏轼文章信笔挥洒、随物赋形的特点。开头叙事，淡淡而入，时间是元丰六年十月十二日夜，地点是承天寺，人物是作者与张怀民，事件是寻找张怀民。一句"月色入户"的描写，虽然十分平淡，却展现出一幅迷人的月夜图景，引出作者的欣然起行，叙事中表现了作者的怡然自乐。中间写两人步于中庭，见庭下竹柏之影。不写竹柏，却写竹柏之影，已经做到了略貌取神，写竹柏影，却又不正面描写，只是用一个极为轻灵素淡的比喻，积水中的水藻与荇菜，不但表现了树影的神韵，而且隐隐含有人物的空灵旷达的心境。最后议论、抒情：何夜无月？何处无竹柏？只有自己与怀民这两个"闲人"，才能领略其中的诗意。结尾引人遐想，首先是美景与领略美景之人的相遇，是一种诗意栖居的理想；其次，"闲人"一词值得玩味，这里有一点不平，却又为旷达的胸怀所冲洗，留下的只是一种欣慰；同时，"闲人"一词在宋代文学中经常出现，表现了一种人生态度，值得注意。

游金山寺

我家江水初发源①，宦游直送江入海②。闻道潮头一丈高，天寒尚有沙痕在。中泠南畔石盘陀③，古来出没随涛波。试登绝顶望乡国④，江南江北青山多。羁愁畏晚寻归楫⑤，山僧苦留看落日。微风万顷靴文细⑥，断霞半空鱼尾赤⑦。是时江月初生魄⑧，二更月落天深黑。江心似有炬火明⑨，飞焰照山栖鸟惊。怅然归卧心莫识，非鬼非人竟何物？江山如此不归山⑩，江神见怪惊我顽⑪。我谢江神岂得已⑫，有田不归如江水⑬。

注 释

①古人认为岷江为长江源头，岷江在四川，苏轼是四川人，所以说"我家江水初发源"。

②宦游，出外做官。镇江江面开阔，古时与海水相接，苏轼路过镇江，所以说送江入海。

③中泠（líng），中泠泉，在金山西北，有天下第一泉的称号。盘陀，联绵词，石大的样子。

④乡国，家乡。

⑤羁愁，羁旅之愁。归楫，归船，这儿指归回镇江的船，因为宋代金山在江中间。

⑥靴文细，水纹之细，像皮靴上的皮纹。

⑦断霞，一片片的晚霞。鱼尾赤，比喻晚霞之红，像鱼尾巴。

⑧初生魄，刚刚有点亮光。魄，指月缺时光线暗淡而可见圆形轮廓的那一部分，《礼记》："月者三日而成魄"，指每月初三那一天月缺而可见圆形轮廓。

⑨作者自注："是夜所见如此。"

⑩江山如此，指江山如此美好。不归山，不辞官归隐。

⑪见怪，见，同现，呈现怪异的景象。顽，冥顽不化，指迷恋人间富贵官爵。

⑫谢，告诉。

⑬指江水为誓，家中有田地而不辞官归家，有如江水。《左传》僖公二十四年载晋公子重耳对其舅舅狐偃说："所不与舅氏同心者，有如

白水。"

分析

金山寺在镇江，熙宁四年苏轼通判杭州，这首诗是十一月赴杭途中经过镇江时作。诗虽题名《游金山寺》，却并不是游记，而是一首思乡曲，表现诗人对仕宦生涯的厌倦和希望归隐的心情。全诗分三部分，前八句为第一部分，写白天望江而思乡。开头两句把长江的万里流程与诗人的半生经历一笔道尽。接着四句写金山寺的山水形胜。写景，却不是写眼前的冬天的景，而是写听来的涨潮时的景，追慕长江的狂涛巨浪，岸石的时出时没。这是为了表达情，寄寓了对仕途险恶的感受。第一部分的结尾表现思乡而不得的怅惘。中十句为第二部分，写夕阳和深夜的江景。他描绘夕阳下的江景：微风吹起了万顷细细的波纹，一片片晚霞在半空中一片赤红。两句诗色彩绚丽，境界优美，可见落日夕照下金山之美。接着写夜景，诗人看到了奇异的景象：江心好像有火炬明亮照耀，腾起的火光居然照到金山上，使得栖息的乌鸦惊起。诗人的兴致骤然中断，而归来躺下，并思索这非鬼非人的到底是什么东西。最后四句为第三部分，把前两部分内容归结起来，抒发由此游而萌生的归山愿望。他的解释出人意表而又在人意中。江山如此多娇，而不辞官归隐，所以江神显现怪异来惊醒我的冥顽不化。诗人已有思归之意，再加上江神的责怪，诗人就将无作有，顺水推舟，向江神发出必定归山的盟誓：有田地可耕再不归去，就有如江水。结尾两句照应前文，江山如此，照应第二部分的美景描写，发誓归田，照应第一部分的眺望家乡，文章虽信笔写来，而文理自现。

六月二十七日望湖楼醉书①

黑云翻墨未遮山②，白雨跳珠乱入船③。

卷地风来忽吹散，望湖楼下水如天。

注释

①望湖楼一名看经楼，五代吴越王钱俶（chù）建，在杭州西湖边昭庆寺前。本篇为熙宁五年（1072）六月二十七日，苏轼在望湖楼醉中所作五首绝句之一。

②黑云翻墨，翻墨，倒翻了墨汁，比喻黑云像倒翻了墨汁。

③白雨跳珠，跳珠，像珠子乱跳，珠子白色，比喻为白雨。

分析

苏诗常将抽象哲理与具体意象相结合，从而成为既形象感人又含意深刻的理趣诗。这首诗表面写雨景，实际包孕着诗人对人生世事哲理性的认识，可以窥见宋诗风貌。诗人的目光从上而下，天上的乌云，半空的山，乱跳的雨，西湖的船。感受由视觉而听觉，未遮山，没有遮住山峰，目光还停在半空，视觉，乱入船，使人置身于西湖之上，听觉，未遮山与乱入船展示了大自然由雨前到雨中的过程。下两句却写出卷地而来的大风忽然吹散了乌云白雨，一"忽"字把大自然瞬息万变，飘忽而来，倏忽逝去的神韵展示出来，而雨后是望湖楼之下，西湖的水像天一样辽阔，平静，青湛。作为写景，生动的画出了大自然雨前、雨中、雨后的绝美画图，可见苏轼不是不能写景。但是苏轼为什么要揭示大自然这种变化无常而又有常的规律呢？他对人生世事有怎样的哲理认识呢？

江城子·乙卯正月二十日夜记梦①

十年生死两茫茫②，不思量，自难忘。千里孤坟，无处话凄凉。纵使相逢应不识，尘满面，鬓如霜③。　夜来幽梦忽还乡。小轩窗，正梳妆。相顾无言，惟有泪千行。料得年年肠断处，明月夜，短松冈④。

注释

①宋神宗熙宁八年（1075），岁在乙卯，苏轼在密州（今山东诸城）知州任上，妻王氏已谢世十年，诗人以无比真挚深沉的感情写下了这

首词。

②十年生死，一生一死，已经十年。

③尘满面，指词人奔走各地，风尘满面。鬓如霜，比喻鬓发变白。

④松冈，指坟墓所在的山冈，古人墓地多种松柏。

分 析

当时苏轼官场失意，满腔哀愤亟须倾吐，然而爱妻早逝，只能梦中相逢，但是梦里依稀，转瞬即逝，转眼又回到现实的凄凉，愁苦更不堪忍受。亲人之痛与人生之哀纠缠在一起，全词就是这样反复缠绵地表现了复杂的情感。词分上下片。上片写梦前相思。发端写时间，十年漫长的岁月，两人一生一死，都在互相遥念但又无法相见，这句为全词定下感伤基调。"不思量"，逆接首句，即使不去思量，"自难忘"，再反跌，也正自难于忘记。这两句一起一伏，写出复杂的感情，是婉曲的写法。接着从时间之久，转笔写空间之遥。孤坟远隔千里，而"凄凉"透出自己的人生失意。接下来再一逆转，即使可能相逢，妻子也无法认识自己了，因为自己已风尘满面，鬓白如霜了。这句对诗人外貌的白描，正是凄凉的内容，渗透了诗人无限的身世感慨，所以表现的不仅是对亡妻的思念，而且寄托了天涯沦落之感。下片写梦中相会。梦境中回到家乡，看到妻子正在小窗前梳妆，细节写活了妻子的音容笑貌，也写活了夫妻的恩爱。然而十年后重逢，谈什么呢，从何谈起呢？只能是相看无言而流泪千行。这一白描，内涵十分丰富。最后泪水浸醒了幻梦，心情更加凄凉，从而推想妻子亡魂必定也时时因思念而断肠，只有墓地的夜月和长满小松树的山冈伴随着她那凄凉的亡魂。最后两句以景结情，余音不绝，最合词的写法。

江城子·密川出猎

老夫聊发少年狂①，左牵黄，右擎苍②，锦帽貂裘③，千骑卷平冈④。为报倾城随太守⑤，亲射虎，看孙郎⑥。　　酒酣胸胆尚开张⑦；鬓微霜，又何妨！持节云中，何日遣冯唐⑧？会挽雕弓如满月⑨，西北望，射天狼⑩。

注释

①老夫，苏轼当年四十岁，并不老，自称老夫，是感到年龄渐大，而报国无门。聊，姑且。少年狂，少年人的豪情。

②左手牵黄狗，右臂架苍鹰。《梁书·张充传》："值充出猎，左手臂鹰，右手牵狗。"

③锦缎帽和貂鼠裘，这儿指随从将士的服装。

④千骑，《汉乐府·陌上桑》："东方千余骑，夫婿居上头。"诸侯出外，有千骑相随，刺史、太守相当于诸侯，这儿暗隐知州身份。平冈，平坦的山冈。卷，席卷。

⑤为报，为了报答。倾城，倾动一城。太守，苏轼自指。宋时知州相当于汉时的太守。

⑥用孙权典，《三国志·吴志·孙权传》："（建安）二十三年十月，权将如吴，亲乘马，射虎于庱亭。"庱（chéng）亭，江苏丹阳东。"郎"，少年的美称，突出孙权也即自己的少年英俊。

⑦酒酣，酒喝得酣畅。胸胆开张，胸怀开张，胆气豪纵。尚，更加。

⑧节，符节，古代使者所持。云中，云中郡。西汉云中郡太守魏尚守边有方，却因细故被削职，汉文帝派冯唐持节赦免魏尚，复为云中太守，见《史记·冯唐列传》。这儿苏轼以魏尚自比。

⑨会，会当，将要。雕弓，弓背上雕有花纹，指良弓。

⑩天狼，星名，旧说以为主侵掠，此指侵掠北宋的辽国与西夏。

分析

这是苏轼的一首豪放词。熙宁八年冬天，苏轼去密州附近的常山祭谢龙王，回来时，与同僚们习射放鹰，并写下这首词。这首词上阕写他的少年狂，写他这次打猎的热闹场面，下阕抒发老夫报国无门的感慨。上阕开头揭示了老夫与少年狂的矛盾，接着写左手牵着黄狗，右臂架着苍鹰去打猎，再写随从的穿着打扮，并以随从之多来烘托气势，"千骑卷平冈"，暗隐自己的知州身份。而为了酬报群众的围观，苏轼亲自射虎，并自称射虎的英雄孙权。郎，少年的美称，突出孙权也即自己的少年英俊。下片转写老夫的感慨。酒喝得酣畅，以至于胸怀开张，胆气豪纵，这是承上写少年狂。下面一跌，鬓发微有白霜，再一扬起，又有什么妨害呢？经过这样一层婉曲，才逗出心事：何日派遣冯唐拿着符节到云中郡来呢？以魏尚自比，既写出自己的报国忠心与决心，也写出自己所受不公待遇，又表明了对朝廷的期望。最后表明自己的抱负与愿望，将要拉开雕画的弓，向西北方向射落天狼星。

水调歌头

丙辰中秋，欢饮达旦，大醉，作此篇，兼怀子由。

明月几时有？把酒问青天①。不知天上宫阙，今夕是何年。我欲乘风归去，惟恐琼楼玉宇②，高处不胜寒③。起舞弄清影，何似在人间④！ 转朱阁，低绮户⑤，照无眠。不应有恨，何事长向别时圆？人有悲欢离合，月有阴晴圆缺，此事古难全。但愿人长久，千里共婵娟⑥。

注 释

①化用李白《把酒问月》诗："青天有月来几时，我欲停杯一问之"。

②琼楼玉宇，指月中宫殿。《大业拾遗记》："瞿乾祐于江岸玩月。或问此中何有。瞿笑曰：'可随我观之。'俄见月规半天，琼楼玉宇烂然。"

③《龙城录》载唐玄宗游月宫，见一大官府，榜曰："广寒清虚之府"。后人遂称月宫为广寒宫，并认为月宫寒冷。

④起舞弄清影，李白《月下独酌》诗："我歌月徘徊，我舞影零乱。"何似，哪里像。

⑤朱阁，朱红色的楼阁。绮户，雕花的门窗。低，低穿过。

⑥婵娟，颜色美好的样子，这儿指月亮，出孟郊诗《婵娟篇》："月婵娟，真可怜"。千里共婵娟，即千里共明月，出谢庄《月赋》："美人迈兮音尘阙，隔千里兮共明月"。

分析

熙宁九年丙辰，中秋之夜，苏轼在密州怀念弟弟苏辙（字子由），写下这首词。全词没有结构的痕迹，全凭情感的驱纵。上阕对月饮酒，下阕对月怀人，上阕问天，下阕问月，上阕突出入世与出世的矛盾，下阕是情和理的矛盾，怀念弟弟之情与人生哲理之间的矛盾。上阕开头把酒问天，不知天上月宫里面，今夜是哪一年？所以想乘着风归到月宫去，但又恐怕天上白玉楼台，高处不能忍受寒冷。把向往天上与留恋人间的矛盾、出世与入世的矛盾含蓄地表现出来。苏轼解决这一矛盾的办法是陶醉于月下起舞。月下起舞的境遇有天上的纯洁，而没有人间的污秽，有人间的温暖，而没有天上的寒冷，故而解决了出世与入世的矛盾。整个上阕从天上宫阙之美到希望乘风归去，再到担心高处不胜寒，最后决定月下起舞，享受清风明月，写出了思想起伏的过程。下阕问月、怀人。仍从月亮写起：月光转过朱红的楼阁，低穿过雕花的门窗，照在屋里失眠人身上。写景事，但无眠之人，透出情感，于是自然转入议论，抒情。他埋怨月亮，你不应该有什么怨恨吧，为什么常常在人们离别的时候才圆呢？接着笔锋一转，说出一番宽慰的话，来为明月开脱：人固然有悲欢离合，月也有阴晴圆缺，自古以来世上就难有十全十美的事。既然如此，又何必为暂时的离别而忧伤呢，这几句从人到月，从古到今，做了高度的概括，很有哲理意味。最后宽慰自己，也是解决情与理的矛盾：既然人间的离别是难免的，那么只要亲人长久健在，即使相隔千里也可以通过普照世界的明月把两地相连。但愿人长久，是要突破时间的局限，千里共婵娟，是要打通空间的阻隔，让对明月的共同的爱把彼此分离的人结合在一起，这就在中秋之夜，对一切经受着离别之苦的人（包括自己）表示了美好的祝愿。整个下阕从月亮的照无眠到埋怨月亮的别时圆，再到自我宽解，同样以意驭笔，写出心理变化的过程。从写法来讲，是诗的写法，是长篇抒情诗的写法，接近于李白的《行路难》《将进酒》等长篇乐府诗。

（八）晏几道

晏几道（1038—1110），字叔原，号小山。临川（今属江西）人，晏殊子。他的词风也与晏殊大致相同，但由于后来失去了富贵子弟的生活地位，弄得穷困潦倒，因而一方面追怀当年的豪华生活，另一方面又不甘心自身社会地位的下降，陷入一种放浪的境地，故而，词风在秀气胜韵之外（王灼评为"如金陵王谢子弟，秀气胜韵，得之天然"），又加上了感伤凄楚。往往以一些富有特征性的意象把缠绵感伤的情思表现出来。他的词与晏殊不同之处在于渐染花间的秾丽，不像其父的清疏。

临江仙

梦后楼台高锁，酒醒帘幕低垂①。去年春恨却来时，落花人独立，微雨燕双飞②。　记得小蘋初见③，两重心字罗衣④。琵琶弦上说相思。当时明月在，曾照彩云归⑤。

注 释

①梦后，梦醒。楼台高锁，帘幕低垂，都表示人去楼空。低垂，就是长垂，语出庾信《荡子赋》："况复空床起怨，倡妇生离。纱窗独掩，罗帐长垂"。

②落花二句，出自唐翁宏《春残》诗："又是春残也，如何出翠帏？落花人独立，微雨燕双飞"。

③小蘋，当时一位歌女的名字。

④心字罗衣，一说罗衣领子屈曲如心字，一说用心字香薰过的罗衣，都用来表达两相倾心。

⑤彩云，借指小蘋，语出李白《宫中行乐词》："只愁歌舞散，化作彩云飞"。

分 析

这首词怀念歌女小萍。上片开头写梦回酒醒，欢宴之地已是人去楼空。第三句点出时间，上文所写的人去，已经是去年春天的事，而且梦回酒醒的伤感也是去年的事，只是到了今年春天，回忆起来，去年的春恨又来到心头，从而加深了这种思念之苦，过渡到当前的春景描写："落花人独立，微雨燕双飞"。雨打花落，环境景物十分凄清。而人独立，看着花落雨洒，感到惆怅落寞，燕双飞，更从反面烘托出情的难堪。融情入景，景极妍美而情极凄婉。下片开头承上写对景生情，而着重写与小蘋初见的印象，作者选了衣服、技艺与感情来表现。先写衣服，"心字"双关，暗指一见倾心；再写弹琵琶的技艺之高，不仅音韵优美，而且能传出相思之情；最后写分别，当时明月仍在，人自归去就不知所终了，词人心头是什么感情呢？词人只是写景，而情在其中，同于上片结尾。

（九）黄庭坚

黄庭坚（1045—1105），字鲁直，自号山谷道人（取自潜山野寨山谷寺），又号涪（fù）翁，分宁（今江西修水）人。父亲黄庶，专学杜甫，舅父也是诗人，又是著名藏书家，岳父谢师厚是当时著名诗人，也是学杜的，曾传授黄庭坚诗法。黄庭坚23岁中进士，旧党执政时任职京师，与苏轼交往，成为苏门四学士之一。旧党失势时被贬到黔州（今四川彭水）、戎州（今四川宜宾），后死于宜州（今属广西）贬所。黄庭坚是宋代四大书法家之一，对绘画也有很高鉴赏能力，诗歌学杜甫，并提出著名的诗歌主张："老杜作诗，退之作文，无一字无来处；盖后人读书少，故谓韩、杜自作此语耳。古之能为文章者，真能陶冶万物，虽取古人之陈言入于翰墨，如灵丹一粒，点铁成金也。"（《答洪驹父书》）这成为江西诗派的理论纲领。南宋初年吕本中作《江西诗社宗派图》，开列了二十五人名单，首列黄庭坚、陈师道、陈与义，江西诗派名称从此确立。江西诗派诗歌内容由梅、苏、欧的干预现实转向抒写人生，表现自我，艺术上崇尚瘦硬劲健、老成朴拙的风格。

登快阁^①

痴儿了却公家事②，快阁东西倚晚晴。

落木千山天远大，澄江一道月分明。

朱弦已为佳人绝③，青眼聊因美酒横④。

万里归船弄长笛，此心吾与白鸥盟⑤。

注 释

①宋神宗元丰五年（1082），黄庭坚在吉州太和县（今江西泰和）任知县。《清一统志·吉安府》说：快阁在"太和县治东澄江之上，以江山广远，景物清华得名"。

②痴儿，书呆子。了却，办完了。《晋书·傅咸传》载杨济语："生子痴，了官事，官事未易了也。了事正作痴，复为快耳"。作痴，装痴。作者自认"痴儿"，含有自我解嘲之意。

③朱绒句用伯牙摔琴谢知音的故事，佳人，此指知音。《吕氏春秋·本味》："钟子期死，伯牙破琴绝弦，终身不复鼓琴，以为世无足复为鼓琴者。"

④青眼，《晋书·阮籍传》："籍又能为青白眼，见礼俗之士，以白眼对之。"

⑤鸥盟，《列子·黄帝》："海上之人有好沤鸟者，每旦之海上，从沤鸟游，沤鸟之至者百住而不止。其父曰：'吾闻沤鸟皆从汝游，汝取来，吾玩之。'明日之海上，沤鸟舞而不下也。"沤鸟即鸥鸟。此典指人没有机心，喻无所猜忌地相处，后来指脱离世俗，隐遁避世，与鸥鸟为盟友。

分析

起首两句说书呆子办完了公家事，到快阁上东西倚栏远眺傍晚的晴空。以说话的语气、通俗的语言娓娓道来，一下子就把读者带进诗人所处的黄昏登楼看夕阳的艺术境界中。自认"痴儿"，含有自我解嘲之意，了事是装痴，却说"了却"，说明对公事装痴、厌倦，又渲染了诗人如释重负的欢快心情，与快阁的"快"暗相呼应，这是翻新出奇。"倚晚晴"也透出一种厌倦官场，渴望回归山林自然的心情，表现这时期诗人从社会的退避。"倚"字又生发出颔联的描景：千山落叶飘零，天显得辽远阔大，澄净的一道江水从快阁下流过，月亮照在江水中显得明净澄澈。两句写山写月，观察细腻，写活了秋天的辽阔清澄的景致。写景以后，转入抒情，又巧用典故，所以是"无一字无来处"。"朱弦"用伯牙摔琴谢知音的故事，"青眼"用阮籍善为青白眼的典故。却又活用典故，以佳人为知音，实际是感叹在礼俗之士中没有人生的知音，所以朱弦已绝。面对美酒而以青眼对之，因为酒可解忧。"横"字用得生动，青眼只对美酒，则对眼前礼俗之士就只能横以白眼了，把诗人无可奈何，孤独无聊的形象神情衬托出来了。押"横"字韵脚，也看出诗人高超的技艺。这一联抒情，表现自己反抗流俗的气节、人格力量。尾联自然引出归隐之意与不愿同流合污而自甘淡泊的情怀：希望能乘万里归船，吹弄着悠扬的长笛，回到遥远的故乡，因为我这个心已经与山水间自由飞翔的白鸥定下了盟约。这一结尾不仅呼应了开头的"了却"，而且从知音已稀中顺势作结，给人一气盘旋之感，同时结得意味深长，使人回味无穷。

（十）秦观

秦观（1049—1100），字太虚，后改字少游，号淮海居士，扬州高邮（江苏高邮）人。37岁中进士。哲宗元祐初，旧党执政，因苏轼推荐，任太常博士，兼国史院编修。绍圣初，新党执政，排斥元祐党人，随苏轼一起被贬，流放到郴州（今属湖南）、横州（今广西横县）和雷州（今广东海康），在放逐途中死于藤州（今广西藤县），一生穷愁潦倒。秦观是苏门四学士之一，以词著名，但词的数量不多，保存下来约九十首左右，以小令居多。秦观词被认为是婉约词的正宗，上承柳永，下开周邦彦。苏轼曾经批评他的词学柳永，从题材、主题看，秦观词虽对柳词有所继承，但又有自己特点。第一，秦观词多小令，不用铺叙，多是些优美的抒情诗，与柳词不同。第二，秦词词品比柳永高，王国维《人间词话》说："词之雅郑，在神不在貌。永叔、少游虽作艳语，终有品格。"第三，李清照说秦词"专主情致"。他的词语言典雅，清丽，精致妩媚，兼有李煜的淡雅深婉和晏几道的妍丽俊逸，薛砺若《宋词通论》称秦观与李煜、晏几道为词中"三位美少年"。

踏莎行

雾失楼台，月迷津渡①，桃源望断无寻处②。可堪孤馆闭春寒③，杜鹃声里斜阳暮④。　驿寄梅花，鱼传尺素⑤，砌成此恨无重数。郴江幸自绕郴山，为谁流下潇湘去⑥？

注 释

①失、迷，都是迷失之意。津渡，渡口。

②望断，望尽。桃源，桃源的出典有两处，此应是陶渊明《桃花源记》中的桃花源，在郴州以北的武陵郡。

③可堪，哪堪。孤馆，孤零零的驿馆。

④杜鹃鸟的叫声凄厉，如说"不如归去"，容易引起离人的乡愁。

⑤驿寄梅花，陆凯《赠范晔》诗："折梅逢驿使，寄与陇头人。江南无所有，聊赠一枝春。"此指远方的朋友给自己寄来了礼物。鱼传尺素，指远方朋友寄来的书信，见前晏殊《蝶恋花》词注释⑤。

⑥幸自，本来是。为谁，为什么。潇湘，湖南二水名，合流后称湘

江。此句意思为：湘江本来是绕着郴山的，为什么又流下湘江，而不肯在这儿陪伴我呢？

分析

秦观在词中往往写出一种极纤细幽微的感受，对景物的捕捉十分精微，对情感的表达极为纤细，更善于将外景与内情微妙地结合。本词尤为如此。他在绍圣四年（1097）由郴州又贬横州，此词作于离郴前，写客次旅舍的感慨，那种万里窜逐之苦，心情的沉重郁闷，曲曲道来，哀伤之极。上片开头写大雾迷漫，迷失了楼台，月色朦胧，也隐没了渡口，郴州以北的武陵桃花源没有了寻找之处。这也许是在贬所所见的实景，但又有着比兴象征意义，指所向往的美好地方渺不可寻。而现实是孤零零的驿馆中关闭着春天的寒冷，杜鹃凄厉的叫声中斜阳落山，日暮来临了，这一处境是可伤可悲的。整个上片写从希望到失望的心情变化，表现人生、生命的悲伤。下片转入对贬谪思乡思亲心情的描写。驿馆中收到远方朋友寄来的梅花与书信，给他带来无限离恨。恨是抽象的，却用一个具体的动词"砌"字描述，化抽象为具体，使人感到离恨的积累深重和坚固难易，有强烈的艺术感染力，使得词人发出苦闷的呼喊：郴江本来是绕着郴山的，为什么又流下湘江，而不肯在这儿陪伴我解除寂寞的离愁呢？这句发问是无理的，但古典诗词有所谓"无理而妙"的意境，从物理上看无理，从感情上看有理。词人感到家人、朋友都不在，楼台、津渡、桃源都不见，伴随自己的只有春寒、杜鹃、斜阳这些引人寂寞凄苦的景物，所以希望能留住郴江，而郴江又流走了，使得词人百感交集，发出无可奈何的呼唤，更深刻地表现了离愁。

（十一）贺铸

贺铸（1052—1125），字方回，原籍山阴（今浙江绍兴），生长卫州

（今河南汲县）。出身贵族，宋太祖孝惠皇后族孙，娶宗室赵克彰之女。貌丑，《宋史》记载："长七尺，眉耸拔，面铁色，当时有'贺鬼头'之称。"使酒尚侠，个性耿直，不肯谄媚权贵，因此仕途不得意，晚年穷困，退居苏杭。他的词风格比较多样，一方面情思缠绵，组织工丽，风格与秦观相近，如有名的《青玉案》词，另一方面他为人刚直，有侠气，有些词如《六州歌头》奇思壮采，气度豪迈，应该说是豪放词。另外，他喜欢从唐诗中取其藻饰与故实，自己说："吾笔端驱使李商隐、温庭筠，常奔命不暇"，这种词法影响到周邦彦。宋代王灼把他两人并称，说："贺、周语意精新，用心甚苦"（《碧鸡漫志》）。

青玉案

凌波不过横塘路①，但目送、芳尘去。锦瑟华年谁与度②？月桥花院，琐窗朱户，只有春知处。　碧云冉冉蘅皋暮③，彩笔新题断肠句④。试问闲愁都几许？一川烟草，满城风絮，梅子黄时雨⑤。

注 释

①凌波，曹植《洛神赋》："凌波微步，罗袜生尘。"后人即以凌波形容美人的步履轻盈。横塘，在苏州市盘门之南十余里，贺铸有小筑在此。

②锦瑟华年，美好年华，语出李商隐《锦瑟》诗："锦瑟无端五十弦，一弦一柱思华年。"

③冉冉，流动的样子。蘅皋，生长着杜衡的水边高地，杜衡，香草。此句化用江淹《休上人怨别》："日暮碧云合，佳人殊未来"，暗承上片语意。

④彩笔，《南史·江淹传》："淹少以文章显，晚节才思微退。……尝宿于冶亭。梦一丈夫自称郭璞，谓淹曰：'吾有笔在卿处多年，可以见还。'淹乃探怀中得五色笔一以授之。尔后为诗，绝无美句。时人谓之才尽。"

⑤一川，满川，满地。梅子黄时雨：江南农历四五月间多雨，正值梅

子成熟，俗称梅雨。

[赏析]

这首词以在横塘附近所见一女子发端，以美人迟暮的悲哀，抒发自己郁郁不得志的"闲愁"。开头三句写在横塘见到美人。越过水波的轻盈脚步，没有走过横塘的道路，这是美人没有来；只能目送她的芳尘轻盈而去，是自己也不能去，只能极目远望。接着发问：她美好的年华与谁共度，也就是悬揣她无人共度之意，点出她青春不偶，一定会导致美人迟暮，实际上已有自己的不幸遭际暗含其中了。而字面仍然沿着美人离去的思路写，想象美人的孤独住处，环境幽美，居室富丽，而只有春知这个地方，也就是人不知，从绚烂繁华的时间与空间里显示出其人的寂寞，这也与词人自己沉沦下僚，不被人知人重的境况相吻合。下片仍从横塘写，碧云流动，长满杜衡的水边高地已经日暮了。这是美人离去的眼前景，但又暗用江淹《休上人怨别》："日暮碧云合，佳人殊未来"的典故，以美人离去，补足首句"凌波不过"的意境。蘅皋，用曹植《洛神赋》"尔乃税驾乎蘅皋"的典故，曹植是中途休息于蘅皋，遇见洛神。这儿是美人离去后，词人伫立蘅皋之地遐思，到日暮云合。但美人去久了，词人只能归来命笔赋诗。用江淹五彩笔之典，想到自己如江淹一般的生花妙笔，也如江淹一般见不到美人，只能遐思而断肠，所以说是新写令人伤感的诗句，而这种断肠之思，实际是由万种闲愁而引起的，因此接着写闲愁，以满地烟草、满城风絮、梅子黄时雨三种具体的景物比喻闲愁，不仅"比"闲愁的无尽，而且"兴"身世的可悲，对于词人的郁郁不得志，有着象征意义。

（十二）周邦彦

周邦彦（1056—1121），字美成，号清真居士，钱塘（今浙江杭州）人。他没有参加科举考试，而入太学读书，后任太学正、秘书省正字、提举大晟府等官职，一生虽没有遭受苏门诸子那样的迫害，却也几度浮沉于地方州县。周邦彦词的特点为：第一，知音识曲，创调持律；第二，融化唐诗，浑然天成；第三，下字运意，皆有法度；第四，发展了慢词，变柳永的平铺直叙为往复腾挪。他是宋词发展中"结北开南"的关键人物，一方面作为北宋词的殿军，自立一宗，一方面又成为南宋姜夔、吴文英等词人的先声。周邦彦在词史上有很高地位，南宋末尹焕《梦窗词序》云："求词于吾宋者，前有清真，后有梦窗。此非焕之言，四海之公言也"。到晚清时期周邦彦更被推崇为词中"集大成者"（周济），"词中老杜"（王国维）。

六五·蔷薇谢后作

正单衣试酒①，怅客里、光阴虚掷。愿春暂留，春归如过翼②，一去无迹。为问家何在③？夜来风雨，葬楚宫倾国④。钗钿堕处遗香泽⑤，乱点桃蹊，轻翻柳陌⑥。多情更谁追惜⑦？但蜂媒蝶使⑧，时叩窗隔⑨。　东园岑寂，渐蒙笼暗碧⑩。静绕珍丛底⑪，成叹息。长条故惹行客⑫，似牵衣待话，别情无极。残英小⑬、强簪巾帻⑭。终不似、一朵钗头颤袅，向人欹侧⑮。漂流处，莫趁潮汐⑯。恐断红、尚有相思字⑰，何由见得⑱！

注　释

①单衣，穿着单衣。试酒，试着新酒，周密《武林旧事》记阳历四月初，酒库呈样尝酒。

②过翼，飞过的鸟儿。

③家，一本作"花"，似以"花何在"为宜。

④楚宫倾国，指楚宫美人，用来比喻蔷薇花。徐陵《玉台新咏序》："楚王宫里，无不推其细腰"，楚王爱细腰事，见《韩非子·二柄》。《汉书·外戚传》载李延年歌："北方有佳人，绝世而独立。一顾倾人城，再顾倾人国"，后以美人为倾国。"夜来风雨，葬楚宫倾国"，用孟浩然《春晓》诗："夜来风雨声，花落知多少"。

⑤钗钿，比喻花瓣。

⑥乱点撒在桃树下小径中，轻翻飞在柳树陌头上。桃蹊柳陌，用刘禹锡《踏歌词》"桃蹊柳陌好经过"。

⑦多情更谁追惜，倒文，更谁多情追惜，更有谁因多情而为落花追惜呢。

⑧蜂媒蝶使，蜜蜂和蝴蝶在花丛中飞来飞去，故比为花的媒人与使者。

⑨窗隔，指窗子，隔，一作槅，古代称窗子为槅子窗。

⑩蒙笼，遮蔽覆盖。暗碧，草木浓密而呈暗绿色。

⑪珍丛，蔷薇花丛的美称。

⑫长条，蔷薇花的枝条。惹，挑逗。行客，行走在外地的人，指自己。

⑬残英，残花，这儿指迟开的花。

⑭强，勉强。簪，古人用来插定发髻的长针，这儿作动词用，"插"的意思。巾帻（zé），头巾。

⑮颤袅，摇曳抖动。欹（qī）侧，倾斜。

⑯潮汐，早晚的潮水。

⑰断红，落花或残瓣。相思字，表达相思的字句。暗用红叶题诗的典故。据范摅（shū）《云溪友议》记载：书生卢渥应举之年，偶然在皇宫御沟拾得红叶一片，上有一首诗，写道："水流何太急，深宫尽日闲。殷勤谢红叶，好去到人间。"后来宣宗放宫女出嫁，卢渥恰巧选中了那个题诗的宫女。

⑱何由见得，何由，何从，哪有机会给人见到呢？

分析

这首词是一百四十字的长调，副题"蔷薇谢后作"，写蔷薇凋谢，借惜花惜春表现自惜之意。上阕开头由更换单衣、试着新酒想到季节的更换，点出春将逝去，因而怅惘在客中把光阴白白抛弃了。感慨以后，就想挽留春光，他知道春是不能久驻的，只希望能暂留，但春如同飞鸟一样归去，一去就了无痕迹了。于是由春归进入花谢的主题。为问花何在？夜来风吹雨打，已经埋葬了如楚宫倾国美人一般的落花。这几句用典，既用语典，又用事典，楚宫倾国是事典，夜来风雨则用语典。下面继续写落花，以花瓣比美人头上的钗钿，它堕落的地方就遗留下香泽，一派衰飒景象，引人感伤。词人痛惜地发问：更有谁因多情而为落花追惜呢？只有蜜蜂蝴蝶时时叩打窗隔，表达他们的惋惜和悲痛。上阕写春归花落，是试酒试单衣时的想象，下阕才走进东园去实地凭吊落花。园里花事谢了，只剩下绿叶茂密，景色幽暗，词人只能静静地绕行在花丛之下，叹息春归花落。人既惜花，花亦惜人，蔷薇长长的枝条仿佛故意惹动行客的愁绪，钩住衣服似牵着衣服等待词人说些什么话。这一句写得形神兼备，牵衣扣住蔷薇带刺的特点写其形，待话则写其神。这时词人看见枝头尚有一朵小小的残花，就摘下来勉强插在头巾之上。"终不似"，是"虽"或"纵"的意思，虽然比不上大花在美人钗头颤袅多姿，但也还是依依多情地"向人欹侧"着。词的最后翻进一层，由枝头小花想到水中落花的命运，记起红叶题诗的故事，同样暗含自己没有机会让人知道之意。全篇叙事，在叙事中抒情，或意中叙事，饱含情感，或实际地叙事，夹以抒情，把一段十分普遍的惜春情感往复腾挪地表现出来。

苏幕遮

燎沉香①，消溽暑②。鸟雀呼晴③，侵晓窥檐语④。叶上初阳干宿雨⑤，水面清圆⑥，一一风荷举⑦。　故乡遥，何日去？家住吴门⑧，久作长安旅⑨。五月渔郎相忆否？小楫轻舟，梦入芙蓉浦⑩。

注 释

①燎，小火延烧。沉香，香料。

②消，消解。溽暑，湿热的暑气。

③呼晴，唤晴，古代有鸟雀鸣叫可以占晴雨的说法。

④侵晓，侵早，天刚亮的时候，侵，近。

⑤宿雨，昨夜的雨水。

⑥清圆，指荷叶清润又圆正。

⑦一一，一张一张。风荷，风中的荷叶。举，挺立。

⑧吴门，苏州旧为吴郡治所，称吴门。作者为钱塘人，钱塘原属吴郡，或以此称吴门。

⑨长安，汉唐故都，借指宋代的汴京。

⑩楫（jí），同楫，船桨。芙蓉浦，荷花塘。

分析

　　这首词一反周词富艳精工的风格，写得清新淡远，接近山水诗的意境，尤其写水上荷花最得后人鉴识。上片写景，起笔写室内，写静景。小火延烧沉香，消解潮湿的暑气。点出盛夏，并点出阴雨天气，同时焚香消暑，整个境界给人凉爽安静的感觉。接着从室内写到室外，从静景写到动景。鸟雀喧呼着晴天，立在屋檐下，窥看着室内并说话。"呼"字传神地写出鸟的动态，暗示着一派欢乐热闹的夏晨景象。视野再放开，写湖面景象，而描景更为传神：刚上升的太阳晒干了叶上隔夜的雨水，水面上清润园正的荷叶一张一张在晨风中举起来。这几句不仅写出了荷的形，而且写出了荷的神。下片写思乡之情，写得明白如话，不加雕饰。故乡遥远，什么时候能去？正面表现乡思。家住在苏州，久作汴京的旅客，一个"久"字暗示出在京城无所作为。紧接着写思念家乡的人与事，驾小舟入荷花塘是在家乡夏天最美的事，但作者只能做这美好的梦了，以梦作结，亦实亦虚，变幻莫测。而芙蓉照应上阕结尾的风荷。美丽的荷花既是眼前景，又是梦中景，实际是词人魂牵梦萦的思乡情的触媒与见证。

（十三）李清照

李清照（1084—1155?），号易安居士，齐州章丘（今属山东济南）人。父亲李格非是有名的学者，丈夫赵明诚是金石学家。李清照是南北宋之交的重要词人。她的一生可分前后两期。前期生活优裕，与赵明诚诗词酬唱，并收集金石书画，词作多咏唱爱情生活与离别相思，以女性的细腻自写闺阁心情，与一般男性词人写婉约词不同。后期经历了靖康之变，家破夫亡，颠沛流离，词风一变，以悲哀的笔触抒写自己漂泊伶仃的处境与孤寂抑郁的心情，艺术上更为成熟。她善于以日常生活环境与行动、细节来表现内心世界；词风淡雅清疏；语言明白省净，如平常语，却又极富表现力，词人中只有李煜可以与她媲美。李清照词是婉约词代表，世称"易安体"。她留下一篇《词论》，主张词"别是一家"。

醉花阴

薄雾浓云愁永昼，瑞脑消金兽①。佳节又重阳，玉枕纱厨②，半夜凉初透。　东篱把酒黄昏后③，有暗香盈袖④。莫道不消魂⑤，帘卷西风⑥，人比黄花瘦。

注 释

①瑞脑，一种香料。金兽，金兽炉，兽形的铜香炉。消，燃烧尽。

②玉枕，磁枕的美称。纱厨，纱帐。

③东篱，菊圃，语出陶渊明《饮酒》诗（其五）："采菊东篱下，悠然见南山"。把酒，端着杯子喝酒。

④暗香盈袖，语出《古诗十九首》："馨香盈怀袖，路远莫致之"。

⑤消魂，同销魂，这儿指十分愁苦。

⑥帘卷西风，倒文，西风卷帘。

分析

这首词是李清照前期词的代表作，写离别相思。开头以薄薄的雾气，浓浓的乌云，营造了一个灰暗、凝固的环境，接着以铜香炉中瑞脑香已经燃烧尽，表现她等待时间之久，然后及时指出，"佳节又重阳"，一个"又"字对比出今昔的不同，突出了今天的孤独。白天如此，晚上呢？"玉枕纱厨，半夜凉初透"，表面写秋凉，实际写出了心里的凉意。下片如一个特写镜头，着重写黄昏时赏菊东篱。黄昏时分，面对菊圃，端杯饮酒，菊花的幽香浮动，充满衣袖，有色有香，景象绝美，人却十分惆怅，因为想起了古人诗句："馨香盈怀袖，路远莫致之"，这就引出下文的愁情抒发：秋风卷起门帘，帘内之人对帘外之菊，人比菊花还要消瘦，这消瘦是相思所造成的。"人比黄花瘦"的比喻新颖独特。菊花的形象清淡、朴素，给人消瘦之感，这是得其形；菊花的不求浓艳，自甘平淡的形象又代表着人的高洁情怀，表现了自己不同凡俗的气质风韵，可谓得其神；同时也超出了一个纯粹女性的审美习惯，表现出古代知识分子的审美品格。

声声慢

寻寻觅觅①，冷冷清清，凄凄惨惨戚戚。乍暖还寒时候②，最难将息③。三杯两盏淡酒，怎敌他④、晚来风急⑤！雁过也，正伤心，却是旧时相识。　满地黄花堆积，憔悴损，如今有谁堪摘！守着窗儿⑥，独自怎生得黑⑦！梧桐更兼细雨，到黄昏、点点滴滴。这次第⑧，怎一个愁字了得⑨！

注释

①寻寻觅觅：寻觅，用叠字表示程度，找来找去。

②乍暖还寒：一会儿回暖，一会儿又寒冷了。

③将息：保养休息。

④敌，抵挡。他，这个词虚化了，没有意思。

⑤风急，急，劲吹，风急，指秋风劲吹。

⑥守着窗儿，意思为：坐在窗前。

⑦怎生，口语，怎么。黑，指天黑。

⑧次第，口语，情况，情景。

⑨了得，尽得，说得尽。

分析

这是李清照后期词的代表作，反映她经历家破夫亡的浩劫后，在孤苦伶仃的日子里煎熬的情景。开头连下七对叠字，寻觅，写动作，以无目的的动作表现孤独；冷清，写天气，又是写环境，表现环境的冷漠；凄惨，写心境，表达自己遭遇不幸后的精神状态，这三句是词人后期悲惨生活的真实写照。手法上突破词中不能多用叠字的成规，这七对叠字还是舌、齿两音，难于一起发出，却创造性地放在一起，表现出心中无限的痛苦。接着写健康状况，天气不好难于保养，言外之意是精神受创伤而难于保养。再写借酒浇愁，却挡不住秋风劲吹。下面借景表情。一是大雁，雁在人亡，再无人托雁传书，二是菊花，早年曾以菊花比相思之瘦，现在菊花堆积满地也无人问津了。物是人非的景物使她感到时光难熬，盼望天黑，而到黄昏时，又下起雨来，细雨滴在梧桐树上，更勾引起人的点点滴滴的愁情，最后词人不禁发问：这种状况，一个愁字哪能说得尽呢？这首词以愁情抒发为主，通篇借景抒情，借大雁、菊花、秋风、细雨等景与寻觅、饮酒等事件抒发悲苦之情，最后才结出一个"愁"字。语言也极富表现力。

（十四）陆游

陆游（1125—1210），字务观，号放翁，晚号龟堂老人，越州山阴（今浙江绍兴）人。29岁参加进士考试，名列前茅，因遭秦桧嫉恨而被除名。孝宗时赐同进士出身，先后任枢密院编修、镇江通判等职。46岁入蜀任夔州通判，48岁被川陕宣抚使王炎邀请入幕，来到南郑前线，但不到一年，就因王炎调离而改任成都安抚使参议。在川陕生活的九年是他创作的丰收时期，他领略到诗家三昧，形成了宏丽悲壮的诗歌风格。54岁离蜀东归，先后在福建、江西、浙江等地任职。66岁被免职，回到山阴，闲居达二十年。陆游是南宋著名爱国诗人，与范成大、杨万里、尤袤并称中兴四大诗人，一生创作诗篇近万首，在爱国忧国的情绪上接近杜甫，而在奔放的热情上又接近李白。

剑门道中遇微雨

衣上征尘杂酒痕①，远游无处不消魂②。

此身合是诗人未？细雨骑驴入剑门③。

注 释

①征尘，旅途中染上的尘土。

②消魂，同销魂，见前面李清照《醉花阴》词注⑤。

③唐代诗人多有骑驴吟诗的佳话，如李白、杜甫、李贺、贾岛等，《唐诗纪事》卷六十五引《古今诗话》：郑棨说："诗思在灞桥风雪中驴子上"。陆游因骑驴而产生联想，自问：我是不是一个诗人呢？合，应该。未，否。

分 析

这首诗是孝宗乾道八年（1172）冬，诗人由南郑前线返回成都任安抚使参议途中所作，由此可知诗人心情的抑郁。首句写征尘。这征尘来自从南郑到剑门的长途奔波，同时又来自南郑前线铁马秋风的战斗生活，后一种征尘为作者所喜爱自豪，却一去不返，只剩下返回后方的无聊征尘，令人百感丛生，唯一的办法就是借酒浇愁，于是征尘上又杂上酒痕了。接着写远游消魂。远游指从南郑到成都的旅行，但也可扩大为半辈子的风尘仆仆，这样的远游自然令人"消魂"。"消魂"一词可喜可悲，所以这一句实际包含了半生的喜怒哀乐，以及由此产生的无限感慨。接下来，诗人从自己的骑驴入剑门而联想到许多前辈诗人的骑驴，不禁发问：我算不算一个诗人呢？他当然是诗人，但是唐宋时代的诗人决不以当诗人为目标、为职业，陆游终生从事的事业是恢复国土，然而这次由南郑来到后方，壮志难酬，只能落个诗人的下场，使得诗人在抑郁中自嘲，故作轻松而更加沉痛。

关山月

和戎诏下十五年①，将军不战空临边。朱门沉沉按歌舞②，厩马肥死弓断弦③。戍楼刁斗催落月④，三十从军今白发。笛里谁知壮士心⑤？沙头空照征人骨⑥。中原干戈古亦闻，岂有逆胡传子孙⑦！遗民忍死望恢复⑧，几处今宵垂泪痕。

注 释

①和戎，戎，古代少数民族，这儿指金国，和戎，与少数民族媾和。从宋孝宗隆兴元年（1163）下诏与金人议和，到淳熙四年（1177）作者写作此诗，历时15年。

②沉沉，形容屋宇深邃。按歌舞，按照歌舞的节拍演奏。

③厩马肥死，指养在马厩里的马肥胖到死。

④戍楼，边境的哨楼。刁斗，行军锅，夜晚并用来打更报时。

⑤笛，羌笛。

⑥沙头，沙场边头。

⑦金朝从太祖阿骨打建国，其后侵入中原地带，到南宋孝宗时，已经传国五代了。逆胡，逆，倒行逆施，胡，对少数民族的蔑称，此指金人。

⑧遗民，金人占领区的汉族人民。忍死，忍着不死。

分 析

淳熙四年（1177），陆游自南郑前线改调成都已经五年，诗人感时伤事，以《关山月》乐府旧题咏时事。这首诗容量极大，短短十二句，每四句一换韵，成一段落。前四句揭露统治者的投降卖国。开始说"和戎诏下十五年"，明明是屈膝求和，却说成是和戎，充满了对投降派的讽刺，这一句笼罩全篇。接着写统治者在贵族深院中欣赏轻歌曼舞，不惜屈膝求和，造成了将军白白地驻守边关，战马在马厩中肥死，兵器在兵库里烂掉。中四句转写边关将士报国无门的悲愤。边防哨楼的刁斗声中，月亮落下去了，战士们对这样长期驻守不战表示了极大的不满，他们三十岁从军，今天已经满头白发了，望着月亮的沉落，感慨时间的流逝，他们那报国无门的苦闷心情由一曲羌笛声传出。而死去的战士呢？沙场上的月亮空照着他们的尸骨。后四句又转写敌占区的人民。中原战事从古以来就有，但是哪里有外族侵略者在这儿传下子孙，长期统治呢？"岂有"一词表现了赶走侵略者的信心。接着写遗民忍耐着敌人的蹂躏，不甘心去死，盼望着恢复。这首诗围绕题目"关山月"，从关山（空间）与月（时间）两方面展开，关山指边塞，这儿从关内的统治者写到关上的战士，再写到关外的遗民；月亮的升落表现时间的推移，它照着统治者的朱门歌舞，战士的白发与白骨，遗民的眼泪，借着月亮的照射，对长期和戎不战的局面作了深刻的揭露。

钗头凤①

红酥手②，黄縢酒③，满城春色宫墙柳④。东风恶⑤，欢情薄，一怀愁绪，几年离索⑥。错，错，错！　春如旧，人空瘦。泪痕红浥鲛绡透⑦。桃花落，闲池阁。山盟虽在⑧，锦书难托⑨。莫，莫，莫⑩！

注 释

①这首词包含一个凄艳的爱情故事。据周密《齐东野语》记载，陆游初娶唐氏为妻，与其母为姑侄。夫妻相得，而新妇不得其母欢心，母命休妻。后唐氏改嫁赵氏。陆游曾以春日出游，相遇于绍兴禹迹寺南的沈园，唐氏告知赵氏，以酒肴赠陆游。陆游为赋《钗头凤》词，题于壁间。后唐氏见此词，抑郁而死。

②红酥手，红润而白嫩的手。

③黄滕（téng）酒，黄封酒，当时的一种官酒。

④宫墙，指沈园的园墙。绍兴原为古代越国的都城，宋高宗也一度以此地为行宫，故称宫墙。

⑤比喻陆母对这一美满婚姻的破坏。

⑥一怀，满怀。离索，离散。索，孤独。

⑦红浥（yì），用红泪的典故，据晋代王嘉《拾遗记》，魏文帝宫人薛灵芸告别父母上车，泪下沾衣，以玉唾壶承泪，到京师时，壶中泪凝如血。浥，沾湿。鲛绡（xiāo），神话中南海鲛人所织的丝绢，后用作手绢的别称。

⑧山盟，盟誓如山。

⑨锦书，《晋书》记载前秦窦滔妻苏氏织锦为回文诗，寄赠丈夫，后以锦书作为男女之间的书信。

⑩表示作罢的意思。

分析

开头三句再现这次重逢于沈园的场景。红酥手，写唐氏之美，充满怜爱之情，黄滕酒，写唐氏送酒，宫墙柳，点明时间与地点，又暗喻唐氏如宫墙内的柳树，可望而不可即。接写离异的凄凉。东风恶，指陆母迫令休妻，造成了夫妻之间的欢情少；而离异以后呢？满怀离愁别绪，几年离别孤独的生活。两句写尽了别后的情怀。最后以叠词作结：错，错，错！三个"错"字写出一种含义丰富而又不能分析的悔恨，而这种直抒胸臆的写法因为感情的真挚，显得十分感人。下片开头又回到眼前的场景，春光如旧，反衬人的消瘦，以乐景写哀情。泪痕红浥鲛绡透，写唐氏的终日以泪洗面，又是从自己心中体会出来的，表现了自己对唐氏的轻怜痛惜，同时用了两个典故，红泪与鲛绡，写出两情之深。接着又从情写到景，以景衬情，花落人稀、池阁萧条。这是意中景，暗喻唐氏离去后的人去楼空，烘托自己的悲凉心境。这儿以哀景烘托哀情，逼出山盟虽在、锦书难托的感慨。最后发出绝望的呼喊：莫，莫，莫！这三个字同样写出一种含义丰富而又难以分析的情感。

（十五）辛弃疾

辛弃疾（1140—1207），字幼安，号稼轩，历城（今山东济南）人。宋高宗绍兴三十一年（1161），辛弃疾参加耿京的抗金起义军，并受耿京委派，渡江联系归宋事宜，后知耿京被叛徒张安国杀害，他率50名骑兵闯入金营，生擒张安国归宋。归宋后，历任湖北、湖南、江西安抚使，力主抗金，反对投降、妥协，遭到当政者的忌恨，被罢职闲居江西上饶、铅山近20年，其间虽两次被起用，但时间都不长，68岁时含愤而死。辛弃疾是宋代著名词人，其词是战士之词、英雄之词，题材广泛，内容丰富，充满爱国情感与壮志难酬的悲愤。风格上以纵横慷慨、雄深雅健为主，被称为豪放词，他也有不少平淡委婉的词与刚柔相济的词。表现方法上，发展苏轼的"以诗为词"为"以文为词"，不仅有诗的句法，而且有散文的句法。

摸鱼儿

淳熙己亥，自湖北漕移湖南①，同官王正之置酒小山亭②，为赋。

更能消、几番风雨③，匆匆春又归去。惜春长怕花开早④，何况落红无数。春且住，见说道⑤、天涯芳草无归路⑥。怨春不语。算只有、殷勤画檐蛛网，尽日惹飞絮⑦。　长门事，准拟佳期又误。蛾眉曾有人妒，千金纵买相如赋，脉脉此情谁诉⑧？君莫舞，君不见、玉环飞燕皆尘土⑨！闲愁最苦！休去倚危栏，斜阳正在，烟柳断肠处⑩。

注 释

①淳熙己亥，宋孝宗淳熙六年（1179），岁在己亥。湖北漕移湖南，漕，漕司，宋朝称转运使为漕司，掌管一路财赋。移，调任。此指辛弃疾

由湖北转运副使调任湖南转运副使。

②同官王正之，王正己，字正之，是辛弃疾旧友，此时王正之接替辛弃疾职务，故称同官。置酒，摆酒席。小山亭，在湖北转运副使官衙内。

③更能消，再能够经受，消，经受。

④长怕花开早，经常害怕花开早了，因为早开就会早谢。长，常。

⑤见说道，见说，听说，据说。

⑥天涯长满芳草，春天没有归去的道路。

⑦此句倒装，正常词序为：画檐蛛网，尽日殷勤惹飞絮。尽日，整天。惹，沾惹。飞絮，春天的柳絮。

⑧长门事，指汉武帝的陈皇后被贬长门宫一事。据司马相如《长门赋序》，陈皇后被贬长门宫后，以黄金百斤为司马相如取酒，求相如写了长门赋，汉武帝看了这篇赋后，十分感动，陈皇后再次得到宠幸。实际上陈皇后并未再次得宠，这儿作者把《长门赋序》与历史史实合在一起说。准拟，一准定好的。蛾眉曾有人妒，蛾眉，指美人，这句出自《楚辞·离骚》："众女嫉余之蛾眉兮，谣诼谓余以善淫。"

⑨玉环，杨玉环，唐玄宗的宠妃，死于安史之乱。飞燕，赵飞燕，汉成帝宠幸的皇后，后废为庶人，自杀而死。这儿以二人为善妒之女。

⑩斜阳烟柳，以喻国势衰微。

分析

这是一首怨词，辛弃疾处境孤危，所以用比兴手法托物寄意，构成全词象征性的体系。上片借景抒情，下片托古喻今，曲折深婉地表达了郁愤之情。上片写惜春，以风雨春归表现送春；再以怕花开早而落红无数表现惜春心情；接着以"春且住"喝春；喝春不能止住春归，于是劝春：芳草直绵延到天涯，没有你的归去之路；但是婉劝仍然不行，最后只能是怨春，怨其不语不顾地离去，剩下的只有屋檐下的蜘蛛网网住的一点柳絮，这一点春意是满足不了词人对春天的留恋的。整个上片以送春、惜春、喝春、劝春、怨春五层婉曲，把词人的惜春心意款款托出，而借景抒情，春残春归表现的是对南宋小朝廷国事日非的担忧，送、惜、喝、劝、怨的种种行为也表现出爱国者的奔走呼号。如果说上片表现的是对国事的担忧，则下片表现对个人身世的感慨。同样以比兴手法，由上片的惜春变为闺怨，而使事用典，以陈皇后被弃长门宫表现见妒；再以相如赋也改变不了这种现状来表现失宠；接着以玉环飞燕皆化为尘土呵斥投降派；但投降派的化为尘土也不能改变国势的衰败，所以发出闲愁最苦的倾诉，以冷宫怨妇的闲愁表现自己的壮志难酬；最后以凭栏看斜阳烟柳的特写镜头表现自己的深深不甘而又无可奈何，那烟柳晚景正是南宋小朝廷孤危处境的形象写照。

青玉案·元夕①

东风夜放花千树②，更吹落，星如雨③。宝马雕车香满路④。凤箫声动⑤，玉壶光转⑥，一夜鱼龙舞⑦。 蛾儿雪柳黄金缕⑧，笑语盈盈暗香去⑨。众里寻他千百度，蓦然回首，那人却在灯火阑珊处⑩。

注 释

①元夕，元宵节。

②指树上扎满了彩灯，如鲜花开放。

③星如雨，指焰火落下，如同满天的星星落下。

④宝马雕车，华贵的车马。

⑤凤箫，箫的美称。

⑥玉壶，月亮。光转，普照的意思。

⑦鱼龙舞，舞鱼灯、龙灯。

⑧蛾儿、雪柳、黄金缕，都是女子头上的装饰品。

⑨盈盈，体态轻盈的样子。暗香，幽香，此指美人。

⑩蓦（mò）然，忽然。阑珊，零落。

分 析

这首词可分三层。第一层为上片，用夸张、比喻的手法描写元宵夜的热闹场面。开头三句写灯火之盛，把元宵夜的花灯比喻为千树花开，焰火落下比喻为星星坠地。接写贵族人家的观灯，华贵的车马，满街的香气。最后写元宵节的热闹场面，音乐奏响，月亮普照，一夜鱼龙百戏，翩翩起舞。把元宵灯会渲染到极点，是为下文作铺垫。下片用白描手法描绘两类妇女，前者是观灯的妇女，头戴美丽的头饰，体态轻盈，互相嬉笑。这是第二层，同样是为了烘托下文。"暗香去"三个字写出美人的离去，又透出词人的心意，他原来是来找人的，这就转到第三层，描写一个远离灯火的女子。众里寻他千百度，正在失望时，突然回头，那人却在灯火稀落的地方，写出这个女子的自甘寂寞，与众不同。梁启超说："自怜幽独，伤心人别有怀抱"（《艺蘅馆词选》引)，的确，这个女子的身上有着作者自己的影子，表现了他内心深处的牢愁。

水龙吟·过南剑双溪楼①

举头西北浮云②，倚天万里须长剑③。人言此地，夜深长见，斗牛光焰④。我觉山高，潭空水冷，月明星淡。待燃犀下看，凭栏却怕，风雷怒、鱼龙惨⑤。　峡束苍江对起，过危楼，欲飞还敛⑥。元龙老矣，不妨高卧，冰壶凉簟⑦。千古兴亡，百年悲笑，一时登览⑧。问何人又卸，片帆沙岸，系斜阳缆⑨。

注 释

①南剑，宋时州名，州治在南平（今福建南平）。双溪楼，在南平城东，楼下有澄潭，传说中的宝剑化龙之津。

②西北浮云，既是眼前景，又语意双关，喻指金人侵占的中原地区。

③倚天长剑，传为宋玉所作的《大言赋》说："长剑耿耿倚天外"，倚天，靠着天外，倚天长剑，指靠着天外才能抽出的长剑，极言剑的长度。

④斗牛光焰，指宝剑的光焰。据《晋书·张华传》及王嘉《拾遗记》记载，晋人张华见斗、牛二星间有紫气，于是叫雷焕为丰城令，到当地去寻找，雷焕从地下掘出两支宝剑，一为龙泉，一为太阿。两人各佩带一

支。张华死后，其剑也遗失。后雷焕子佩剑过南平，其剑从腰间跃入水中，及入水寻找，见水中双龙盘旋，于是作罢。这就是著名的延津剑合的故事。

⑤待燃犀下看，用温峤典故，据《晋书·温峤传》，江州刺史温峤路过牛渚矶，听说水中多妖，于是燃犀下照，见水中诸怪皆来灭火。待，打算。鱼龙，概指凶猛的水族。惨，凶狠。

⑥峡束，峡谷约束。苍江，青苍色的江。对起，指剑溪、樵川二水对起。危楼，高楼，这儿指双溪楼。敛，收敛，这儿指水势转为舒缓。

⑦元龙，陈登，字元龙，汉末人，有匡世之志。许汜去见他，他见许汜无大志，不加理睬，自上大床卧，让许汜睡下床。冰壶凉簟，一壶凉水，一张凉席。

⑧登楼引起的千古兴亡之感。

⑨在斜阳里，卸帆系缆于沙岸。缆，系船的缆绳。

分析

这首词是辛弃疾任职福建时，登上南剑双溪楼怀古所写。上片写收复中原的壮志受挫，下片写千古兴亡的感慨与不如归隐的愤激情绪。上片开头写举头看西北浮云，要有倚天长剑驱除金国侵略者。而澄潭中正有宝剑，夜深可见宝剑的光焰。但是此地却是山高、水冷、月明、星稀，一派肃杀的景象，这种肃杀的景象正是反对抗金的投降派的象征。他打算燃犀下看，却怕水中的鱼龙兴起风浪。鱼龙也是喻指投降派。整个上片采用双关、象征的手法，熔夸张、想象与神话传说于一炉，同时写出了自己的心理活动，充分表现了辛弃疾以文为词、纵横捭阖的艺术风格。内容上看，写出了自己收复中原的壮志豪情与投降派的处处阻挠。下片开头借南剑双溪对起，却被峡谷束缚，只得收敛的自然景观来喻指自己的壮志受挫，自然而又巧妙地照应了上文，同时又开启下文的"元龙老矣"，以陈登自比，既写出了自己的英雄气概，又写出现在的英雄年老，内容丰厚。而不妨高卧，享受冰壶凉簟的归隐生活，既是实情，又是愤激之言，所以接下来依然是登楼怀古，引起兴亡之感。在情感达到高潮时，突然一转，见有人黄昏系舟于沙岸，结尾十分高明，第一，是以景结情，深得词的写法之妙；第二，在情感达到高潮时突然一截，如截奔马；第三，这既是眼前景，又有着象征意义，象征着年老而归隐。

（十六）姜夔

姜夔（1155？—1221），字尧章，号白石道人，鄱阳人。20岁起，历江淮，过维扬，泛洞庭，辗转湘、鄂间十余年。32岁时，结识诗人萧德藻，萧嫁以侄女，而后携之同寓湖州，姜夔得以卜居吴兴弁山的白石洞，号白石道人。此后姜夔一直流寓湖州、杭州一带，与范成大、杨万里、辛弃疾、张鉴等达官贵人交游，卒于杭州西湖。姜夔一生未仕，依靠自己的文艺才能寓迹江湖，往来于权贵之门，而没有曳裾权门之举，耿介清高，如野云孤飞，舒卷自如。姜夔是辛弃疾同时的词人，其词在辛词外另立一宗，张炎总结为清空骚雅。他精通音律，善于自度曲，语言瘦硬幽冷，爱写咏物词，爱咏梅花，与张炎并称姜张。清初浙西词派推崇姜张，达到家白石而户玉田（张炎）的地步。

暗　香

辛亥之冬①，予载雪诣石湖②。止既月③，授简索句④，且征新声⑤，作此两曲。石湖把玩不已，使工妓隶习之⑥，音节谐婉，乃名之曰《暗香》《疏影》。

旧时月色，算几番照我，梅边吹笛。唤起玉人，不管清寒与攀摘⑦。何逊而今渐老，都忘却、春风词笔⑧。但怪得、竹外疏花，香冷入瑶席⑨。　江国⑩，正寂寂。叹寄与路遥⑪，夜雪初积。翠尊易泣，红萼无言耿相忆⑫。长记曾携手处⑬，千树压、西湖寒碧⑭。又片片、吹尽也，几时见得⑮？

注释

①辛亥，宋光宗绍熙二年（1191），岁在辛亥。

②载雪，披雪，冒雪。诣，谒见。石湖，范成大，号石湖居士。

③止，停止，居留。既月，已经一个月。

④授简，授于纸笔。索句，求诗，这儿是求词。

⑤征新声，征求新的词调。

⑥把玩，拿着赏玩。工妓，乐工与歌妓。隶习，学习，隶，通肄（yì），学习。

⑦玉人，美人，此指作者以前的恋人。

⑧何逊，南朝梁代诗人，在扬州任职时有《咏早梅》诗。杜甫《和裴迪登蜀州东亭送客逢早梅相忆见寄》诗："东阁官梅动诗兴，还如何逊在扬州。"春风词笔，指咏春天的作品。

⑨竹外疏花，指竹林外疏朗的梅花。香冷，指梅花又香又冷的气息。瑶席，宴席的美称。

⑩江国，南国，南方多水，故称江国。

⑪寄与，寄给。

⑫翠尊，翠绿色的酒杯。红萼，红梅。耿，耿耿，形容心中不安。

⑬长记，常记。

⑭千树，指千株梅树。压，这儿指开放。西湖寒碧，指西湖水又寒冷又碧绿。

⑮梅花一片片被风吹尽，几时才能再见呢？

分析

这是姜夔一首著名的咏梅词，调名取自林逋《山园小梅》诗"疏影横斜水清浅，暗香浮动月黄昏"，是自度曲。前人大都认为其中寄托有家国兴亡之感，其实是一首咏物怀人之作。姜夔年轻时在合肥结识一对弹琵琶的姊妹，后来这对姊妹离开合肥北行，姜夔不少词都是怀念这对姊妹的。

这首词开头以"旧时月色"导入回忆，月色照我梅边吹笛，景象事物十分清冷。又唤起美人攀折梅花，境界幽雅冷艳。这是回忆，下面转入眼前抒情。用何逊自比，又感叹自己渐老，已经忘记了咏梅花的春风词笔，只因为那梅花的气息送入瑶席，才又记起来了。整个上片写过去赏梅、今日衰老的感慨，而赏梅中有人，自然过渡到下片由追忆而寄消息。下片开头写独居南方的寂寞，而想寄梅给当年的恋人，却路遥而积雪，只能对着酒杯悲叹，红梅也无言地陪伴自己耿耿相忆。最后再次回忆与对比。过去是携手同游西湖，千树梅花开放在寒冷又碧绿的湖水上，"压"字瘦硬，是以健笔写柔情。今天呢？梅花一片片被风吹尽，几时才能再见呢？表面写梅花，切合咏梅的本意，深层写情事，表达希望再见之意。这首词咏梅，在咏梅中抒写情事，咏物与抒情不沾不离，深得咏物之妙。又代表了姜词"清空"的特点，内容上情语多而景语少，这是"空"；章法上多用虚字替换，如"算几番""但怪得"等，这是"疏"；语言上冷幽瘦硬，这是"淡"。

（十七）史达祖

史达祖（生卒年不详），字邦卿，号梅溪，汴（今河南开封）人。韩侂胄亲信的堂吏，韩败，史达祖受黥（qíng）刑，死于贫困。他长于咏物，对物的描摹达到形神兼备的地步，但其中的情感不足。词风奇秀清逸。

双双燕·咏燕

过春社了①，度帘幕中间②，去年尘冷③。差池欲住④，试入旧巢相并。还相雕梁藻井⑤，又软语商量不定⑥。飘然快拂花梢，翠尾分开红影⑦。

芳径⑧，芹泥雨润⑨。爱贴地争飞，竟夸轻俊⑩。红楼归晚⑪，看足柳暗花暝⑫。应自栖香正稳⑬，便忘了天涯芳信⑭。愁损翠黛双蛾⑮，日日画栏独凭。

注释

①春社，古代乡村祭祀土地神的日子，在春分前后。了，尽。

②度，忖度。帘幕，古代富贵人家屋宇深邃，多设帘幕。

③去年，隔了一年。尘冷，布满灰尘，显得清冷。

④差池（cī chí），形容燕子飞翔时，羽翼参差不齐的样子。

⑤相（读去声），打量。雕梁，雕画的屋梁。藻井，屋梁上的承尘，彩绘做井字形，故称藻井，俗称天花板。

⑥软语，软语呢喃，形容燕子的亲昵。

⑦红影，花影。

⑧芳径，长了花草的小径。

⑨芹泥，水边长着芹草的泥地。雨润，雨水润湿。

⑩轻俊，轻盈俊俏。

⑪红楼，富贵人家的楼房，此即燕子所居之地。

⑫柳暗花暝，春天黄昏时候的景色。

⑬应自，表猜度，应该是。栖香，睡得香甜。

⑭天涯芳信，天边寄来给闺中人的书信。

⑮愁损，愁煞。翠黛，画眉的青绿色颜料。双蛾，双眉，蛾，喻指女子的美眉。翠黛双蛾，借指闺中少妇。

分析

这是一首著名的咏物词，描写燕子重归旧巢软语多情和竞飞花间轻盈俊俏的体态，刻画细腻传神。上片写春燕重归旧巢在红楼中的情状，下片写燕子在春光中飞游的神态。开头写燕子回归的时间与环境，过了春社，是时间，隔年尘冷，是环境。接写燕子想停下来，尝试进入旧巢，揣摩燕子的心态，又写其亲昵相并，打量着屋梁，软语商量，刻画燕子的情态，具形具神。然后写它们飞出来，轻快地拂过花的枝头，翠绿色的尾翼分开花影，极写燕子双飞时的体态轻盈。下片开头四句进一步写飞翔情状。它们飞到花间小径，春雨润湿的芹草地，是为了重筑旧巢，这正是它们软语呢喃的内容。而爱贴地争飞，彼此夸耀轻盈俊俏，表现燕子双飞时的亲密愉快的心情，更是写其神韵。以下就描写燕子的飞倦归晚了。它们晚归红楼，已经看足了柳暗花暝。"柳暗花暝"四字，既点出时间，又表现了花与柳的情态，同时还写出了人的处境、经历与情感，含有士大夫的沧桑之感，近人俞陛云说："多少朱门兴废，皆在看足二字之中"。下面虚拟燕子归巢睡足，忘记了天涯来信，以至于愁煞闺中少妇，天天独自凭依在画栏旁边。以少妇的孤独反衬燕子的自由愉快和形影不离。

（十八）吴文英

吴文英（1207？—1269？），字君特，号梦窗，又号觉翁，四明鄞县（今浙江宁波）人。一生没有作官，而依人游幕几十年，其中在苏州仓幕供职12年，后来又在越州供职。他毕生从事词的创作，而与姜夔词有分庭抗礼之势，变姜词的清空为密实。南宋末年沈义父《乐府指迷》传吴氏家法，与传姜夔家法的张炎《词源》俨然敌国。

八声甘州·灵岩陪庚幕诸公游①

渺空烟四远②，是何年、青天坠长星③？幻苍崖云树④，名娃金屋⑤，残霸宫城⑥。箭径酸风射眼⑦，腻水染花腥⑧。时靸双鸳响，廊叶秋声⑨。　宫里吴王沉醉，倩五湖倦客，独钓醒醒⑩。问苍天无语，华发奈山青⑪！水涵空⑫，阑干高处，送乱鸦斜日落渔汀⑬。连呼酒，上琴台去⑭，秋与云平⑮。

注 释

①灵岩，山名，在苏州西南的木渎镇西北，山顶有灵岩寺，相传为吴王夫差所建馆娃宫的遗址。庚幕，指仓台幕府，庚，粮仓。

②长空无云，四望没有边际。

③青天坠长星，说灵岩山是天上坠落下的星星。

④苍崖云树，青山丛林。

⑤名娃，出名的美女，此指西施。金屋，用金屋藏娇的典故。

⑥残霸，指吴王夫差，他曾经与晋国争霸中原，但后来为越国所灭，霸业有始无终。

⑦箭径，即采香径，吴王曾经在香山种香，使美人在溪流中泛舟采香，从灵岩看过去，水直如箭，故又称箭径。酸风射眼，酸风，冷风，李贺诗《金铜仙人辞汉歌》："东关酸风射眸子"。

⑧腻水，脂水，指美人洗脸水中浑有许多脂粉。染花腥，花也因为腻水而沾染上脂粉的气味。

⑨靸（sǎ），拖鞋，这儿作动词用。双鸳，鸳鸯履，指女子的绣鞋。廊，指响屐廊，屐（xiè），木拖鞋，当年吴王叫人把长廊下面挖空，靸鞋在上面走过，响声不绝，故称响屐廊。廊叶秋声，指今天的响屐廊，只有两边秋风吹打落叶的声音了。

⑩倩（qìng），请求，这儿有"只有"的意思。五湖，即太湖。倦客，厌倦世事的客人。五湖倦客，指范蠡，他帮助越王勾践灭吴以后，就乘扁舟泛五湖而去。独钓醒醒，倒装，醒醒独钓，清醒的独自钓鱼。

⑪华发，白发。奈，无奈，比不上。山青，山色青青，指山不老。

⑫水涵空，水中包容着天空，指天空倒映在水中。

⑬渔汀，水边捕鱼的浅滩。

⑭琴台，在灵岩山西北绝顶，春秋吴国的遗迹。

⑮秋与云平，秋光与白云相平。

分析

这首词登灵岩山怀古，怀古是为了伤今，所以有家国之痛在，但是细味诗意，更有一种人生意识，是人生意识中含蕴着兴亡之感。开头写渺茫宇宙，四远雾气，就给人一种人生意识。然后写青天坠落下长星，幻化出人世间的夫差、西施故事，接着才写采香径、响屧廊，而以廊叶秋声加以对比，有不胜今昔之感。下片以范蠡的清醒对比夫差的沉醉，从对比中发出人老而山不老的感慨，又回到人生意识。接着写斜日下乱鸦渔汀的眼前景，表现大自然的永恒使人得到解脱，最后能连声呼酒，并登上更高的琴台，都是解脱后的表现，而所见秋光与白云相平的景致，更使人感到大自然的广大。全词景语多而情语少，体现出密实的特点。

（十九）王沂孙

王沂孙（生卒年不详），字圣与，号中仙，又号碧山，会稽（今浙江绍兴）人。宋末词人，入元后曾被迫担任庆元路学正。最工于咏物，现存词64首，咏物词占了34首。咏物词多写亡国之痛与故国之思。清中叶常州词派十分推崇王沂孙词，周济把他与周邦彦、辛弃疾、吴文英并称为宋四家。

齐天乐·蝉①

一襟余恨宫魂断②，年年翠阴庭树。乍咽凉柯③，还移暗叶，重把离愁深诉。西窗过雨，怪瑶佩流空，玉筝调柱③。镜暗妆残，为谁娇鬓尚如许④！　铜仙铅泪似洗，叹移盘去远，难贮零露⑤！病翼经秋，枯形阅世⑥，消得斜阳几度⑦？余音更苦⑧！甚独抱清商⑨，顿成凄楚？谩想熏风⑩，柳丝千万缕。

注 释

①齐天乐（yuè），词牌名，首见于周邦彦词。

②一襟，一衣襟，极言其多。余恨，遗留的仇恨。宫魂，用典，据说古时齐国有个宫女，因受冤屈而自杀，死后化为蝉，叫声凄厉。

③乍咽凉柯，刚在秋天的树枝上鸣咽。凉柯，秋天的树枝。

④瑶佩，玉佩。调柱，调整弦柱，实际指弹琴。

⑤娇鬓，比美人头上的蝉鬓，崔豹《古今注》记载，魏文帝宫人莫琼树"制蝉鬓，缥缈如蝉"。

⑥病翼，蝉翼带病。枯形，干枯的形骸，指蝉蜕。阅世，遗留世间。阅，经历，转为遗留的意思。

⑦消得，禁得住。斜阳几度，几次斜阳日落，指时间流逝。

⑧余音，指蝉到了秋后的鸣叫。

⑨甚，为什么。独抱，独自抱着，即独自发出。清商，清商曲，古乐府的一种，其音哀怨。

⑩谩想，徒然设想。熏风，南风，和风。《南风歌》："南风之熏兮。"此处以南风比喻南宋。

分 析

这是一首咏物词，咏蝉，而有寄托，把对南宋灭亡的哀悼与个人的身世之感合成一片，写得凄恻哀怨。开头用齐女化蝉的典故，使人想到宋代的后妃及宋王朝。再写蝉的情状，它藏在树阴之中，在秋树枝头鸣咽，在密叶中隐现。而秋雨过后，蝉声更如玉佩在空中流过，玉筝在琴师手中调整弦柱，这指蝉声由低沉转为清亮。接着再写形状，蝉鬓依然美丽，而用镜暗妆残比喻时代变迁。下片写蝉的餐风饮露，而用铜仙铅泪暗指宋室沦亡。再写秋晚，蝉翼带病，蝉蜕留在人间，已经没有多少时日了，暗指自己的身世。最后写余音凄凉，而设想着南风吹拂的好日子。通篇借蝉为喻，其中既有王室的影子，也有遗民的影子，写得不即不离，不粘不脱。

（柳永《凤栖梧》、苏轼《寄承天夜游》、辛弃疾《水龙吟·过南剑双溪楼》、姜夔《暗香》四篇选自袁世硕作品选，其他选自朱东润作品选。）

博文论学

谈"俗"

俗与雅相对，要了解典雅、雅致，就要了解其对立面："俗"。何谓俗？实在不好说。正好大师陈寅恪与钱钟书谈到了这个问题。陈寅恪说"熟就是俗"。这句话出自蔡鸿生《仰望陈寅恪》之附录《学风学位与学问》一文。蔡鸿生说，20世纪20年代清华四大导师中王国维、赵元任、陈寅恪三人讨论这个问题，同意陈的看法："熟就是俗"。要创新，唯陈言之务去。我看许多清代的诗就是甜熟，没有一点缺点，但就是没有一点感人之处，这就是俗，所以古人说宁拙毋巧，宁秃毋尖。而钱钟书说，太过，太多就是俗。他在《论俗气》（载《人生边上的边上》）一文中说，俗有两个意义，一是某桩东西中某成分的量超过适当的量，二是这桩东西能感动的人数超过适当的人数。举《石林诗话》说郑谷的诗"格力适堪揭酒家壁，为市人书扇耳！天下事每患自以为工处，着力太过，何但诗也！"魏禧《与友人书》道："着佳言佳事太多，如市肆之列杂物，非不炫目，正嫌有市井气耳！""卖弄装腔以及一切有市井气或俗气的事物就坏在太过太多两点。"太过、太多就会太熟，这就是俗。

以德报怨还是以直报怨

看金庸的小说，到结尾，其中人物总是"渡尽劫波兄弟在，相逢一笑泯恩仇"，两三人泯灭恩仇，一起到深山居住去了，如段皇爷与周伯通、瑛姑，典型的以德报怨。日常生活中，人们也常说，以德报怨，是儒家思想。是不是这样呢？

儒家经典《礼记》在《表记》篇记载：

> 子曰："以德报德，则民有所劝。以怨报怨，则民有所惩。诗曰：'无言不雠，无德不报'，大甲曰'民非后，无能胥以宁；后非民，无以辟四方'。"
> 子曰："以德报怨，则宽身之仁也。以怨报德，则刑戮之民也。"

前一句讲"以德报德"与"以怨报怨"。以德报德，则对老百姓有所劝勉，以怨报怨，则对老百姓有所惩罚。这讲的是君民关系，对于民的德，要以德回报，对于民的怨，也要以怨回报，这样，民才有所警惕。所以这句后面引《诗经》的话说：无德不报，无论善德与恶德；引用《尚书·太甲》的话说：民没有王（后）就不能互相安宁，王没有民不能开辟四方。

后一句讲"以德报怨"与"以怨报怨"。这是对所有人讲的，以德报怨不好，是宽身之人（仁），也就是苟求能够容身的人，是苟且偷安；以怨报德则更不好，是应该遭受刑戮的人。撇开以怨报德不讲，以德报怨，也为儒家所不屑。

这句话还见于《论语·宪问》：

> 或曰："以德报怨，何如？"子曰："何以报德？以直报怨，以德报德。"

有人对孔子说："以德报怨，怎么样呢？"孔子回答说："以德报怨，那么拿什么去报答德呢？只能以德报德，对于怨，要以直报怨。"这儿孔子明确表示了，不能以德报怨，只能以德报德；孔子主张，对于怨的报答是直，以公平正直来报答怨。也就是说，既不以德报，也不以怨报，而以正直来报。前面讲的以怨报怨，是指君王即上位者的惩戒手段，对于人与人之间说，应该以直报怨。

《论语》记载这句话时，用了"或曰"，就是：有人说。我理解是当时社会上有人说，因为《老子》一书也记载了类似的话：

> 为无为，事无事，味无味。
>
> 大小多少，报怨以德。（六十三章）

老子主张无为，这句话同样是作为统治者而言的，要求倾听百姓的呼声，而不指人与人之间的准则。《论语》记载此话为"或曰"，而不说老子曰，很大可能是当时社会对于德怨问题的一种说法。

作为人与人之间的一种准则，我觉得孔子的话说得合理而智慧，既使人心安，又可以操作。试想，别人对你做了多少恶事，你都以德相报，内心能够平静吗？同样报以怨，又不符合自己为人的宗旨，那么，以直报怨解决了这个问题，对于这种人的恶行，你可以正直地提出来，而不伤自己的原则，不伪造，不夸大，如实反映就可以了。

老祖宗的智慧使人感叹，许多人间的难题，他们在几千年前就设计好了解决办法。

杜牧《清明》诗

每到清明节，到处都在讲唐诗人杜牧的《清明》诗：

清明时节雨纷纷，路上行人欲断魂。

借问酒家何处有，牧童遥指杏花村。

这首诗好懂，没有多少生僻字、词。但是翻开《唐诗鉴赏辞典》与《唐诗鉴赏集》，对其中"断魂"一词，都是注释为"伤感"，如王世德《谈杜牧〈清明〉》，他并且问了杜牧研究专家缪钺先生，"缪老也持此说"（见《唐诗鉴赏集》）。由于这首诗很长时间不作为杜牧的诗，唐人编杜牧《樊川文集》没有收入这首诗，宋人编《樊川别集》也没有这首诗，最早是南宋人谢枋得编《千家诗》，收入这首诗，署名杜牧。所以后来的许多诗选都很滑头地不收这首诗，省得麻烦，如清代蘅塘退士编的《唐诗三百首》，中国社科院编的《唐诗选》、上海古籍出版的《唐诗一百首》，这都是很流行的唐诗选集，都不收。我们的大学课本《中国历代文学作品选》也不收。所以一般找不到"断魂"一词的注释。

按照王世德先生的说法，"断魂"为伤感，这整个句子或全诗意思就是："春天来了，清明是踏青、郊游、赏春、扫墓的季节。然而，天气偏不晴朗，细雨纷纷，添人愁怀。离乡背井，远行在外，羁旅途中，一时回去不得的路上行人，很自然地倍增伤感，要寻找酒家以排遣愁苦。"这里触发愁怀的是清明时的"纷纷细雨"。

然而，我读这首诗感觉不到愁苦，"雨纷纷"也感觉不到愁苦。一般来说，清明时节虽然是扫墓的日子，但是同时又是踏青的日子。扫墓虽然也有对先人的纪怀，但不是先人落葬的时候，是并不那么悲伤的；主要是怀念先人，告慰先人，并兼有出门踏青之意，所以王世德先生也说到"踏青、郊游、赏春"，这都是快乐的，如果扫墓是痛苦的（当然，也不能否认有痛苦的，如初葬，还有个人的愁怀，等等），则与赏春的情感不合。我们体会今天人们的扫墓，基本是高高兴兴的，想古人也是如此，我没有花时间去找这方面的证据。

春天的雨，是"沾衣欲湿杏花雨"，春天的风，是"吹面不寒杨柳风"，杜牧的"清明时节雨纷纷"，就是这样的雨，它沾衣欲湿，而并不湿，小小的雨，毛毛的雨，触发人的一丝闲愁，"试问闲愁都几许？一川烟草，满城风絮，梅子黄时雨。"是并没有多少沉重的内容的。

这首诗本来就不是一首扫墓的诗，它提到清明，只是指出这一时节的特点，突出的是这一时节的雨纷纷，清明在这儿是弱化的。所以它是一首写春天的诗，基本倾向是愉悦的，春天的愉悦。王世德先生讲，因为伤感，而要借酒浇愁，我更认为不合诗意。

现在回到"断魂"一词，"断魂"，如同"销魂"，是既有悲伤，也有欢乐的意思在，要看具体的语言环境。"断魂"的欢乐意思，在宋人林逋的梅花诗中有：

众芳摇落独喧妍，占尽风情向小园。
疏影横斜水清浅，暗香浮动月黄昏。
霜禽欲下先偷眼，粉蝶如知合断魂。
幸有微吟可相狎，不须檀板共金樽。

《宋诗一百首》解释"粉蝶如知合断魂"一句，说"粉蝶如果看到有这样香的花，会快活死的。"也就是说，断魂是快活的意思。

吴世昌对苏轼《贺新郎》词的误批

吴世昌先生（1908—1986），浙江海宁人，毕业于哈佛燕京学社国学研究所，1947年应牛津大学之邀赴英讲学，1962年回国任社科院研究员。学贯中西，文史无所不通，是当代少有的大学者。大家都知道他是研究《红楼梦》的大家，其实他还是著名的词学家。先生的学风最可贵的在于不人云亦云，他自己说："如无创见确解，绝不下笔"。"虽尊师说，更爱真理，不立学派，但开学风"。对于吴世昌先生，我实在是高山仰止，是我治学的精神导师。

在词学方面，他发现结构是核心，这一看法被他的学生、澳门大学施议对教授称为词学的第三块里程碑：第一块是李清照的"别是一家"说，第二块是王国维的境界说，第三块是吴世昌的结构说。对于历代词学，他时有精彩议论，清代词学家往往故弄玄虚，说些云里雾里不着边际的话，吴世昌先生常常给以正本清源，用一句话说出他们真正的意思，我常常佩服得五体投地，原来就是这么简单的意思！

不过智者千虑，也可能有一失。最近看先生的《词林新话》，觉得他对苏轼的《贺新郎》词有所误批。这当然也是难免的，当他一直用批评的眼光去看事物时，难免不触处皆非。我先引苏轼词于下：

乳燕飞华屋。悄无人、桐阴转午，晚凉新浴。手弄生绡白团扇，扇手一时似玉。渐困倚、孤眠清熟。帘外谁来推绣户，枉教人、梦断瑶台曲。又却是、风敲竹。　　石榴半吐红巾蹙。待浮花浪蕊都尽，伴君幽独。浓艳一枝细看取，芳心千重似束。又恐被、秋风惊绿。若待得君来向此，花前对酒不忍触。共粉泪、两簌簌。

这首词咏石榴，借以表达自己的孤高傲世之感。上片写美人，实际就是自己这幽独之人，下片写石榴，写石榴陪伴自己，以石榴的清洁比喻自己的高洁。这是咏物词的常调。吴世昌先生不知为什么批评道："此词甚怪。上片咏美人浴后午睡，下片咏榴花，了不相涉，不知何以并成一首。上片初夏，下片已秋风，何时令舛误如此？且收笔又极勉强。此调北宋少见。而此词之误，亦千古无人指出。"

我把此词翻译一遍：小燕子飞到华屋，看到的是悄悄无人，桐树阴转向午后，美人向晚新浴后，手弄着鲛绡的白团扇，扇与手都像玉一样美。美人渐渐孤眠睡熟了。门帘外似有人推绣户，惊断了美人的瑶台好梦，其实是风敲打竹叶的声音。于是她手拿一枝带叶的石榴，看石榴半开，像褶皱的红巾一样。石榴好像说：等待轻浮的花草都凋谢了，我来陪伴你的孤独。一枝美丽的石榴细细看来，芳心似有千重束在一起。但恐怕秋风惊绿——惊残榴花，花若再逢，就憔悴了，不能触摸了，花与人，只能花泪、人泪两簌簌了。

很自然地写花写人，花既是人手上的欣赏物，又是人的美丽与高洁的比喻物，不存在吴先生说的"了不相涉""并成一首"的问题。全词基本写初夏，最后设想"秋风惊绿"，也不存在"时令舛误"，是一首很成功的咏物词。词学大家唐圭璋先生说："下片，因见榴花独芳，遂借榴花说人，与《卜算子》下片单说鸿同格。"（《唐宋词简释》）唐先生肯定了这首词作为咏物词的结构，并说与苏轼另一首咏物名词《卜算子》一样。那首词是：

> 缺月挂疏桐，漏断人初静。谁见幽人独往来，飘渺孤鸿影。　惊起却回头，有恨无人省，拣尽寒枝不肯栖，寂寞沙洲冷。

这首词也有许多人质疑，说上片说人，下片说鸿，了不相涉，比《贺新郎》词质疑更多。吴先生说："余谓此词乃坡翁秋夜江边独步，幽人即自指。因独步，故其影似孤鸿影也。……下片借鸿以自写郁陶，故曰'有恨无人省'，末句写尽当时心境。"我就奇怪，吴先生对《卜算子》写人写鸿，不以为非，对《贺新郎》写人写石榴，却说是"了不相涉"，怎么解释呢？只能说是先生智者千虑，也有一失了。还有一个原因，这本《词林新话》，是他"在一些词书上的眉批、夹注及片段手稿、信件等整理而成"，"大都是读书时信笔写下，即兴而发，冲口便出"，"正式发表时必将有许多补正"。（吴令华《前言》）

谈谈宋词的借鉴

我还在看吴世昌的《词林新话》，其中附录《诗话》记载：

> 吴融《浙东筵上有寄》："襄王席上一神仙，眼色相当语不传。见了又休真似梦，坐来虽近远于天。 陇禽有意犹能说，江月无心也解圆。更被东风劝惆怅，落花时节蝶翩翩"。此首颇为天真，唐人集中少见。

我大吃一惊，这不是欧阳修《瑞鹧鸪》词吗？找到龙榆生《唐宋名家词选》一看，欧阳修部分果然有《瑞鹧鸪》词：

> 楚王台上一神仙，眼色相看意已传。见了又休还似梦，坐来虽近远于天。 陇禽有恨犹能说，江月无情也解圆。更被东风送惆怅，落花飞絮两翩翩。

只有几个字不同，又加了词牌名，因此不是后人混加进去的。我估计是欧阳修在酒宴上，把前人的诗信手改成词，改写部分可能有眼前抒情的需要，也有词合于演唱的音韵需要。今人看来，这是抄袭，但是古人没有这样的知识产权意识；但古人没有知识产权意识，在诗文中也没有这样公然剽窃的。《三国演义》中有个曹操的故事，曹操著兵法十三，给蜀地来的才子张松看，张松有记诵之才，看了一遍，朗朗背出，并说是战国时无名氏所著，蜀中小儿皆能背诵。曹操踌躇，是否与古人暗合，而毁弃之。可见诗文是不能雷同的，雷同即抄袭。但是，词则不同。词在当时地位不高，是歌台舞榭的谑浪游戏，同时是把韵文配上音乐演唱与演奏，就像今人把《三国演义》词句"滚滚长江东逝水"配上曲子演唱一样。重视的是曲子，而歌词则自己的也行，别人的也行，改写也行。欧阳修才在歌宴上即兴改写了吴融的七律诗为《瑞鹧鸪》词。

词中这样的例子还有所谓"隐括"，把前人的诗文截头去脚，容纳在一首词中。苏轼隐括陶渊明《归去来辞》为《哨遍》，黄庭坚隐括欧阳修《醉翁亭记》为《瑞鹤仙》词，我们看黄庭坚的《瑞鹤仙》：

> 环滁皆山也。望蔚然深秀，琅琊山也。山行六七里，有翼然泉上，醉翁亭也。翁之乐也。得之心、寓之酒也。更野芳佳木，风高日出，景无穷也。　游也。山肴野蔌，酒洌泉香，沸筹觥也。太守醉也。喧哗众宾欢也。况宴酣之乐、非丝非竹，太守乐其乐也。问当时、太守为谁，醉翁是也。

周邦彦隐括刘禹锡《金陵五题》与古乐府《莫愁乐》为词《西河》，有更多的创造，前人称其"融化唐诗，如自己出"：

> 佳丽地，南朝盛事谁记？山围故国，绕清江、髻鬟对起。怒涛寂寞打孤城，风樯遥度天际。　断崖树，犹倒倚，莫愁艇子曾系。空余旧迹，郁苍苍、雾沈半垒。夜深月过女墙来，伤心东望淮水。酒旗戏鼓甚处市？想依稀王谢邻里，燕子不知何世，向寻常巷陌人家，相对如说兴亡，斜阳里。

刘禹锡《金陵五题》之《石头城》"山围故国周遭在，潮打空城寂寞回。淮水东边旧时月，夜深还过女墙来。"和《乌衣巷》"朱雀桥边野草花，乌衣巷口夕阳斜。旧时王谢堂前燕，飞入寻常百姓家。"《莫愁乐》"莫愁在何处？莫愁石城西。艇子打两桨，催送莫愁来。"周邦彦隐括了这三首诗的意境与语言，形成了全新的《西河》词，有自己新的意境。

上举欧阳修例与苏轼等人隐括例，都说明时人并不把词当一回事，并不把词当作一种高贵的文体，没有"不朽之盛事"的想法。这从一个侧面说明了当时词体的地位低下，欧阳修曾记钱惟演语"坐则读经史，卧则读小说，上厕则阅小词"，信哉斯言！

再谈宋词的借鉴

古人对于诗歌，所属意识很强。有两段这样的记载。一个是隋炀帝时，薛道衡诗写得好，隋炀帝也是当时重要的诗人，曾经写出"寒鸦飞数点，流水绕孤村"这样的佳句，足可流传后世，但薛道衡一次写出了"空梁落燕泥"的好诗句，隋炀帝十分嫉恨，借故杀掉薛道衡时，还不忘说一句：看你还写得出"空梁落燕泥"的句子吗？一个例子是唐初，刘希夷写出《代悲白头吟》，有"今年花落颜色改，明年花开复谁在"及"年年岁岁花相似，岁岁年年人不同"这样的好句子，他的舅舅宋之问就要他把这首诗让给自己，刘不愿意，宋用土囊把他活活压死了。可以看出，当时人们对于诗的句子还是所属意识很强的。刘希夷不让好句子，宋之问也没办法据为己有。

到宋词，词句的所属意识就不那么强了。我们看秦观与李重元的两首好词：

鹧鸪天

秦 观

枝上流莺和泪闻，新啼痕间旧啼痕。一春鱼鸟无消息，千里关山劳梦魂。　无一语，对芳尊。安排肠断到黄昏。甫能炙得灯儿了，雨打梨花深闭门。

忆王孙

李重元

萋萋芳草忆王孙，柳外楼高空断魂。杜宇声声不忍闻。欲黄昏，雨打梨花深闭门。

"雨打梨花深闭门",端的好句！写出了无尽的闺怨,用雨打梨花写春之残,暴雨对梨花的摧残,深闭门,写出闺中人的无可奈何。这样的好句,秦观也用,李重元也用,到底是谁抄袭谁？如果是前人的句子,可以用,叫作用典,用语典,如晏几道《临江仙》词好句"落花人独立,微雨燕双飞",借用唐翁宏的诗《春残》句子。同时人不能称用典。李重元生卒年不详,也是生活在宋徽宗时期,与秦观可能同时。明人沈际飞《草堂诗余正集》卷一说:"(秦)末用李词,古人爱句,不嫌相袭。"明确讲秦袭李句,又说"古人爱句,不嫌相袭",说明宋人对词的态度,可以相袭。明代茅瑛《词的》卷二说:"梨花句与忆王孙同,才如少游,岂亦自袭邪,亦爱而不觉其重邪？"这是认为《忆王孙》词也是秦观写的,所以讲"自袭"。"自袭"也是只有词才有的现象,诗少有。晏殊的词名句"无可奈何花落去,似曾相识燕归来",他完整的用到一首诗中,苏轼的词名句"回首向来萧瑟处,也无风雨也无晴",也完整的写到一首诗中,还很得意,都是认为词体没有关系。

顺便说一下,"雨打梨花深闭门"的好句,还来源于唐诗。唐代刘方平《春怨》:

纱窗日落渐黄昏,金屋无人见泪痕。

寂寞空庭春欲晚,梨花满地不开门。

无论"雨打梨花深闭门",还是"梨花满地不开门",都是那么凄美的句子,值得我们咀嚼与回味。

其实宋词不避抄袭借鉴,其原因在于词的地位低下,人们不大在乎,可以抄袭别人的,也可以抄袭自己的,还可以把词的句子原封不动地移植诗中。

孙案:"雨打梨花深闭门"句,也有说是唐乐府名句,宋吴聿《观林诗话》云：“半山酷爱唐乐府‘雨打梨花深闭门’之句”。

但只是孤证，明人仍然说是宋句。而即使是唐句，也一样说明了我的观点。

从宋词的富贵气谈起

词从晚唐五代时起，就与香软的风格一致，形成了富贵气。温庭筠词鲜艳精工、富丽堂皇、流光溢彩，他好用金鹧鸪、金凤凰、金翡翠、金钩、金钗等富贵而色彩鲜丽的字眼，表现一派豪华的景象，王国维称他的词是“画屏金鹧鸪”。花间词也是一样，欧阳炯在《花间集序》中说：“则有绮筵公子、绣幌佳人，递叶叶之花笺，文抽丽锦；举纤纤之玉指，拍按香檀。不无清绝之辞，用助娇娆之态。”也是充斥着富贵鲜丽的字眼，形成了词的富贵气。李后主词没有帝王之态，最多平常字眼，而在写入宋以后的困窘生活时，还吟道：“罗衾不耐五更寒”，实际是旧被子不耐秋天五更的寒冷。词在当时是酒宴歌席“娱宾而遣兴”（《阳春集序》）的工具，富贵态是它的必备形态。

入宋以后，宋人更以富贵气来要求词作。如苏门弟子晁补之说：“晏元献不蹈袭人语，而风调闲雅，如‘舞低杨柳楼心月，歌尽桃花扇影风’，知此人不住三家村也。”晏元献是晏殊，此实指晏几道词风调闲雅，杨柳楼心月，桃花扇影风这样的句子，是三家村学究写不出的，只有富贵人家子弟才唱得出。李清照在《词论》里也说：“秦即专主情致，而少故实，譬如贫家美女，虽极妍丽丰逸，而终乏富贵态。”说秦观词少富贵态，就像贫家美女，虽美丽，却没有高贵的气质。清末况周颐《蕙风词话》也说：“寒酸语不可作，即愁苦之音亦以华贵出之。饮水词人所以为重光后身也。”饮水词人是纳兰容若，李重光是李后主。

宋代最能体会富贵气的是太平宰相晏殊，由于生活经历的原因，他体会出富贵是一种气象，而不是外在的穿金着银。宋吴处厚《青箱杂记》记载："晏元献公虽起田里，而文章富贵，出于天然。尝览李庆孙《富贵曲》云：'轴装曲谱金书字，树记花名玉撰牌'，公曰：'此乃乞儿相，未尝谙富贵者。故余吟咏富贵，不言金玉锦绣，而唯说其气象。若"楼台侧畔杨花过，帘幕中间燕子飞"，"梨花院落溶溶月，柳絮池塘淡淡风"之类是也'。故公自以此句语人曰：'穷儿家有这景致也无？'"欧阳修《归田录》也记载："晏殊云：'老觉腰金重，慵便枕玉凉'，未是富贵语，不如'笙歌归院落，灯火下楼台'，此善言富贵者也。"晏殊真知富贵语，他批评的"老觉腰金重，慵便枕玉凉"，"轴装曲谱金书字，树记花名玉撰牌"，真是乞儿相，就像今天的一些暴发户在大庭广众中炫耀：穷得只剩下钱了。真正的贵族绝不如此，他们自有那种高华的气象，如王谢子弟之玉树临风。我记得巴尔扎克在《人间喜剧》中，对行将没落的贵族的赞美，和对新起的资产阶级银行家的嘲笑，那些银行家也知道贵族的做派是与生俱来的，学不来的，他们只求能够接纳他们进贵族的沙龙，哪怕是跪着舔尽一路上的尘土。巴尔扎克老人的讽刺是辛辣的、入木三分的。

贵族与暴发户的区别在于一种气象，暴发户是乞儿相，贵族是富贵气象。所以善言富贵在于不写外在的金银，而写内在的气象。气象是一种精神，一种渗透到骨子里的精神，是多少代人才能积累起来的一种精神。中国古代最具有这种精神的是魏晋人物的风流，如《世说新语》记载的人物"濯濯如春月柳"，"轩轩如朝霞举"，一片光亮的意象，"嵇叔夜之为人也，岩岩若孤松之独立，其醉也，傀俄若玉山之将崩。"魏晋贵族特有的气质，大而言之，是气象。盛唐气象也有一种富贵气，王维"九天阊阖开宫殿，万国衣冠拜冕旒"，就是一种大气，大气象。宋代以后的士大夫继承了这种精神与气质，一直到今天，表现为一种高贵气质，其中含有很大的文化成分，有一种书卷气。

富贵气不是学来的，不是涵养，而是长期浸润中无意得来的，或者是贵族人家多少代人长期生成的。二月河写《雍正王朝》，有一段写得特别好，李卫与李绂到八王家，见到王家的富贵，李卫把所有贵重玩意都拿起来欣赏，啧啧称赞，而后又漫不经心地放回原处，李绂却正襟危坐，目不斜视。两人走后，八王评价李卫是不可对付的，而李绂是可以收买的。从我们讲的这个角度看，李卫是大气，是真富贵气，而李绂是修养的功夫，心里其实动荡得很，是小气。

我们写词，也要考虑到词的这一历史形成的因素，我们做人，更要有自己的气质气象，自己的书卷气。我们所讲的富贵气、贵族气，从这一角度看，就不是说要当贵族，要当有钱人，而是要当一个高贵的人，一个精神富足的人。我们所说的富贵气不是涵养得来的，指不是刻意的约束得来的；要多少代人长期形成的功夫，大而言之，就指的是我们民族的悠久文化，这种文化是可以形成一个民族的高贵气质的。

江南水文化与宋人词

北人骑马，南人操舟，水文化可以说是南方或江南特有的文化。杨海明先生谈过宋词的南方文化的特点，南方文化与水的联系。我想进一步谈谈南方的水文化在宋词中的具体表现。水在大的方面体现出阴柔特点，具体表现为温柔多情、绵长不绝、深沉坚韧的个性特征。这些在词中有所表现。表现水的温柔多情，如王观《卜算子》："水是眼波横，山是眉峰聚。欲问行人去哪边，眉眼盈盈处。"张先《菩萨蛮》："哀筝一弄湘江曲，声声写尽湘波绿。纤指十三弦，细将幽恨传。"柳永《玉蝴蝶》："水风轻，蘋花渐老，月露冷，梧叶飘黄。遣情伤，故人何在？烟水茫茫。"表现水的绵长不绝，如欧阳修《踏莎行》："离愁渐远渐无穷，迢迢不断如春水。"晏几道《清平乐》："留人不住，醉解兰舟去。一棹碧涛春水路，过尽晓莺啼处。"秦观《江城子》："便做春江都是泪，流不尽，许多愁。"表现水的深沉坚韧，如李之仪《卜算子》："我住长江头，君住长江尾，日日思君不见君，共饮一江水。此水几时休，此恨何时已。只愿君心似我心，定不负相思意。"辛弃疾《贺新郎》:"易水萧萧西风冷,满座衣冠似雪。正壮士悲歌未彻。"张孝祥《念奴娇》:"玉界琼田三万顷,著我扁舟一叶。素月分辉,明河共影,表里俱澄澈。"这些词有婉约,有豪放,还有旷达,表现出共同的温柔多情、绵长不绝、深沉坚韧的个性特点,体现出老子所说的水的柔能克刚的特点。这正是宋代以来的中国士大夫的性格特征。水文化影响了中国人的性格,中国人的性格又反过来丰富了文化。这种文化性格既温柔又深沉,保证了我们民族的瓜瓞绵延,屡仆屡起,但也有不够强大的一面,需要我们在新的时期加以改造。

关于《卜算子》词

有人提出看到两个版本的《卜算子》词,一个是毛泽东咏梅词:"风雨送春归,飞雪迎春到。已是悬岩百丈冰,犹有花枝俏。 俏也不争春,只把春来报。待到山花烂漫时,他在丛中笑";另一个是宋人李之仪的词:"我住长江头,君住长江尾。日日思君不见君,共饮一江水。 此水几时休,此恨何时已。只愿君心似我心,定不负相思意。"不同在最后一句一个五个字,一个六个字。

词有词牌,《卜算子》就是词牌。词牌决定词有多少字,多少句。这样看来,《卜算子》应该有一定字数,《辞海》文学分册说《卜算子》双调44字,毛主席填的"风雨送春归"是44字,是符合《辞海》的说法的,那么,李之仪的"我住长江头"多了一个字,是怎么回事呢?实际上,词牌决定词的字数是一回事,而词是宋代当时的流行歌曲,是在歌楼酒席上传唱的,是动态的变化的,可以加字,也可以减字,减字叫偷声,也叫减字,如《减字木兰花》,毛主席也填过。加字叫添声,也叫摊破,最有名的是李后主父亲中主李璟的《摊破浣溪沙》,"青鸟不传云外信,丁香空结雨中愁,回首绿波春色暮,接天流"。上下两阕最后都多了三个字。无论是减字还是加字，都形成了新的词调。新的词调有的词牌改了名称，有的词牌不改名称，叫第一体，第二体，有的词多到十几个体，如《酒泉子》有十二体，《念奴娇》有第八体。《卜算子》又名《百尺楼》，李之仪那首在清代赖以邠《填词图谱》中列为《百尺楼》第二体。

另外，李之仪这首为什么最后一句要多一个字呢？我认为是表达感情的需要。李之仪这首词是学习民歌的写法，要通俗，口语化，不然的话，完全可以改成"不负相思意"，加一个"定"字就口语化了，不是诗歌，而是散文的句子，把民间男女的干脆、直接、不留余地的语气表现出来了。

关于郭祥正诗中"斗挼金"的意思

郭祥正《重阳怀历阳孙公素太守》诗："重阳应与客登临，隔水无缘预盍簪。浊瓮拨醅初泛蚁，佳人纤手斗挼金。南来纵有鸡山赏，北望频兴魏阙心。安得快风吹我去，勇提椽笔伴君吟。"就中"斗挼金"不好理解。同学张庆满看我是大学教师，举以问我。我考虑再三，答复如下：

我意，先看"挼金"，挼，搓揉的意思，南唐冯延巳《谒金门》词有"闲引鸳鸯香径里，手挼红杏蕊"，手揉花蕊是当时的习惯。那么，挼金，"金"是什么？北宋词人郭应祥一首词透出消息。郭词《西江月》：

> 洗眼重看十桂，转头已过三秋。人生遇坎与乘流。何况有花有酒。　花若与人有意，酒能为我浇愁。拭挼金蕊泛金瓯。比似菊英胜否。

同样是深秋季节。这儿有花有酒，花是桂花，"拭挼金蕊泛金瓯"，注意他的动作，也如同冯延巳的手挼花蕊，不过是桂花，他把桂花的花蕊放入金瓯，金瓯是盛酒的酒杯。注意下一句"比似菊英胜否"，问桂蕊放入酒中，比菊英胜否？也就是说，平时是惯用菊花的蕊放入酒中的。桂花和菊花都是金黄的，都可以称作"挼金"。

这样说，有无根据呢？宋张抡《醉落魄》词云：

> 秋高气肃。西风又拂盈盈菊。挼金弄玉香芬馥。桃李虽繁，其奈太粗俗。　渊明雅兴谁能续。东篱千古遗高躅。人生所贵无拘束。且采芳英，潋滟泛醁。

张抡说"西风又拂盈盈菊。挼金弄玉香芬馥"，可见，挼搓菊花是可以称之为"挼金"的，而且，张抡随后也是"且采芳英，潋滟泛醁"，醁，美酒，他也是把菊英放到美酒中去。

挼金，有时直接说成"挼菊"，还举宋人诗词为例，曾觌《水调歌头》：

> 溪山多胜事，诗酒辨清游。主人为我，增葺台榭足凝眸。仿佛玉壶天地，隐见瀛洲风月，千首傲王侯。谁与共登眺，公子气横秋。
>
> 记当年，曾共醉，庾公楼。一杯此际，重话前事逐东流。多谢兼金清唱，更拟重阳佳节，挼菊任扶头。但愿身长健，浮世拚悠悠。

曾觌词中"更拟重阳佳节，挼菊任扶头"，也是重阳节，扶头，扶头酒，一种烈性酒，让人酒醉扶头。挼菊任扶头，也是把菊花加到酒里。再看陆游《霜寒不能出户偶书》：

> 垂老仍多病，浓霜得快晴。
>
> 犹能挼菊醉，但负探梅行。
>
> 篝火烘裘暖，油窗泼眼明。
>
> 小儿殊可喜，和我读书声。

"犹能挼菊醉"与"挼菊任扶头"意思一样。可见，挼金，就是挼菊。

那么，"斗挼金"的意思呢？"斗"，盛器，用斗盛放挼过的菊蕊。"浊瓮拨醅初泛蚁，佳人纤手斗挼金"，拨醅，还没有滤过的酒，这儿指新酿好的酒。初泛蚁，刚刚泛起泡沫，指新鲜的好酒。白居易诗"绿蚁新醅酒"，就是这个意思。浊瓮中新酿好的酒刚刚泛起泡沫，美人纤手用斗放进去挼好的菊蕊。这是一个酿造菊花酒的过程。

这样解释，是否接近了作者原意呢？唯张君及读者诸君教我。

冯延巳《鹊踏枝》

谁道闲情抛掷久？每到春来，惆怅还依旧。日日花前常病酒，不辞镜里朱颜瘦。　河畔青芜堤上柳。为问新愁，何事年年有？独立小桥风满袖，平林新月人归后。

冯延巳是五代时期一个十分重要的词人，他在温韦之后，与温韦不同，叶嘉莹先生曾经说过："温庭筠词意象精美，却缺乏主观的情感，韦庄词有主观之情感，却又过于被个别情事所拘限。只有冯延巳词既有主观情感的抒发，又不为个别情事所拘限，是一种个性鲜明的意境表现。"其实，这显示出词的发展与成熟。冯延巳词才表现出成熟的意境，表现出士大夫的主体思想情感。他这情感已经超出了花间词的男欢女爱的狭窄内容，是士大夫的包含爱情情感的身世之感的抒发，这就是他的词为宋初晏殊、欧阳修继承的原因。

"谁道闲情抛掷久"？突然发问，是他的词的表现方法，顿入的方法，梁令娴《艺蘅馆词话》引梁启超语说："稼轩《摸鱼儿》起处从此夺胎，文前有文，如黄河伏流，莫穷其源。"其实他们都是写男儿词，又都喜欢突然到题，"文似看山不喜平"而已。陈廷焯说"自信而不疑，果毅而有守"，也是看出其中的男人气。值得注意的应该是内容，是"闲情"。宋词中，"闲情"一词常用，"试问闲愁都几许？一川烟草，满城飞絮，梅子黄时雨。"闲愁就是闲情，李渔有《闲情偶寄》。闲情，实际是士大夫的身世之感，包含爱情，而不专指一种具体的情事，这就与温韦不同了，是抒发士大夫的情感。这在当时是一大进步，从狭小的南欢女爱中超越出来，预示了词将有一个较为广大的视野了。宋词没有继承花间温韦，而继承了冯延巳，所以刘熙载说："冯延巳词，晏同叔得其俊，欧阳永叔得其深。"

下面回答："每到春来，惆怅还依旧"，说明是春愁，并没有久久抛掷，而是深埋在心里，每到春天来临，就依旧惆怅。经过一冬的蛰伏、酝酿，更显出这春愁的缠绵有力量。春愁是不是就是男女之情呢？主要不是，因为从晚唐以来，刻意伤春复伤别，是士大夫的主要情感抒发，伤春中主要是伤逝情怀，是年龄老大而事业难成的感慨。下面冯氏以无悔的情怀，说出决绝的话语："日日花前常病酒，不辞镜里朱颜瘦"，这就是陈廷焯说的"果毅而有守"。花前病酒，是典型的伤春，加上"日日"与"常"，更见伤春的时间之久，所以说"不辞镜里朱颜瘦"。朱颜消瘦，是病酒伤春的结果，而不辞这一结果，表现出果决的态度，伤春哪用如此果决呢？所以我们认为是一种殉道的精神，是士大夫的成就事业的决心，是屈原的虽九死而未悔的精神。仅仅用在爱情上就显得过于郑重了。

下片开头描景"河畔青芜堤上柳"。全词仅这一句描景。注意景物的选择，河边的青青草色与堤上的柳树，不写春天的桃红李白，只写草色与柳絮，预示的是新，是缠绵，也就引起词人对内心情感的抒发："为问新愁，何事年年有"？愁也是缠绵的也是新的，为什么是新的呢？这说明尽管是一样的春愁，年年还是有不同，写其复杂，人心本来就是不可捉摸的，这种不同才动摇人心，使人无尽惆怅！这首词妙在结尾，在一番强烈的追问后，顾左右而言他，不写情，反写景，以景结情："独立小桥风满袖，平林新月人归后。"我觉得结尾太妙了，使人如食橄榄，余味无穷。表面却十分冷峻。独自站在小桥上，春风满衣袖，可见春寒，而不走，独立时间很久，眼前是平远的树林，人从那儿归去了。这个人实在并不是作者爱恋或期盼的人，他只是一个景致，格外引起词人的遐想与惆怅。有一种独自担荷的悲凉，使我想起王国维讲李后主的话："俨有释迦基督担荷人类罪恶之意。"

这首词实在是值得注意，对宋词的影响一定很大。

李煜《浪淘沙》

帘外雨潺潺，春意阑珊，罗衾不耐五更寒。梦里不知身是客，一晌贪欢。　独自莫凭栏，无限江山。别时容易见时难。流水落花春去也，天上人间。

以倒叙手法，先写梦醒："帘外雨潺潺，春意阑珊"，门帘外春雨潺潺，是实景，潺潺，写雨声连绵不断，感到它绵长而不快，从绵长不快的雨声中，产生春意阑珊的感觉。阑珊是将尽将残的意思，就是春天快尽了。在春雨声中渐渐过去，雨声就像更漏声，送走时间。这句点明时令是春末，正因时令春末，春雨潺潺，所以"罗衾不耐五更寒"。五更寒是春意阑珊的特色，罗衾，被子，富贵气，实际是囚徒的单薄的被子，因此不能忍耐五更的寒冷，而从梦中冷醒，五更进一步点出时间。接下来写梦："梦里不知身是客，一晌贪欢"。一晌，片刻，梦里以为自己还是皇帝，而贪恋那片刻的欢乐。是客，是婉转的说法，实际是俘虏，这个词包含着无比沉痛之情。五更寒一词可以注意，五更就从梦里醒来，可见梦的短暂，可见他不能安眠的苦况。寒字尤其有情，不仅指自然界的气候，更指心中的寂寞。把"罗衾不耐五更寒"与"梦里不知身是客，一晌贪欢"联系起来，更可看出寒字包含了比字面更丰富的感情，梦中他是欢乐的，没有寒冷的感觉，梦醒了，想到欢乐的生活永不再来，冷酷的现实则一再提醒他身是客，俘虏的地位，他才更深刻地感到五更寒了。这里有现实与梦境的对比，冷与暖的交替，此时此刻他能不感到寒冷吗？何况潺潺细雨还在报道着春光将尽呢！

词的下片，由长夜转到白天，表现随时随地的悲哀。词的境界由幽深转为阔大。"独自莫凭栏"是告诫自己，独自二字颇有表现力，一个失去自由的人，孤独地凭栏远眺，已经够悲伤了，更何况凭栏远眺也看不到故国江山，反而更增惆怅，所以说"无限江山"。无限江山指故国江山，而不是如有的本子所说的"和故国隔着无限江山"。此处用"无限"，表现词人对三千里地山河的赞美之情。但是这无限江山"别时容易见时难"，这是一种心理体验，而不是别容易，见难。与重会相比较，他感到分别太容易了，现在想再见到旧时江山真是难上加难。这里有自责、悔不当初的意思在。李商隐"相见时难别亦难"，说易说难，是心理体验。说别时易，是寄遗恨于离别的匆促，这里的容易有轻易、草率的意思。"容易"二字把仓皇辞庙、匆促押赴汴京的许多情事都包含其中了。大好河山轻易离别了，而且永无再见之期，这是作者最感伤的事，"别时容易见时难"，就摹写了这种永别之情，传达了作者无穷的痛苦与悔恨。

这首词结尾别具匠心，和开头相呼应。"流水落花春去也"，有潺潺春雨，流水才更急更猛，流水送走了落花，又是春意阑珊的具体写照，所以讲"流水落花春去也"。讲到春天的逝去，自然又有比喻意思在，指王朝的灭亡。而比较难解的是最后一句"天上人间"，有几种解释，一种说：春天归去了，归向何方呢？天上还是人间？一种说：春天逝去比喻国破家亡，对照过去与现在，是天上人间的差别。俞平伯先生说：流水落花春去也，是离别的意思，形容离别的容易，天上人间，形容相见的难，天上人间说的就是人天阻隔。（《读词偶得》）最后一种说：全词写梦写醒，梦中是过去的帝王生活，醒来是现在的囚徒生活，过去与现在，欢乐与悲哀，概括起来就是天上人间。

我认为最后一句意思没有明确说出，对它的解释也不要过于求实，主要是体会一种意境氛围。流水落花春去也，是充满忧伤与怨恨的感情。李后主好用水喻愁，如"恰似一江春水向东流"，"自是人生长恨水长东"，这首词中又写到水，那遮不住、切不断的流水，载着落花把春天带走了，"春去也"三字包含了多少留恋、惋惜和无可奈何的悲哀！天上人间，给人的感觉是空间的永恒和时间的悠长，既可指相隔的遥远，也可指境遇的变化。而流水落花与天上人间合在一起，构成了意义丰富而又不明确的意境，给读者留下无限想象的空间。

张先《天仙子》

《水调》数声持酒听，午醉醒来愁未醒。送春春去几时回？临晚镜，伤流景，往事后期空记省。 沙上并禽池上暝，云破月来花弄影。重重帘幕密遮灯，风不定，人初静，明日落红应满径。

张先是我喜欢的词人，是我研究词的开始。他是从宋初到宋中期的过渡时期的重要词人，与欧阳修、晏殊同时，与柳永齐名，又长寿，下启后辈词人，尤其与苏轼是好朋友，苏轼在杭州，就是受他影响而开始写词。他的词风实际是与晏欧相同，讲究韵味，而又作慢词，把小令的写法带到慢词的创作中，从而保留了小令的韵味，被后人称为"以小令作法写慢词"。苏轼门下有两篇文章谈到他的词与柳永词的差别，一篇是晁补之的《评本朝乐章》，一篇是李之仪的《跋吴思道小词》，晁说："子野韵高，是着卿所乏处"，李说：柳"韵终不胜"，张"才不足而情有余"。与苏轼评价唐代孟浩然"韵高才短"是一样的，我写过几篇文章谈论张先这一现象。张先的写法我认为实际启发了苏轼的"以诗为词"，不过张先是以小令写法，也就是诗中七绝写法写慢词，而苏轼是以诗中七古长诗的写法写慢词。我的这几篇文章尚没有引起学术界的重视，还打算继续写下去。

张先被称为张三影，实际他的三影名句就是他以诗为词，以小令写法作词的结果，追求的是词的韵味。我们看他这首《天仙子》。

　　这首词是临老伤春之作。"《水调》数声持酒听，午醉醒来愁未醒。"开头即写持酒听歌，歌是《水调》，传为隋炀帝所作，其音悲伤，这样。他所持酒听歌就不是高兴的事，而是悲哀的事。接下来继续写这种愁，"午醉醒来愁未醒"，酒醉了，睡觉了，而睡醒后愁还未醒，可见其愁的深长。那么，是什么样的愁，如此深长呢？下面点明："送春春去几时回"，是送春之愁，春去几时回？问得没有道理，诗词中有这种无理而妙的写法，而这儿还不仅如此，而是有他的苦衷，这不是年轻人的送春，而是老年人的送春，既有对往事的回忆与留恋，又有来日无多的感慨，这样，春就不仅是指自然界的春天，而且是指人生的青春年华的逝去了，这样来问，就有他的道理了。接着他的思绪与作为就是"临晚镜，伤流景"，对着傍晚的镜子，也可以说对着人生晚年的镜子，悲伤着流逝的景致，感到"往事后期空记省"。往事成空，后期无定，后事迷茫，所以是"空记省"，白白的记忆与追省。省，反省。

　　按照时间的顺序，下片写晚景。"沙上并禽池上暝"，是所见之景，并禽，成对的鸟，在沙上并立，池上睡觉，用鸟雀的成双对比自己的孤单，第二个景是"云破月来花弄影"，这是张先为人称道的名句，好在什么地方呢？我在《宋韵》一书中分析："天上云破月出，地上花影明暗，不费笔墨写花的色艳形美，甚至不写本身，只写其朦胧的身影，略貌取神，传神入微，正如清人刘熙载所说：'山之精神写不出，以烟霞写之；春之精神写不出，以草树写之。'（《艺概·诗概》）以影写花，尽得花之风流体态。此句之妙，还不仅在'影'字，动词运用亦得神髓。王国维说：'着一弄字而境界全出'。（《人间词话》）'弄'字借景物以传情思。使朦胧花影传达出朦胧的情思，暗示出此叹老嗟卑伤春之人沉重的人生之感，生命之悲。"

　　"弄影"暗示出有风，已经传达出对花的命运的担心。这才出现"重重帘幕密遮灯，风不定，人初静"，重重帘幕，密密遮灯，人虽终于安定下来，却感到外面风未停息，这才进而写出结句"明日落红应满径"，以花的生命凋残对比人的生命凋残。

我们认为张先"三影"名句之精髓，绝不仅仅是描写景物的朦胧，那只是表层的美，其深层之美还在于化景物以为情思，以朦胧之景表达一种微妙的、难以捉摸的朦胧之情。景之朦胧烘托出情之朦胧，才造就了张三影在词坛的地位。

张先《千秋岁》

数声鹈鴂，又报芳菲歇。惜春更把残红折。雨轻风色暴，梅子青时节。永丰柳，无人尽日飞花雪。 莫把幺弦拨，怨极弦能说。天不老，情难绝。心似双丝网，中有千千结。夜过也，东窗未白凝残月。

北宋词多伤春伤逝，多为士大夫歌舞楼台应歌之所作，张先就多这样的作品。这是一首传统的伤春怀人词，是一个女子的自怨自艾、自伤自怜。上阕写这一女子的伤春。她听到数声鹈鴂，感到鹈鴂又在报告春天的消歇，因为《离骚》有"恐鹈鴂之先鸣兮，使夫百草为之不芳"。只有寂寞环境中的文化修养高而易感的女子才能这样感物伤情，"既随物以婉转，亦与心而徘徊"。然后写她的动作与心理活动。由于惜春，她更把残红折。残红是物的实写；她折下残红，就表现了复杂的女性心理，既感于花的凋残，又折下已残的花枝，表现对残花的凭吊，然后进一步表现对自己如花美眷、似水流年的哀伤！再写所见：雨轻风色暴。风色，就是风，本来是晚春的雨轻风柔，但在伤春的女子的感觉里，却是残"暴"的，如同欧阳修词中的"雨横风狂三月暮"。再点出：梅子青时节。这不但点出了时令，而且点出了地点，江南的梅子飘雨，是三月。淅淅沥沥的梅雨更加浓了伤春气息，梅子青时，还使得这伤春的气息中多了一丝青涩的酸楚。写了鹈鴂、残红、梅子，再写柳：永丰柳，无人尽日飞花雪。用唐人白居易的诗典：唐时洛阳永丰坊西南角园中，有垂柳一株，白居易《杨柳枝词》云：

"一树春风千万枝，嫩如金色软如丝。永丰西角荒园里，尽日无人属阿谁。"以无人问津的柳树自比，无比凄凉，而变白诗的"尽日无人属阿谁"为"无人尽日飞花雪"，变直露为含蓄，还加上了"飞花雪"的意象描写，写出了柳树飞絮如雪的美丽景致，更以如雪花飞舞的柳絮，衬托出如花美眷的孤独。上阕用鹈鴂声、芳菲残、雨轻风柔、青涩梅子、无人柳絮，诸般景物，反反复复地渲染、烘托，表现闺中女子的伤春情怀，是北宋时期婉约词的惯用方法。

上片写景，下片抒情。上片伤春，下片怀人。下片抒情，又用一个道具：幺弦来加以表现，避免了直抒的直露。幺弦，暗指自己的孤单，而"莫把幺弦拨"，不要把独弦来拨动，一个劝告，引人发问：为什么呢？因为"怨极弦能说"，本来弹琴不会传出心事，而怨恨到极点后，弦索也要说出心事了，经过这样一番吞吐，逗出下句要说的话，这是"跌"。"跌"是用一句话衬托一下，再说出正意。跌有衬跌，有反跌。顺着语气的是衬跌，反着语气的是反跌。这儿是反跌。这种做法造成了婉约词的婉曲，婉曲地表现了哀怨之情。再用"天不老，情难绝"，表现只要天不老，情感就不会断绝的决绝，是民歌惯用的推到极致的做法，接着用"心似双丝网，中有千千结"进一步写情感的不断绝，也是学习民歌的比喻，最后用一个景语化景物以为情思，"东窗未白凝残月"，表示一夜未眠的思念，东窗未白而残月凝空，苍白的景有力地衬托了情。下片写情也调动许多手段，用一个小道具，并用反跌手法，再用民歌的决绝与比喻手法，最后用以景结情手法。如同上片写景，也是层层表现，来加深情的抒发。上下阕都用层层加深的方法，显得十分整齐。

苏轼《卜算子》

缺月挂疏桐，漏断人初静。谁见幽人独往来？飘渺孤鸿影。　惊起却回头，有恨无人省。拣尽寒枝不肯栖，寂寞沙洲冷。

这首词有人附会为一个故事，惠州温氏女子超超，年及笄，不肯字人。闻东坡至，喜曰：我婿也。日徘徊窗外，听公吟咏，觉则急去。东坡知之，说：吾将呼王郎与子为婿。东坡渡海归，超超已经死去，葬于沙际。公因作《卜算子》，有"拣尽寒枝不肯栖"语。这首词，黄庭坚说是作于黄州，黄州有定惠院，当然也有宋人说写在惠州。

下面分析这首词。

缺月挂疏桐，漏断人初静。缺月、疏桐，是幽冷的环境，孟浩然有"疏雨滴梧桐"的句子，白居易有"秋雨梧桐叶落时"的诗句，都是幽冷的。缺月也是幽冷的，还含有一丝思家之情在。漏断，更漏已滴尽，说明时间很晚了，所以是"人初静"。很巧的是前面张先《天仙子》也是"风不定，人初静"。这是一个大的环境，下面才出现幽人与孤鸿。

这首词，人们争论最多的是下面的描写，到底是写人，还是写鸿？清人王又华《古今词话》说："前半泛写，后半专叙，盖宋词人多此法。……卜算子后段只说鸣雁。"唐圭璋先生认为，上片写鸿见人，下片写人见鸿（《唐宋词简释》），很清楚。这样，上片的后两句"谁见幽人独往来？飘渺孤鸿影"，就是说，谁看见幽人苏轼独自往来呢？只有飘渺的孤鸿的影子。写出苏轼自己的幽人独自往来，含有苏轼的性格处境在里面，只有飘渺的孤鸿见到，则人间都见不到，而且是孤鸿的影子才能见到，足见苏轼的幽独，他在另一首名词《贺新郎》中也咏石榴："待浮花浪蕊都尽，伴君幽独。"这种幽独，既表现出苏轼的清高，也表现出他所处的环境险恶。飘渺孤鸿，而说是其影子，可看作是受到张先的三影影响，略貌写影，写出神韵。

下片写鸿："惊起却回头，有恨无人省。拣尽寒枝不肯栖，寂寞沙洲冷。"这是一首咏物词，上乘咏物一定是亦物亦人，若即若离。"惊起却回头"，是写鸿被人惊起，是单纯的写鸿，"离"，而"有恨无人省"，则是写鸿又写人了，是"即"。主要还是写人，鸿怎会有恨呢？但这儿词人赋予鸿一种恨，大概是清高孤独的憾恨吧！"无人省"写出自己的不为人知，古代知识分子的通憾。"拣尽寒枝不肯栖"，同样是两写，写鸿的"拣尽寒枝"，是暗用庄子的典故，《庄子·秋水篇》"鹓雏发于南海，而飞于北海，非梧桐不止，非练实不食，非醴泉不饮。"鹓雏是凤凰，赋予鸿以凤凰的品质，也就是写自己的高洁品质与情怀。这里有人挑毛病，宋人胡仔记载时人说："鸿雁未尝栖宿树枝，唯在田野苇丛间"。胡仔说是"语意到处即为之"，是对的，不必胶柱鼓瑟。最后"寂寞沙洲冷"仍是两写，写自己的幽独。

这首词也可算咏物的典范，不即不离，若即若离，时分时合。有人附会为政治寓意，句句比附，此人是宋代的铜阳居士。他编辑有《复雅歌词》一书，久佚，有《复雅歌词序》，在南北宋之间倡导复雅。但比附不好，后来王士禛、王国维予以驳斥。

苏轼是我最喜欢的作家，我在《宋韵》一书中把他作为"韵"的最高理想。这首词也可算作苏轼词中"韵"的表现的代表，黄庭坚称赞为："语意高妙，似非吃烟火食人语"。不是说，这些作品脱离人间，而是说，这类作品清洁洒脱，"起舞弄清影，何似在人间"。苏轼喜欢唐诗人韦应物、柳宗元，说"发纤浓于简古，寄至味于淡泊"，也是这个意思。我在《宋韵》中把苏轼的"月下起舞"与韦应物的"山中煮石"放在一起，也是这个意思。

吴淑姬《祝英台近》

吴淑姬，北宋人，生卒年不详。宋人黄昇在《唐宋诸贤绝妙词选》中称其："女流中黠慧者。有词五卷，名《阳春白雪》，佳处不减李易安也。"今存词三首：《小重山·春愁》《惜分飞·送别》《祝英台近·春恨》。另有南宋人吴淑姬，湖州人，王十朋为湖州守时，因事犯案，有《长相思令》。

祝英台近 春恨

粉痕销，芳信断，好梦又无据。病酒无聊，攲枕听春雨。断肠曲曲屏山，温温沉水，都是旧、看承人处。 久离阻。应念一点芳心，闲愁知几许。偷照菱花，清瘦自羞觑。可堪梅子酸时，杨花飞絮，乱莺闹，催将春去。

上片开头写景，"粉痕销"，写花的凋落，照应题目"春恨"，为全词定下一个伤春的基调。接着写人事，"芳信断"，恋人的消息断了，说明恋人离家在外。两地相思，是一层悲哀，而时有书信寄到，可以聊慰两地相思，现在却书信断了，连这样的聊慰相思也做不到，是第二层悲哀，接着是"好梦"，梦中一定是见到了自己的恋人，可惜的是，梦是要醒的，醒来回到现实，感到好梦的没有凭据，更增添一重悲哀，这是第三层悲哀。内涵丰富，层次感极强，曲折地表现出思念之苦，这是春恨的内容。接着写自己"病酒无聊，攲枕听春雨"。病酒，因为伤春，酒也喝不畅快，只好百无聊赖地斜靠着枕头，听着室外的绵绵春雨声。春雨的绵绵不断，正像自己的春恨。然后再看到床上的曲曲屏山，床前的温温沉香，都是旧物，是当年恋人看承自己的地方，睹物思人，更惹春恨。整个上片，写景物，写动作，景中含情，层层深入地表现离愁。下片开头就直接抒情："久离阻。应念一点芳心，闲愁知几许。"久离阻，是造成春恨的原因，春闺闲愁，是春恨的具体抒发。然后作者又写一个动作"偷照菱花"，菱花，是菱花镜，为什么偷偷照镜子？因为"清瘦自羞觑"，羞看镜中自己的容颜消瘦。而容颜消瘦，正是相思，正是春恨！这就通过一个动作，进一步写出了自己的春恨。最后以景衬情，写出晚春时节的南方景致："梅子酸时，杨花飞絮，乱莺闹"，如同贺铸的名句："一川烟草，满城风絮，梅子黄时雨"。这种杨花飞絮的景，特别切合人的缭乱不尽的春恨，而乱莺喧闹，催将春去，更增人的春愁，所以用"可堪"表情，化景物以为情思，正写春恨，结束全篇。

整首词以景物、以动作反反复复地渲染离愁，极近李清照的《声声慢》词。那种女性的细腻敏感，体贴入微，是男性词人所不可能有的，也近李清照词。所以宋人黄昇在《唐宋诸贤绝妙词选》中称其"佳处不减李易安也。"

姜夔《一萼红》

丙午人日，予客长沙别驾之观政堂。堂下曲沼，沼西负古垣，有卢橘幽篁，一径深曲。穿径而南，官梅数十株，如椒如菽，或红破白露，枝影扶疏。著屐苍苔细石间，野兴横生，亟命驾登定王台，乱湘流，入麓山，湘云低昂，湘波容与。兴尽悲来，醉吟成调。

古城阴。有官梅几许？红萼未宜簪。池面冰胶，墙腰雪老，云意还又沉沉。翠藤共、闲穿径竹，渐笑语、惊起卧沙禽。野老林泉，故王台榭，呼唤登临。　南去北来何事，荡湘云楚水，目极伤心。朱户粘鸡，金盘蔟燕，空叹时序侵寻。记曾共、西楼雅集，想垂杨、还袅万丝金。待得归鞍到时，只怕春深。

姜夔词，往往词前有小序，赞之者，称其美丽无比，贬之者，谓其与词意重复，两皆有之。此词序云：丙午人日，时间是淳熙十三年的人日，与下文人日风俗应和。地点是长沙别驾的观政堂。当时萧德藻任湖南通判，通判别称别驾，姜夔依萧而居。接下写景：堂下有曲沼，沼之西背靠古城墙，有金橘幽竹，而一径深曲；穿过曲径向南，有梅花数十棵，如胡椒与菽豆，有的已经红破白露，枝影扶疏。穿着木屐在苍苔细石间，野兴横生，急急命驾登上县东的定王台远眺，但见乱水流入岳麓山，云低波闲，不禁兴尽悲来，醉吟成篇。夏承焘先生谓此词梅起柳结，与其他同一结构的词一样，都是怀念合肥情遇。

　　王国维曾经认为："白石有格而无情"，看来不确，此词以自己述说的形式写所见所感，感慨颇深。上来即写梅花："古城阴。有官梅几许？红萼未宜簪"。城阴梅花，已见寂寞，而红萼还不宜簪发，足见其小，即序所云"如椒如菽"，凄凉之意已露。接着还写景："池面冰胶，墙腰雪老，云意还又沉沉"。"池面冰胶，墙腰雪老"，是锤炼字句，见出姜词清虚骚雅的特点，元代陆辅之《词旨》就在《属对》中推为38例之一。池面冰层胶连着，墙腰的雪层不再新鲜，写出冰雪寒意，而天上的云层还是阴沉沉的。再写自己几人的行径，是必要的交代，又用沿路的翠藤与惊起的沙禽烘托。结出"野老林泉，故王台榭，呼唤登临"。陈廷焯《词则》说："只三语胜人吊古千百言"，这三句无限感慨，故王台榭已经荒凉，林泉已成野老之地，千百年后的凭吊者如我等还在呼唤登临！古代帝王的雄业成空，剩下的是野老的懵懂无知与后来者的别有心意，让人感到人生事业的没有价值。

　　上片写景，下片开始抒情。由于上片结尾的感慨人生，所以下片一开头就接上去："南去北来何事"？对自己的人生起了疑问，面对着流荡的湘云楚水，引起身世飘零的感慨，而极目远眺，黯然伤心！事业无成而情人远隔，才过了金盘荐燕的立春，转眼又是朱户粘鸡的人日，徒叹时序流转。"时光流逝而身世飘零"，这就是本词的情感核心，而通过一系列的景物动作表现出来。最后归结到登高望远的目的：回忆当年的西楼雅集。写聚会，而一个"共"字道出了其中的奥秘，这聚会中有着那个情人的身影，才使得聚会那样有意义，使人追忆，接着自然地揣摩今天那人住处，还是垂杨蘸金吧？但等我归鞍到时，又已经是春深时节了。写情感，也是层层逼近，从身世之感的抒发到叹息节序如流，再到回忆当年的雅集，归结到今天的揣想。层层进逼，细致入微，曲折深婉。

张炎《渡江云》

山阴久客，一再逢春。回忆西杭，渺然愁思。

山空天入海，倚楼望极，风急暮潮初。一帘鸠外雨，几处闲田，隔水动春锄。新烟禁柳，想如今、绿到西湖。犹记得、当年深隐，门掩两三株。　愁余。荒洲古溆，断梗疏萍，更漂流何处。空自觉、围羞带减，影怯灯孤。长疑即见桃花面，甚近来、翻笑无书。书纵远，如何梦也都无。

这是张炎客居山阴（浙江绍兴），追忆杭州旧游之作。词前小序云：久客山阴，一再逢春天，回忆杭州旧游，愁思渺渺。

正文上片写景，下片抒情。这是慢词的一般写法。上片入手即写"山空天入海"的壮观景致，突然而来，顿入词境，而山岭消失，天空远接大海的壮观加强了这个开头，这也是山阴的地理特点，接写自己倚楼望远，风急，暮潮初起。开头景致宏大，起得不凡；接下来的景致却是"一帘鸠外雨，几处闲田，隔水动春锄"，转为平淡，看出张炎操纵文字的能力，而境界由动荡转为平静，又便于下文的抒写。鸠雨，俗称鸠鸣为雨候，帘外春雨绵绵，鸠鸟鸣叫，而隔水的几处闲田开始动起春锄。一派春耕景象，"新烟禁柳"，禁，缠绕，新烟缠绕着柳树枝头，更是一派春天的美景，使得词人不由想到这一新绿已经绿到西湖了吧？还记得自己当年在西湖的深隐，门掩两三株柳树。由眼前的新绿想到当年西湖隐居时的新绿，十分自然，又以夹叙夹议的手法变描写为抒情，顺势过渡到下片的抒情。

下片首先正点"愁余"，愁绪烦扰着我，开启下文的抒情。又从眼前抒起："荒洲古溆，断梗疏萍"，字面对仗工稳，内容却是前后承接，看出功力。溆，水岸，在荒洲古岸边，自己如同断梗浮萍，将要漂流到何处？是荒洲古岸，水里有断梗浮萍，才激起自己如同断梗浮萍的联想，断梗浮萍历来都作为人飘零的比喻，而人的飘零，又是古代士大夫一事无成的描状，写得自然而恰当，表现出张炎的身世之慨。接着进一步写自己的"围羞带减，影怯灯孤"，腰围羞愧衣带清减，身影胆怯灯前孤单，两句渲染自己的身世之慨。结尾翻进一层："长疑即见桃花面，甚近来、翻笑无书。书纵远，如何梦也都无。"写一个具体的情事来烘托身世之感，具体情事是：不久就要见到心爱的女子了，为何近来反而没有书信来呢？书信就算太远，为什么连梦也没有呢？可见身世之感中还有着爱情的煎熬的；而对对方书信的渴望，梦中相会的期盼，一层进一层地表现了对爱情的痴心，又以这种痴心映衬出自己漂泊江湖的身世之悲的绵长。

许昂霄评价此词"曲折如意"，的为知言。此词上片写景，从动荡到平静，从眼前到西湖，从写景到议论，是写景曲折；下片抒情，从萍梗漂流到身世飘零，到带减灯孤之叹，再到思念情人，在思念情人的表现上，又从对书信的渴望到梦中相会的期盼，层层进逼，是写情曲折，莫不收纵如意。

联语赏析

联语有时比诗更有韵味或哲理，试引几则我喜欢的联语，与诸君共赏：

事能知足心常惬，人到无求品自高。

清人陈白崖作。从艺术看也谈不上多好，但是却道出一个难以达到的人生境界。

书从难解翻成悟，文到无心始见奇。

不知何人所撰。后一句强调"奇"字，固可，我总觉得可惜了，"文到无心"不仅见奇，而且可通冯友兰先生所讲的"天地境界"。

　　　　精神到处文章老，学问深时意气平。

　　清人石韫玉《为石姓宗祠通用联》。好联语。谈做人与作文，前句从做人影响到作文，后句从学问影响到做人。精神到处，指人的精神到了很高境界，也许是天地境界，所以文章老了，注意这个老字，可不简单。后句说学问深了，也就加深了人的修养，使得意气平和了，这是我们毕生修炼而只可接近，难以达到的人生境界，达到此一境界，就没有烦恼了。

　　　　春风大雅能容物，秋水文章不染尘。

　　唐代李频诗中的句子，全诗并不好，而这两句做联语好，前指胸怀，后指文章。前指学诗《大雅》，是儒家的思想修炼，后指道家庄子的《秋水篇》，不染人间的尘垢。

　　　　事若可传皆合德，人非有品不能贫。

　　国民党元老陈立夫作，题赠陈广沅。此联充满儒家思想，且富哲理。上句讲史传上记载的事情必定合于儒家要求的道德，下句更好，他说没有品德的人不能贫困，有品德者才能贫困，初读不解，这不是说坏人反而该有钱吗？细读才知深意。不是说该不该，而是说行不行。有品德的人就是穷一点也不怕，他不会做坏事，穷也不做；没品行的人，也许不穷还好些，一穷必定做坏事。这就是论语上讲的："君子固穷，小人穷斯滥矣"。穷能够考验出人的品行。

况周颐《玉梅后词序》点校

　　《玉梅后词》者，甲龙仲如[1]玉梅词人[2]后游苏州作也。是岁四月，自常州至扬州，晤半唐[3]于东关街仪董学堂，半唐谓余，是词淫艳不可刻也。夫艳何责焉？淫，古意也。三百篇杂贞淫[4]，孔子奚取焉？虽然，半唐之言甚爱我也，唯是甚不似吾半唐之言，宁吾半唐而顾出此？余回常州，半唐旋之镇江而杭州、苏州，略举余词似某名士老于苏州者[5]，某益大诃之，其言寝不可闻！[6]未几，而半唐遽离两广会馆之寂，言反常则亦为妖[7]。半唐之言，非吾半唐之常也。而某名士无恙，至今则道其常故也。吾刻吾词，亦道其常云尔。丁未小寒食，自识于秦淮俟庐之珠花簃。

　　校注：

　　[1]龙，十二地支，辰也；甲龙，甲辰。仲如，仲，中也，如，如月，《尔雅》；"二月为如"。即甲辰年二月。

　　[2]玉梅词人，况周颐自号。

　　[3]半唐，即半塘，王鹏运自号。

　　[4]有校注者写成"三百篇集顶淫"。

　　[5]某名士老于苏州者，指郑文焯。

　　[6]有校注者标点为："某益大，何之其言寝不可闻？"

　　[7]有校注者标点为："而半唐遽离。两广会馆之寂言：反常则亦为妖。""半唐遽离两广会馆之寂"，指王鹏运在苏州两广会馆遭遇风寒，遽然逝去。

《送别》歌意象出自《赋得古原草送别》

关于李叔同，百度介绍如下：李叔同，出家名弘一法师，是"二十文章惊海内"的大师，集诗、词、书、画、篆刻、音乐、戏剧、文学于一身，在多个领域，开中华灿烂文化艺术之先河。他把中国古代的书法艺术推向了极致，"朴拙圆满，浑若天成"，鲁迅、郭沫若等现代文化名人以得到大师一幅字为无上荣耀。他是第一个向中国传播西方音乐的先驱者，所创作的《送别歌》，历经几十年传唱经久不衰，成为经典名曲。同时，他也是中国第一个开创裸体写生的教师。卓越的艺术造诣，先后培养出了名画家丰子恺、音乐家刘质平等一些文化名人。他苦心向佛，过午不食，精研律学，弘扬佛法，普度众生出苦海，被佛门弟子奉为律宗第十一代世祖。他为世人留下了咀嚼不尽的精神财富，他的一生充满了传奇色彩，他是中国绚丽至极归于平淡的典型人物。太虚大师曾为赠偈："以教印心，以律严身，内外清净，菩提之因。"赵朴初先生评价大师的一生为："无尽奇珍供世眼，一轮圆月耀天心。"

李叔同著名的《送别》歌，传唱近一个世纪而不衰，歌词、韵律十分优美，引录于下：

> 长亭外，古道边，芳草碧连天。
>
> 晚风拂柳笛声残，夕阳山外山。
>
> 天之涯，地之角，知交半零落。
>
> 一觚浊酒尽余欢，今宵别梦寒。

其中的古道、芳草连天的意象来自白居易的《赋得古原草送别》，白诗于下：

离离原上草，一岁一枯荣。

野火烧不尽，春风吹又生。

远芳侵古道，晴翠接荒城。

又送王孙去，萋萋满别情。

据宋人尤袤《全唐诗话》记载：白居易十六岁时从江南到长安，带了诗文谒见当时的大名士顾况。顾况看了名字，开玩笑说："长安米贵，居大不易。"但当翻开诗卷，读到这首诗中"野火烧不尽，春风吹又生"两句时，不禁连声赞赏说："有才如此，居亦何难！"可见此诗也是十分出色的。诗中赋写了古原上的春草那种旺盛的生命力，"野火烧不尽，春风吹又生"，又写出春草侵入古道，远接荒城，这两句的意象为李叔同所吸收，写出了："长城外，古道边，芳草碧连天"的句子。后面白诗的"又送王孙去，萋萋满别情"，也演化为李诗的"天之涯，地之角，知交半零落"。至于李诗中的柳树、笛声、夕阳，也是唐诗中的送别意象，如柳树，汉魏到唐宋，一直有折杨柳送别的习俗。这儿就不絮叨了。

还回到春草古道的送别意象上来。六朝江淹著名的《别赋》有"春草碧色，春水渌波，送君南浦，伤如之何"，应该是白诗、李诗的先河。再往前，还有淮南小山《招隐士》"王孙游兮不归，春草生兮萋萋"，以春草萋萋送别，或盼归，是古典文学的独特而凄美的意象，所以白居易诗结尾"又送王孙去，萋萋满别情"。

袁克文的感遇诗

袁克文，袁世凯第二子，百度介绍为：

袁克文（1889—1931），字豹岑，别署寒云，又字抱存、抱公，又署龟庵，中国河南项城人，昆曲名票，被称为民国四公子之一。他是民国总统袁世凯的次子，由袁世凯三姨太金氏（朝鲜人）生于朝鲜汉城（首尔），长兄袁克定。号称"南有杜月笙、黄金荣，北有津北帮主袁寒云"。他熟读四书五经，精通书法绘画，喜好诗词歌赋，还极喜收藏书画、古玩等。曾反对袁世凯称帝，因生活放浪不羁，妻妾成群，触怒其父，逃往上海，后加入青帮，并在上海、天津等地开香堂广收门徒。1931年病逝于天津。葬于杨村，方地山为其撰写碑文：才华横溢君薄命，一世英明是鬼雄。

这个介绍要稍加解释：袁克文母亲金氏是朝鲜皇室亲戚，所以克文出身高贵。他多才多艺，书法、绘画、诗词都精通，他的老师兼儿女亲家是才子方地山。袁克文与张伯驹、张学良、溥侗，并称民国四公子。还要说明的是，袁克文育有四子三女，袁家嘏、家彰，家骝、家骥，女家华、家宜、家藏，皆为知识分子。其中袁家骝后来成了闻名世界的华人物理学家，于1973年曾偕其夫人原子物理学家吴健雄访华。

我尤其感兴趣的是袁克文在袁世凯酝酿称帝时，写的感遇一诗，反对父亲称帝。这首诗经人传扬，已经有多个版本了。据说袁克文携姬游颐和园，写了两首诗，题为《分明》：

> 乍着微棉强自胜，古台荒槛一凭陵。
> 波飞太液心无住，云起摩崖梦欲腾。
> 偶向远林闻怨笛，独临灵室转明镫。
> 绝怜高处多风雨，莫到琼楼最上层。

> 小院西风向晚晴，嚣嚣恩怨未分明。
> 南回寒雁掩孤月，东去骄风黯九城。
> 驹隙去留争一瞬，蛩声吹梦欲三更。
> 山泉绕屋知深浅，微念沧波感不平。

袁克文的朋友易顺鼎后来将两首诗合成一首，题为《感遇》：

乍着微绵强自胜，阴晴向晚未分明。

南回寒雁掩孤月，西去骄风黯九城。

隙驹留身争一瞬，蜇声催梦欲三更。

绝怜高处多风雨，莫到琼楼最上层。

这就是那首有名的反对父亲称帝的感遇诗。也有说袁氏所写就是这一首，还有见到他所题扇面，就是这一首的。这也无可确认了。我所深爱的就是这后一首。

后来又有傅举晋在《云南民进》上发表一文，称袁氏此文借自清代伍祁壬《环翠楼诗藏》的一首无题诗。到目前为止，还没有第二人说见过伍祁壬及其《环翠楼诗藏》，清代到底有没有伍祁壬其人，有没有他的《环翠楼诗藏》呢？这也是疑案了。（孙后案：已有人指出："伍祁壬"者，无其人也。）

读郑逸梅《清末民初文坛轶事》

读郑逸梅《清末民初文坛轶事》（中华书局2005年版），有些典故不易搞清楚，现查阅于下：

虎贲中郎之似（31页）：虎贲：勇士；中郎：指东汉蔡邕，曾做左中郎将。有一个勇士与蔡中郎长相特别相似。形容两人面貌相似，如同一个人一样。《后汉书·孔融传》："与蔡邕素善，邕卒后，有虎贲士貌类于邕，融每酒酣，引与同坐，曰：'虽无老成人，且有典型。'"

方命（40页）：违命；抗命。《书·尧典》："帝曰：'吁，咈哉！方命圮族。'"蔡沉《集传》："方命者，逆命而不行也。"《汉书·叙传下》："孝景莅政，诸侯方命。"常作难于应命的婉辞。《醒世恒言·独孤生归途闹梦》："伏乞俯鉴微情，勿嫌方命。"

权舆（51页）：1.起始。《诗·秦风·权舆》："今也每食无余，于嗟乎！不承权舆。"朱熹《诗集传》："权舆，始也。"三国魏曹丕《登城赋》："孟春之月，惟岁权舆，和风初畅。"2.萌芽；新生。《大戴礼记·诰志》："于时冰泮发蛰，百草权舆。"《后汉书·鲁恭传》："今始夏，百谷权舆，阳气胎养之时。"

宝晋（52页）：米公祠，原名宝晋斋，位于无为县城西北隅，为北宋著名书画家米芾知无为军时所建。米芾尚晋人书法，宝晋斋是他得到晋王羲之《王略帖》、谢安《八月五日帖》、王献之《十二日帖》墨迹后自题的书斋名。另：宝晋斋，创建于清朝光绪年间的老字号书肆。

涂乙（143页）：删改文字。抹去称涂，勾添称乙。宋欧阳修《〈诗谱补亡〉后序》："凡补其谱十有五，补其文字二百七，增损涂乙改正者三百八十三，而郑氏之谱复完。"

先德（221页）：先德指有德行的前辈，代指先世的德泽，也可用于指别人的父亲。有德行的前辈。唐僧慧立、彦棕《大慈恩寺三藏法师传》："后复北游，询求先德。"先世的德泽。任昉《位府僚劝进梁公笺》："世哲继轨，先德在民。"称别人的父亲为先德。宋孙光宪《北梦琐言》卷三："唐刘舍人蜕，桐庐人，早以文学应进士举，其先德戒之曰：'……吾若没后，慎勿祭祀。'"

不谙尖叉（247页）："尖""叉"均旧诗中之险韵，宋苏轼《雪后书北台壁》诗其一末韵为"试扫北台看马耳，未随埋没有双尖"，其二末韵为"老病自嗟诗力退，空吟《冰柱》忆刘叉"。造语自然，无趁韵之弊。其弟苏辙与王安石步原韵所和诗及苏轼再用前韵所作诗，其造语押韵亦复自然。世因以"尖叉"为险韵之代称。不谙尖叉，以喻人之不懂诗韵。

赋迷阳（288页）：迷阳：无所用心，诈狂。《庄子·人间世》："迷阳迷阳，无伤吾行。"郭象注："迷阳，犹亡阳也。亡阳任独，不荡于外，则吾行全矣。"成玄英疏："迷，亡也；阳，明也……宜放独任之无为，忘遣应物之明智。"陆德明释文引司马彪曰："迷阳，伏阳也，言诈狂。"一说，谓有刺的小灌木。王先谦集解："谓棘刺也，生于山野，践之伤足，至今吾楚舆夫遇之犹呼迷阳踢也。"

大衍之庆（309页）："大衍之数"一词出自周易系辞上传：辞曰："衍之数五十，其用四十有九。分而为二以象两，挂一以象三，揲之以四以象四时，归奇于扐以象闰，五岁再闰，故再扐而后挂。天一地二，天三地四，天五地六，天七地八，天九地十。天数五，地数五，五位相得而各有合。天数二十有五，地数三十，凡天地之数五十有五。此所以成变化而行鬼神也。"天地之数五十有五，为什么大衍之数是五十呢？一说是：天数一、三、五、七、九共有五单十双，合二十有五。地数二、四、六、八、十共有十五双，合三十。天数之中藏十双与地数十五双合二十五双。即"大衍之数五十"也。后以人的五十岁为大衍之庆。

王国维之子

以前看《全宋词》，除编者唐圭璋外，还有修订者王仲闻，看《人间词话校释》，作者也是王仲闻，别人告诉我，王仲闻是王国维的儿子，但不知他的生平事迹。后来知道一些，知道他在邮局工作，为什么在邮局工作，又搞编校？不太清楚。这次买了一本王国维女儿、百岁的王东明著《王国维家事》，才得知其详。兹介绍于下：

王国维有六子二女，其中王仲闻是二子，名高明，字仲闻，以字行。王国维因为自己一生不善治生，所以要儿女都找殷实的工作，老大进海关，老二仲闻进邮局，老三、老四还进海关。仲闻高中未毕业即入邮局工作，后来提升到邮检部门，这在国民党时期归中统管，解放后，因有特务嫌疑，在地安门邮局卖邮票。他喜欢学问，又博闻强记，此时著有《人间词话校释》与《南唐二主词校订》，为学界认识。1957年他因与人民文学出版社几个朋友欲办刊物《艺文志》，被打为右派，邮局将他开除。为了谋生，他到处找工作，这事被国务院古籍小组组长齐燕铭知道，将他推荐给中华书局总编辑金荣灿，于是进了中华书局文学组，但只是临时工。当时《全唐诗》编辑进入收尾阶段，王仲闻为该书审核标点。此时，他的好友词学家唐圭璋编修《全宋词》，有些资料不易取得，就从南京写信给他，要他在北京补充资料并审核全稿，仲闻花了四年时间订补《全宋词》。同时写下了大量考据笔记，当时的文学组长徐调孚鼓励他将这些笔记整理出来，于是用一年时间整理出 20 万字的《读词识小》。中华书局特请钱钟书审读，钱先生读完后，带口信说："这是一本奇书，一定要出版。"但由于王仲闻的背景，全宋词尚且不能署名，哪能出版专著？

初识王仲闻的人，以为他不过是受到父亲的熏陶，有些基础，后来都发现他有深厚的学识，有关唐宋两代文学史料，尤其宋词、宋人笔记，向他提出问题，莫不对答如流。有人戏称他"宋朝人"，他也常以"宋朝人"自诩。

王氏兄妹，老大潜明、老三贞明、老四纪明，是王东明兄长，王东明以下，五弟慈明、六弟登明，妹松明。

谈余光中《乡愁》

小时候／乡愁是一枚小小的邮票／我在这头／母亲在那头

长大后／乡愁是一张窄窄的船票／我在这头／新娘在那头

后来啊／乡愁是一方矮矮的坟墓／我在外头／母亲在里头

而现在／乡愁是一弯浅浅的海峡／我在这头／大陆在那头

台湾诗人余光中的这首《乡愁》诗脍炙人口，引起多少人的共鸣、叹息与吟咏，它必将流芳万世，与李煜的"问君能有几多愁，恰似一江春水向东流"一样，激起的不仅是一种具体的愁苦，而是对愁苦情感的体验，是一种人类情感的描述。从用语、结构来看，也都是无比精巧的，大气的，脱口而出而又浑然天成的，是无可替代的。

最近我在《中国社会科学报》（2012 年 4 月 9 日）A-08 版争鸣栏目看到李金坤（江苏大学文法学院）的文章《白璧微瑕说〈乡愁〉——余光中先生〈乡愁〉"方"字臆解》。文章说：余光中先生的《乡愁》有一白璧微瑕，就是第三段的"一方矮矮的坟墓"说不通。从第一、第二、第四段看，一枚、一张、一弯，其中"枚""张""弯"都是量词，那么，第三段的"一方"的"方"也应是量词。而《辞海》释"方"："量词，用于方形的物体"，则"一方坟墓"指"一座方形的坟墓"。而"方形坟墓，与 70 年代的民间墓制形状是大相径庭的"。接着文章对江南墓形做了阐述，说明都是圆形的，"方形坟墓，实在是无从可见"。最后，文章建议："将方字改为'座'字，便疑难顿释"。

这篇文章的逻辑是没有问题的，问题在于知识。他仅仅从《辞海》之解释立论，而《辞海》是普及化的，大众化的，作为研究是远远不够的。我们找一下《汉语大词典》，第六卷下册释"方"，有 36 个义项，作为量词，是第 31 个义项。我们看第 27 个义项：

> 古谓掘土成坑为方。《三国志·魏志·明帝纪》"己未，有司奏文昭皇后立庙京都"裴松之注引三国魏鱼豢《魏略》："而使［群臣］穿方举土，面目垢黑……甚非谓也。"《资治通鉴·魏明帝景初元年》引此文，胡三省注曰："方，穴土为方也。"参见"方中"③

我们再看"方中③"的解释："指古代帝王的寿穴"。后面还有大段引证，我们就不列举了。

这就看得很清楚，"古谓掘土成坑为方"，古时把掘土成坑叫做"方"，后来则"方中"即"指古代帝王的寿穴"。有如此的出典，余光中先生把坟墓称为"一方"当然是可以的。"一方"还是量词，指一个土坑。

而文章提出的"一座"，虽然也通，却失去了诗歌的韵味，显得太一般了；不如"一方"，蕴含着古文献的典故，显得典雅大气，与下文的

"一弯"，工力悉敌，既文雅，又意味深长，而且还有一种语言的"韵"，语音的"味"，使人读来如口含橄榄，余香满口。

余光中这样的诗人，可不是我们时下的一些没有文化的诗人，他们都是饱读诗书，即使写的是新诗，也和旧诗一样，讲究出典和对称。我们可不能想当然地指出他们语言方面的错误，尤其不能拿着一本《辞海》就上阵，要查遍出典，反复斟酌，有了底气，才能对阵。

人生的意义是什么

人生的意义是什么？这是一个哲学命题，正确的回答是：人生没有意义。这个回答好像太令人失望了，而从哲学看，确实如此。不信，你问问身边的哲学系的毕业生，他们都会这样告诉你。我们设想一下人生的渺小。我们生活着的地球只是太阳的一个行星，太阳的行星有九个，而太阳系只是银河系的一个小的部分，银河系外还有着许多与银河系一样的星系，宇宙是多么广袤无垠，地球在其中是多么渺小，而我们作为一个个体的人，在地球上又是多么渺小，多么微不足道！我们再设想一下我们来到这个世界上是多么偶然，我们来到世界上既然是偶然的，当然也没有谁给我们分配过什么任务，也就是说，我们是不带任何任务的偶然降临到这地球上，没有人迎接我们，也没有人评判我们，一切都是偶然，就像风吹过去，云飘过去。我们再设想一下，我们的所谓功业，对于宇宙来讲，是没有任何意义的。宇宙不需要你这样去做，你做了，宇宙还是那样，与你没有做什么一样，银河系还是那样，没有稍加或稍减什么。所以，人生实在是没有什么意义的。

既然人生毫无意义，这个话题还有什么说的？我们说，人生没有意义，我们可以给它赋予一些意义，人生的意义都是人赋予它的。人生是那么短暂，那么我们怎么度过这样短暂的人生呢？我们人可以设定一个意义，一个价值。找定一个目标，使得无意义的人生具有意义，或者更是充满意义与价值。清代一个学者叫项鸿祚，在《忆云词》丙稿自序中说："嗟乎！不为无益之事，何以遣有涯之生！"此语还有更早出处，钱钟书先生考证，出在张彦远《历代名画记》中，说明古人对于人生的意义也早有思考。既然人生是没有意义的，那我们所做的一切，不就是无益之事吗？但是，尽管无益，还要做，要给它设定某种意义，不然的话，怎样排遣有涯的人生呢？生也有涯，也就是短暂，正由于生命的短暂，格外要给它设定个意义，去努力完成它。人生就变得有意义了，变得光彩夺目了，变得匆匆忙忙了，天下熙熙，皆为利来，天下攘攘，皆为利往。名利一关，谁能勘破？

这样说起来，无所谓高尚与龌龊了。非也！人类社会有自己的是非标准，它是社会赖以存续的关键。文天祥的行为是高尚的爱国行为，汪精卫的行为是龌龊下流的，不可仿效的。这是从大节上说，从小处看，知识分子还有许多可贵的操守，不食嗟来之食，不做告密小人，君子固穷，慎独，等等。所以，为自己设定的人生目标必须是高尚的。这是从伦理方面说，从其他方面看，还要是真诚的、美好的，总之，真善美是我们的准则。

确定了真善美的人生准则，就可以设定人生的意义了。这个意义可大可小，但必须是真善美的。我们仰止于孔子的韦编三绝的读易，钦佩曹雪芹的披阅十载、增删五次；感动于陈景润的毕生求一个数学难题的解，不亚于感动于屈原的上天下地的求索；震撼于一个老农民的执着土地，不亚于震撼于无数爱国者对家乡的眷念。

不为无益之事，何以遣有涯之生。

外祖父与才子纪柏如的联语交往

这些故事是听我父亲在世时所说，年代久了，也无法查实，但是基本事实是不会错的，我就姑妄言之吧。

纪柏如，字澹然，安徽贵池乌沙人，才子，擅长联语。蒋经国当赣州专员时，他曾当过蒋的幕僚，专作对联。我外祖父是前清秀才，当年贵池地方著名士绅，并在地方兴办实业，著名的有称"三万圩"者，曾养过不少穷人。外祖父与纪柏如先生是朋友，外祖父年稍长，纪柏如以兄称之。有一次，也是夏天，外祖父在堂屋中间端张竹榻躺着，对着大门，远远见纪柏如摇过来了，外祖父回头故意对家人说："纪柏如这小子，好久没见，是不是死掉了？"故意用土话把"死"字拖得长长的，十分有韵味。话音刚落，纪先生到了堂屋，长揖我外祖父，朗声说道："兄在，弟何敢死！"我父亲复述这个故事时，无比神往的表情历历在目，老辈人的文采风流已经日落云散，不复再有了。

安庆著名古迹大观亭留下纪柏如两副对联，大观亭联是：

> 东望石城春，杜牧何知，故国杏花太冷落；
> 南招彭泽饮，渊明在否？隔江杨柳要平分。

石城，指贵池。此联写得文采跌宕，语言如初日芙蓉而感慨特深。陶渊明号五柳先生，有《五柳先生传》，纪氏意思，要学陶渊明隐居，文学不能直讲，要借助形象说明，故云：隔江杨柳要平分。据讲凭此联，安徽省省长许世英任纪氏为五河县县长。大观亭古迹荡然无存，这副对联还能在今人辑录的安徽对联集锦或全国名胜对联集锦一类书中见到。当年外祖父见到纪氏这副对联，与他开玩笑说："纪柏如太小气，人家五棵杨柳，他也要平分。"

纪氏所题大观亭另一副对联是元忠宣公墓联：

此处何幸埋公？荒土一坯元气在；
小阁差堪坐我，青山四面大江横。

这副联语写得大气，豪气。纪氏还曾作南京夫子庙贵池会馆对联，我父亲当年只记得下联了：

朱雀桥空，乌衣巷冷，从容问淮水：六朝代谢几祀堂？

仅只下联，也可见历史的沧桑之感。

外祖父与纪氏的故事还有一则。当时池州专员汪幼平逝世，纪氏代汪妻写挽联，只写了上联，而由我外祖父补下联。此挽联如下：

海天结发，相敬如宾，不堪回首唱随，朝朝暮暮；
尘世虚荣，哪知一瞬，从此伤心风雨，岁岁年年。

孙案：后来我一青年时代的老朋友疏苔荪见到此书自印本谈纪柏如的联语，说他从别人处也见到纪氏一首七律。现将此诗附在下面：

七律　过华阳

华阳一角枕江流，战后来游百集忧。
支离小市无完屋，颠倒沙滩有破舟。
隔岸山花嚙宿血，近堤春草伴新丘。
凭吊不堪穷极目，满天风雨打危楼。

写抗战之后一片破败，十分沉痛！

父亲的几首遗作

一、父亲在初三读书时，他的祖父、祖母相继去世，父亲写七律一首：

七律

两年遭际太堪伤，王父重慈俱永离。

爱若掌珠频置膝，视如拱璧每含饴。

记曾当日叮咛语，转瞬今朝色笑非。

白骨难酬恩一点，泷冈阡表待何时。

当时老师批语道："语出至诚，自是慈孙宜黾勉前途，符二老之期许，慰九泉之幽思。余亦有厚望矣！"父亲记得当时老师，那个桐城老夫子的批语，每每以土语抑扬顿挫地吟出。

二、"九一八"事变时，父亲正读高一，写了两副对联，为当时的《安庆信托报》征集。父亲家在贵池唐田，从安庆到唐田，经过吴田。联语于下：

唐田看京戏，切时局和男女班

长江南北，黄河东西，烽火已弥漫，独能睹文明像，闻弦歌声，斯地斯民多幸福；

近代衣冠，古时人物，瑶台齐现出，是亦慕共和名，仿平等志，乃男乃女尽英雄。

吴田看京戏，戏台为区政府所在地

演戏顺俗，行政化民，此处楼台堪合作；

国难当头，神思在念，者方歌舞费蹒蹰。

三、1951年，七八月间，父亲囚系池州，狱中写诗几首：

七绝　狱中寄内（二首）

两地相思只自知，隔江回首梦魂驰。

可怜人比黄花瘦，寄语归期未有期。

桑田沧海几经迁，忧患频仍只自怜。

莫向桥头偏洒泪，怕它流到皖江边。

五律

囚禁快三月，隔离世外天。

高堂倚闾望，妻室断肠旋。

故旧频关切，亲朋相互怜。

凭君传一语，报我尚安全。

四、1977年，母亲鼻咽癌病转重，时政策松动，父亲从唐田请假回家服侍母亲。1979年2月5日，母亲去世，父亲一夜未眠，作诗一首，短短二十字，可谓言简意丰。

五绝

一夜思君泪，天明还复收。

恐伤儿媳意，暗向枕边流。

按：父亲名孙国英，一介书生，大学毕业后回池州做事，解放前夕任池州行署办公室主任，保存行署文档，交给解放军。但终不免牢狱，坐了五年牢。后在安庆任中学教师，四清时遣送回乡，监督劳动。1977年后平反，任省文史馆员，1992年10月23日去世。父亲一生写诗很多，当时人称江南才子，解放前的大多丢失，以上几首是他平时吟哦的。新时期以来也有不少应景之作，我就不收录了。

漫谈"国学大师"

写下这个题目，心中惴惴不安，这是一个争论不休，几乎没有统一结论的命题，我能谈得好吗？但一想是漫谈，也没有关系，这个问题也不是禁区，谈谈也没什么，谈错了也无伤大雅。

季羡林老先生驾鹤西去，又引起了关于大师的话题。季老先生确实是有风范，生前早就请辞了大师、泰斗与国宝的三顶帽子，感到一身轻松，真是大彻悟，大智慧！

"大师"这一词是有多重含义的，翻开词典可知，和尚中的大德高僧是大师，与学术大师比较接近；有些行业也有大师，如围棋大师，国际象棋大师，哪怕年龄小，也可称大师，只要你是前几名的棋手。戏剧大师，如梅兰芳是京剧大师，从学养看，梅大师与学术大师也比较接近，但是其他戏剧大家呢？他们也可称戏剧大师，这是不错的，如我们黄梅戏的严凤英，称戏剧大师，不致有太多意见，但是他们与学术大师不能比较，而梅兰芳与他们又都是戏剧大师，就有些标准不统一了。学术大师，是指那些"究天人之际，通古今之变，成一家之言"的大学者。理科的学者，我认为也有达到这一高度的，这是一种哲学的高度，不是说，所有学科的终极通向是哲学吗！当然，我不是说，哲学家比其他学科就容易达到些，哲学家要达到这样的高度，一样是很难的，更何况许多搞哲学的，就像钱钟书先生所比方的，只能说是研究哲学家的家呢（一样，许多研究文学的，也是研究文学家的家）。

在学术大师中，研究国学的称国学大师。但我们似乎以国学大师代替了学术大师，没有人对理科的大通人称大师的，在钱学森等人身上，没有这样的麻烦。有意思的是，理科没有称大师的，但有院士，文科有大师，又没有院士，这可能是我们文化制度的疏漏吧。

民国时期，也许是古今巨变的推动，出现了一批可以称为国学大师的人物，如梁启超、王国维等。现代以来就不是这样了，由于偏向新学，而忽视旧学，现代的学者先天学术贫血，以至于现代被称为没有大师的时代。我记得看过一篇南开大学罗宗强的访谈录，他说自己基础薄，学生问他，你还基础薄吗？他说：和你们这一代比，我算有基础，但是与我们的先辈比，我就基础不好，我上大学的时候，就没有学国学，所以国学底子就薄。罗先生是我尊敬的大学者，但他这话又是大实话，1949年以后上学的人学过四书五经吗？当然今天没有国学大师，这只是原因之一。今天要成为国学大师，要学贯古今，还要学贯中西，在此基础上，还要善于思考，要"究"天人之际，"通"古今中外之变，"成"一家之言。

大师还有一个特点，是道德高度，不是一般的讲道德，而是要达到一个制高点，是人品的高度，这一点更难。中国人喜欢讲道德文章，这两个方面，道德还在文章前面。我觉得，大师起码都是谦虚的，其实，大学者也都是谦虚的。季羡林老先生就是大学者，有着虚怀若谷的心胸，具备了大师的道德风范。坊间盛传老先生被一刚入学的学生当做工友，拉去看行李，开学典礼上，该生看到老先生坐在台上。这个小故事可见季先生的谦虚平易。同样是发生在北大的故事，朱光潜先生早晨散步见到一个学生看他的美学著作，朱先生说这个人的书不值得看。拿这个标准去衡量今天的一些人，就欠缺了。现在不是在炒文某某是大师吗？也许以为百岁高龄的学者就是大师吧？又在炒某某某是大师。某某某学问是不错的，不过也只是学者，而不是大师。他半推半就的接受大师称号，我觉得是受了某一些人的误导。报载上海政府方面给他建大师工作室，之前已经建了好像某绘画大师的工作室，某先生可能想，跟绘画大师比较起来，自己也可算大师。殊不知绘画大师与围棋大师一样，别人并无异议，是行业大师。也许某先生的夫人，也有人称她戏剧大师呢？她离戏剧大师也不太远。以绘画大师来类推出国学大师，这不是误导吗？某先生还说，大师与老师比起来，要小一些，自己当不了老师，就当大师吧，这话就生硬了；季羡林老先生说过：自己连小师都不是，就更不是大师了。说得多谦虚呀！季老先生以自己的学识与虚怀赢得了大家的由衷敬爱！老先生走好！

祖保泉先生的《水调歌头》

我的老师，安徽师大文学院祖保泉先生生于1921年。2009年学术界和他的弟子为他做了九十大寿（俗称"做九不做十"），我由于要参加唐宋诗词学术讨论会，而未能出席，深感遗憾，所幸学界为先生祝寿所出的论文集《风清骨峻——庆祝祖保泉先生九十华诞论文集》收了我的一篇纪念论文：《陈廷焯词学思想前后期不同的共同基础》，可以聊补没能出席的遗憾。先生的品德文章，真可用"风清骨峻"四字来形容，先生的外貌也是瘦瘦的，可当得"骨格清奇"四字，以这样的性格而经历如此的社会磨难，其磨难可知，而经历磨难以后的先生性格开朗、风趣，是那种历经坎坷以后的大彻悟。

今天在家翻书，偶然翻到夹在书页中的先生2001年写的《生日小唱》，先生的风骨与诙谐跃然纸上，敬录于下，也作为对先生九十大寿的祝贺吧。

水调歌头　生日小唱

"八"字眉梢见，撇正捺偏高。老来真个成怪，惹尔笑弯腰。若问如何变怪，答曰天生如此，一介树风标。处事不圆活，论学重推敲。　书几架，灯一盏，度清宵。老年安吉，戏拈毛颖论风骚。讲稿权当著作，功过由他评议，何必自招摇！且喜身心健，犹可唱逍遥。

悼念张晓陵同学

张晓陵同学不幸逝世已经十天了，大家都在以文字纪念他，我文思阻遏，似乎一句也写不出来，悲痛的眼泪糊满了我的眼睑。

记得在安徽师大四年的生活，七八级3班是多么优秀！由于历史的原因，七八3班的风头都被我们这些30岁左右的老家伙占尽了，以至于年龄小的同学慨叹生不逢时，在这里我要说一声对不起！不是有意的。这30岁左右的老家伙中就有张晓陵、杨屹和我，三人禀赋不同，表现各异。同学公认，杨屹适合当官，因为他沉稳干练，张晓陵适合当外交家，因为他热情奔放、口若悬河，而我最没有出息，大家都说可以去做学问。三十年后的2008年11月29日同学返校，果真如当年的预计，杨屹君当了一个地市级单位的一把手，张晓陵成了大律师，与外交家有某种神似，还是那样神采奕奕，辩才无碍！我则栖身于皖西南一所不出名高校，三十年来做着有一搭无一搭、可有可无的学问，我们班许多我的学弟学妹，学问都比我做得好。

这次返校，除了重温同学的友谊，追念三十年的风雨历程外，就是听张晓陵君谈他的事。三十年的历程，对晓陵君来说是辉煌的，他从中国人民大学法律专业研究生毕业后，就来到南京大学当老师，同时创办律师事务所，业余时间搞书法艺术与体育活动，他有一副壮硕的身板！我们知道他主辩过一些著名的大案，已经是全国著名大律师了，人称"金陵铁嘴"！他说，新闻界称他是一流的律师，二流的教授，三流的艺术家。从这些成就看，张晓陵不虚此生！活得有声有色，风生云起！

记得当年张晓陵就以论辩出色，我们八九人的寝室里经常回荡着他那浑厚的普通话。他的床头张挂着一条横幅：生命在于运动。有一天我们就以这句话向他挑起辩论，我们说：生命在于静止，你看仙鹤、乌龟就是不运动而长寿。这触犯了张晓陵的最根本的信条，激发了他最大的辩才，你看他雄辩滔滔，无数格言、警句从他口中迸出，在他演讲的空隙，大家见缝插针地来一句，起哄、大笑、手舞足蹈，无所不用其极！说到一定时候，张晓陵发现上当，马上打住，说：今天到此为止，我上教室去了。说走，就绝尘而去。十分潇洒，不！潇洒不足以描绘他的离去，他不是潇洒，而是霸气！是那种胸有大志的霸气，他在为实现自己的理想而努力学习。发现大家和他起哄也毫不生气，张晓陵的可爱在此。

今天回想这段往事，有无限的辛酸与感慨！晓陵君信奉生命的运动，是西方的哲学思想，而东方确实主张静止，静止有可能质量不高，而运动过量则容易凋零，所谓峣峣者易折。东方式的细水长流、水滴石穿反而能够显示生命的韧性，所以老子主张水之性柔，主张以柔克刚。晓陵君是否过于信赖了生命的运动呢？他得癌症重病以后，依然主张运动，依然每天做一百个俯卧撑，看他的体魄依然那样雄壮，但看他的脸色却有些发灰，我们心中不无担心，也劝过他，但一个人的信念能够轻易改变吗？

然而，张晓陵以自己的一生诠释了生命运动的质量，却是我们不得不承认，不得不佩服的。他活得那样生龙活虎，生命充满了张力，口气充满了霸气，一生是精彩纷呈、可圈可点。也许他的生命是短了点，而生命的质量高，密度大，他工作的时间多，学习思考的时间多，从事艺术与体育的时间多，把这些时间加起来，比起世间的凡庸之人要多得多，他所少的，是休息时间，这些他在逝去以后可以弥补的呀！

最可贵的是张晓陵在经历了一场癌症的折磨后，活得还是那样生龙活虎！他大笑着讲述自己得病与抗争的全过程，好像在讲一件趣事，好像在讲别人的故事。我们不遗憾的是大家全都满足了他述说苦难的欲望，那天晚上我们从卡拉OK厅回来后，又找一个茶室喝茶，听他讲述，感受他的笑声，第二天上午还不离爿，继续在赭山上的茶室里听他讲，此时的晓陵君可爱得像个孩子，他要篡三十年前的班长的位子，可以号召大家在2009年秋到他家去聚会，当大家再一次满足了他这虚拟的愿望时，他笑得那样快活！也许比在法庭上胜辩还要得意！可是就是这样一个大孩子，他的2009年秋聚会的愿望竟然不能实现，未免太残酷了吧？也许晓陵心中还是有着某种担心，回去后又抢先邀请几个当年的班干在元月三日到他家先聚，这也符合他的抢在时间前面的性格，所幸我们几个都去了，我奔波千里来回，出席了这次聚会，可以无憾了！此后，晓陵也许身体就不行了，再没有得到他的消息，一直到他的噩耗传来⋯⋯

晓陵同学，安息吧！你累了。

谨以此文表示我的哀悼！

2009年5月21日

关于《佛门尘缘》的通信

最近接到在海南工作的张少中同学寄来的一本散文集《佛门尘缘》（光明日报出版社、内蒙古人民出版社2009年版），与一本《散文选刊》2009年10期，都收录了他的《佛门尘缘》一文，文章很长，像中篇小说，文中写与一90多岁老尼姑的20多年的交往，写得十分引人入胜，读后深深地感动。全书也很有意思地由自己十五岁的女儿作序，我感到十分有趣，故马上去信说自己的感想。现将去信及少中回信贴在下面，作一纪念。

少中兄：近好！

寄来的大著《佛门尘缘》，及《散文选刊》收到，今天一直在看。

我感到，所收入的一些文章，以《佛门尘缘》最好，不是一般的好，是一大突破，不但对自己是突破，就是对文坛也是一大突破。我特别欣赏其文笔，老到，老到到炉火纯青；流畅，流畅到收卷自如，行于所当行；轻松，轻松到娓娓叙来，难得难得！内容也好，情节峰峦起伏，山外有山，老尼姑的事迹是一长卷，而小尼姑"应观"的爱情点缀其间，生动无比！尤其那段最后见到的描写，手敲木鱼的加快，感人至深，与屠格列夫《贵族之家》最后的女主人公出家后，男的去看他，她没有反应，但手中佛珠微微颤动，有异曲同工之妙。

我看的是你发在《散文选刊》上的，与书上的文字稍有改动而更好。你作为散文来发，我看更像小说，自传体小说，又有散文的收放随心，像郁达夫的《迟桂花》。

这篇应该可以拍成电视剧。

你女儿为全书写的序也好！找女儿写序，匪夷所思而又恰到好处，比那些名家写的敷衍文字强多了。

常联系

顺颂

冬祺

××上

××仁兄：

没想到一本小书或者小书中的一篇小文换来了您这样一份厚重的邮件——学弟我高兴万分！

您的意见我很在意——并非在意您的褒扬。对您的敬重是由衷的，是打上大学那会儿就沉淀的——人品的，学问的，气度的，方方面面的……所以，您是我"被寄书"同学中为数不多的三两位（沈天鸿是一位，因为选发了我在大学时为他写的一篇评论，据说是关于他的散文的第一篇评论，他在意，我亦在意）。盼望着自此常常联系，常给教诲！

明天自南京去九华山——第十七次了，然后去江西上饶参加《佛门尘缘》授奖会——2009年中国散文排行榜拙文又被排在了前五名……

祝兄长健康开心，诸事顺遂！

少中　敬上

高希希版《三国》

高希希版《三国》我觉得还是比较好看的，尤其一些打斗戏很过瘾。何润东的吕布，有人说，太嫩了，或太俊了，其实越看到后来，这个缺点就没有了，吕布就可以是这样的，很帅气的武将。在中国人的审美中，最有本事的武将往往是英俊的，而不是五大三粗的，如旧小说中的薛仁贵、杨宗保、狄青都是美男子。《三国演义》中的吕布、赵云、马超都是这样塑造的，张飞那样的武将也有，一般归到李逵一类比较粗豪的人物中。吕布与貂蝉的故事改编得也好。原来的人物是脸谱化的，貂蝉只是一个工具，吕布也嫌简单。这样改，就有血有肉了。在小说中，吕布是一个见利忘义的小人，头脑也简单。张飞骂他三姓家奴，他喜欢拜认义父，而最后又杀掉义父。有专家分析，他可能是出身胡人，我觉得，有一定道理，胡人的伦理观与汉人不同，身体又长大，力量也大，善于骑马，强于汉人，不然他的神勇来自哪里？其实汉唐也被称为脏唐臭汉，伦理观与宋代以后也是不同的。新《三国》处理吕布是一个有感情的人物，当然，也保留了《三国演义》中的诸多缺点，而他与貂蝉的爱情被处理成真爱，这点比较好，另外，他的杀丁原与杀董卓是不同的，前者是见利忘义，后者主要是为天下除害，不能笼统称之为三姓家奴。貂蝉在连环计中的表现则显得较粗糙。编者想处理好貂蝉在爱情与大义中的行为，但较简单，没有刻画好貂蝉的心理矛盾。貂蝉对吕布，好处理，是真情，貂蝉对董卓，就难处理，心里不喜欢，还要表现出高兴，在这点上，演员陈好处理得就勉强。

高版《三国》最大的改动是主体倾向。原来的《三国演义》与以前的三国戏都是忠君思想，水浒、西游也都如此，这是古代思想的核心，根深蒂固，不可动摇，在三国中表现为崇刘抑曹。所以崇刘抑曹不是简单地喜欢刘备还是喜欢曹操，而是代表了这个几千年来的思想倾向，要改动，就是彻底地颠覆，从主体到细节的全面改变。高版三国只对崇刘抑曹改为崇曹抑刘，至于改过后的主体倾向肯定什么，则是模糊的，他肯定不是肯定汉王朝了，这样刘备失去了正统地位了，那么是以魏为正统吗？他又保留了曹操的"宁可我负天下人"的奸诈，无法把曹操作为贤明的王者来歌颂。改动的结果，曹操不是正面人物，刘备也成了奸诈之辈了，如刘备在三让徐州中的表现，被陶谦一针见血地指出：你实际上比任何人都想得到徐州。任何小说、戏剧都有自己的倾向性，哪怕再隐蔽；没有纯客观地描写，一定有政治上的与道德上的评价。现在，曹操在政治上不是正义的，刘备也不是，在道德上，曹操不行，刘备也不行。写历史小说，不能对历史人物都批判，只有作者是高高在上的评判者，是上帝。所以，我觉得，对三国的人物评价，如果要肯定曹操，就要回避掉他杀吕伯奢一家的事实，因为这不是小的缺点，而是不可赦的大恶。有了这个情节，曹操只能是奸雄。三国故事在民间流传久远，后来才有了评书、戏剧，以至小说《三国演义》，民间对三国故事早有了评判倾向，那种巨大的道德评判力是无法移易的。我觉得，还是不要轻易改动的好。至于历史人物的曹操，在史学界自有其公允的评价。

高版最大的贡献是正说，而不是戏说，没有像《西游记》那样的戏说，也没有像电影《赤壁》那样的不庄重，我们真害怕高高在上的编剧导演肆意糟踏四大名著，中国古代有多少名著供糟踏呀！

至于人物的外在形象，许多人也都指出了张飞的不像，貂蝉的不够年轻，这些方面，导演其实没有必要改变人们几千年的认知习惯，但这都是次要的。

看了几集《三国》，把感想拉拉杂杂写在这儿，也没有很理性的思考，供大家参考吧！

沉痛悼念汪裕雄老师

我的老师，安徽师大文学院汪裕雄先生罹患癌症，与病魔抗争十年后，终因不治，于2012年3月20日弃世，终年75岁。

汪裕雄先生，1937年生，安徽徽州绩溪人，1967年复旦大学中文系研究生毕业，安徽师范大学文学院教授，中国著名美学家。代表作是1993年出版的《审美意象学》与1996年出版的《意象探源》，二书探讨同一课题，一论一史，纵横相交。《审美意象学》从论的角度，以中国传统美学的"审美意象"范畴为中心，从意象生成、意象结构、意象类型及其交流功能展开哲学——心理学论析。而《意象探源》从史的角度，上起远古，下迄魏晋，将"意象"放在中国文化的历史行程中，分原起论、基型论、审美论三编，从"龟兆""易象"和"诗乐意象"诸多向度，作了哲学-心理学考察。这两本书对中国古代的意象范畴穷尽中西、贯串今古，竭泽而渔，做了深刻的思考与论述。可以说，有了这两本书，学术界热烈探讨的意象说得以成为一门成熟的学问。这两本书也确立了汪裕雄先生当代美学家的地位，使汪先生得以不朽！在获得了这样不朽的成就后，汪先生依然谦虚如故，记得我1998年去先生家讨要《意象探源》一书时，先生诚恳地说，当时还无法看到《宗白华全集》，后来看到了，感到这两本书还可以深入。果然后来汪先生又出了《艺境无涯——宗白华美学思想臆解》一书，想是对自己遗憾的回应，要知道这已经是先生罹患癌症以后了。先生著书之勤也许伤害了先生的身体。做学问是一件很伤身体的事，古人说：呕心沥血。唐人李贺少时出外，遇有所得，书投囊中，其母说："是儿要当呕出心来已尔！"原来我不相信，以为古人夸张，后来写书，几乎每写好一本，都要生一场大病，才知古人所言不虚也！汪先生一定是写书累的，写这样穷尽今古、探究宇宙奥秘的著作是要耗费巨大精神的。

我与先生相识在80年代初，当时我在安徽师大中文系读书，大概是1981年，先生上我们的美学课，瘦瘦高高，恂恂儒雅，每有学生询问，总是娓娓道来，好像从不高声。1982年初，我们即将毕业，我和另一班学习委员张庆满一起去看汪老师，当时他因伤脚在床，几天要去医院一次，当时没有出租车，出行很不方便。我和张庆满就自告奋勇要用大板车拉汪先生上医院，拉了两次，先生坚决不同意学生拉他而作罢。想想这位后来的著名美学家，被两个30岁的大龄学生用大板车拉着招摇过市，那情景，可是对中国知识分子地位的一大讽刺。

记得1998年，安徽师大文学院由我的同学朱良志教授任院长，汪先生和朱良志一心要我去安徽师大加盟他们的文艺学学科。当时朱良志雄心勃勃，要把文艺学学科建成文学院首个博士点学科。那时的文艺学学科可说是人才济济，最老辈的是祖保泉先生，接着是汪裕雄先生、王明居先生、陈裕德先生、梅运生先生，年轻的已经在学术界崭露头角的有所谓五虎上将：朱良志、刘锋杰、陈文忠、吴家荣、陈宪年，都是教授，尤以朱良志、刘锋杰最为杰出！在1998年，一个学科集中这么多教授，是很少见的，申报博士点也是很有希望的。汪裕雄先生作为本学科的教研室主任，一心想把学科搞上去，可以说是日夜操劳，期望毕其功于一役。汪先生也对我有信心，一再要调我去助阵，先是在学科内提出，通过后即报到文学院，文学院以最快速度通过，并报到学校，然后通知我搞调动。记得当时汪老师亲自给我打电话，通报情况，并催促我尽快调动。那种殷殷切切的期望溢于言表，今天想起来还令人感动不已！可惜的是，我们学校新来的汪副院长不同意，他说：要把你调到师大，那先把我调回去。他是师大调来的。当时我们学校一共只有四个教授，中文系就我一人，难怪汪副院长着急。我终于没有调成，至今想起来，辜负了汪老师和良志的殷殷期望，也丢失了我自己上一个台阶的机会，这个机会从此就再没出现过，一直到我退休。我是太考虑别人的想法了，今天想起还禁不住后悔！而师大的文艺学学科在那以后也迅速衰落下去，由于申报博士点受挫（省里倾向由安大中文系申报），朱良志、刘锋杰、吴家荣、陈宪年相继调走，老教师又一个个退休，文艺学科失去了往日的热闹，显出荒凉与寂寞。汪先生一定感到了这种寂寞，冠盖满京华，斯人独憔悴！

回想汪裕雄先生的学术生涯，有辉煌，也有寂寞，但最重要的还是辉煌！他以两本意象说的著作奠定了自己在学术界的不朽丰碑，他在成百上千的学生心中也留下了永久的纪念，汪先生可以安息了。而我这个先生不成器的老学生，一定会记住先生的嘱咐，磕磕绊绊地在学术研究的道路上走下去。

哲人其萎，我心伤悲！

我家小狗叫铠铠

铠铠离开我们已经两个多月了，2009年4月7日，铠铠因肾结石开刀，从此没有醒过来。我怀疑是因为麻醉过量，却缺少医学知识，没有证据，只好把它葬在一个野外荒地里。那天晚上我几乎未眠，闭上眼睛就是铠铠在身边看着我，我很不放心，第二天傍晚又去看它的墓地，过两天又去看了。我不明白，为什么没有宠物墓地（其实明白，土地稀少）？为什么活着时百般宝贝，死了后弃之如敝屣？但是我没有办法，我家那可爱的宝贝被掩埋了，但愿它入土为安，早升天界。

铠铠是2000年1月9日来我家的，像小刺猬那么大，全身雪白，鼻子不像其他狗那样拱出，而是缩进去，与腮巴平齐，只是黑色的，全身只有眼睛与鼻子是黑色的，其他地方都是雪白，跑起来象一团白绒球随风飘荡，眼睛又大又黑又亮，古代形容男士的美，叫目如点漆，可拿来形容铠铠，还不止如此，铠铠的眼睛能传递情感，透露着友善与温情。铠铠不是一条名贵的狗，它只是一只京巴，但是它却是我们那一带最漂亮的小狗，它以自己的善良与灵活赢得了周围人家的一致喜爱。

铠铠来到我家已经九年了，九年来，它的饮食起居都由我妻子照顾，狗是知道好歹的，它也与妈妈（我妻子）最好，对她最忠心。她到哪儿，它也跟到哪儿，她走快，它也走快，再快，它就在脚前脚后一溜小跑，还不时轻轻咬她的脚后跟。我有时在后面看，那是多么风趣温馨的场景呀！小狗的走路是有讲究的，表达了它心情的变化。它有时懒洋洋地两脚一前一后地走，表现它的没什么情绪；有时双脚同时起落，那是跑，表现它的急切或激动，当然也是路较长的时候；最有趣的是得意，它双脚一前一后走得慢，好像跳舞一样，眼睛也顾盼生姿，有点像男士们事业有成的得意与矜持。小狗的眼睛也是情感丰富的，它不会说话，却什么都懂，你说话它也明白，它就靠眼睛来与主人交流。它在你的正面，目不转睛地看着你，有时是温馨的默许，有时是疑问，有时是提出要求，比如它要下楼撒尿。眼睛又大又黑又亮，嵌在一团白毛之中，像长江七号，我想：长江七号的眼睛一定是仿效狗的眼睛。

铛铛在我家待了九年，得到我们的百般呵护，但也经历了许多风雨与灾难。一次我们出去吃饭，把它一人丢在家里。吃饭中间，突然风雨大作，不时传来没关好的窗户撞击的砰砰声，高处坠物的声音，我们想到家里窗户未关，小狗不知怎样，赶快往家赶。等我们打开家门，眼前一片狼藉，一扇纱窗倒下来了，满地是零碎东西，小狗不在地上，站到沙发前的玻璃茶几上，满眼惊恐地看着我们。妻子赶紧把它抱到怀里，心肝宝贝地哄了好久，小狗才回过劲来。有一年的夏天，铛铛病了，几乎瘫痪，医生说是近亲繁殖的原因。它好像预感到自己要死了，整天躺在地上，不声不响，特别令人心痛，心痛它那样自觉不麻烦人，心痛它那样坦然地面对死亡的来临。后来它还拖着身子爬到卫生间的坐便器后面，呆在那儿不动，是在等着大限的来临。平时我回家，门铃一响，它一定欢跳着去迎接；这次它尽管病了，已经等死了，仍然拖着患病的身躯，艰难地从藏身地爬出来迎接我，我当时禁不住潸然泪下！今天回忆起来，泪水还是忍不住在眼眶里转！铛铛，我的好伙计！狗比人好，人间有许多龌龊，狗的心里却一片清明！它待人诚恳、热情，始终如一！

铛铛终于没能逃脱死神的追逐，在它九岁的高龄，它得了结石，而且石头很大，排不出来，只有开刀，开刀又有高龄的问题，死的危险！我们进退两难，踌躇至在，是进亦忧，退亦忧！最后看着它那样的痛苦，还是决定开刀吧！不幸它就这样死在了手术室里，我们也无法怪罪别人，一切都是命吧！铛铛，你不怪我们吧？

老父当年的秋思

一段时间以来，我在儿子家住。儿子家就在运河边上，所以我天天到运河边散步，看云起云收，斗转星移，水波荡漾，夏草葳蕤。最近以来，夏天终于过去了，杭州秋意渐浓。踏着满地的秋叶，感受着秋天的情绪，忽然想起五十年前的1962年，父亲带我下乡看奶奶。

父亲因为解放前的历史问题，正赋闲在家。我老家离安庆有二十里路，当时没有汽车，全靠两条腿行走。这一年暑假，我初中毕业，在家无事，父亲故而带我下乡。行走在山间的小道上，两边都是山，山上满是灌木。那天虽是夏天，却有阵阵的清风，还透出一股寒意。（当年的季节与现在不太一样，夏天不长。）父亲边走，边似唱似吟地念着几句诗，只听清第一句是"西湖山水还依旧"，后面就模糊不清了，一路上，父亲吟了好久，终于搞清楚了这样四句："西湖山水还依旧，憔悴难对满眼秋。山边枫叶红依然，不堪回首忆旧游。"那曲调是很优美的，我至今记得，想要复述出来，不会在电脑上打下划线，只能把音阶写下来："3 53 232 1 56 3235 2，556（低音）123 3212 65（低音），353 2321 32 123 216（低音），525 3321 6（低音）123 13216 5——"。我当时问父亲，这是什么歌，父亲说：这是黄梅戏《白蛇传》里一段唱词，写许仙被法海抓住后，逃回杭州，再次经过断桥时的心情。我不知父亲为什么要吟哦这四句，只知道曲调婉转，最记得他当时想不出"憔悴"这两个字音时的反复吟哦。

这件事在我脑海中留存至今，一直不曾忘记。这次在杭州运河边散步时，见泽畔落叶，又突然想起，而恍然大悟。原来父亲是借他人之酒杯，浇自己之块垒。当年少年的我怎么能够懂得呢？

父亲当年大学毕业后进入政府部门工作，后任行署办公室主任，为官清廉，他把家里的土地卖掉补贴家用，到土改时，家里成分成了中农。解放军南下时，他保留行署档案给新政府，被留用当秘书，但很快因历史问题被逮捕下狱，判五年。

出狱后，没有工作，在业余学校代课几年后，学校解散，回家。此时正是无工作的时期。再往后，1964年，父亲又被遣送回乡。

我想，父亲他早年背井离乡误入宦海，菽水承欢未能，后半生如草木飘零，故在夏末就感到了入秋的凉意，感慨"不堪回首忆旧游"。

中国古人感秋意，兴人生际遇之感，最早可以追溯到战国时的宋玉，宋玉《九辩》"悲哉秋之为气也，萧瑟兮草木摇落而变衰"，成了后世千载悲秋之祖。古人与天地感应，由外界的物候变化兴起人心的情感，喜怒哀乐各有其依托，尤其悲哀情感，更尤其悲秋情感为文人所最爱，或者说最切合。正因如此，我在运河边散步，见一叶而知秋，兴起这么多的联想，还想起了老父当年的吟哦，终于读懂了当时的父亲。在悲感之余，又感到一种欣慰，于是口占一绝：

老父曾吟肠断句：西湖山水满眼秋。

我今策蹇运河上，一样风尘自古愁。

《晚清三大词话研究》自序

我相信命运的安排，偶然中存在某种必然的联系。我于1985年9月考进华东师大中文系的古代文学助教班，这是一个以词学为中心的一年制的进修班，我也就糊里糊涂地开始了词学的研究。华东师大的施蛰存、万云骏、马兴荣、陈伯海、邓乔彬、高建中等先生帮我打下了比较坚实的词学基础。我虽然没有许多学者的显赫的治学经历，却也有着十分难得的机遇，当时沪上几乎所有的古代文学前辈都给我们上过课，这样的经历开阔了我的眼界，使我终身受益。一年后结业回安庆师范学院。1987年一个偶然的机会，得遇我的老师，安师大的祖保泉先生。先生建议我研究况周颐，他说："《蕙风词话》很重要，而目前还无人专门研究。"我正找不到研究词学的切入点，就按先生所说，开始况周颐《蕙风词话》的研究，是对《蕙风词话》的研究让我走进了词学的殿堂，我至今深深感谢先生的指点迷津。

我对《蕙风词话》研究了五年，1992年转入王国维《人间词话》的研究，到1995年，沉迷两部词话共九年时间，后转入宋词研究。再到2004年又从宋词研究转向晚清词学，2008年正式研究陈廷焯《白雨斋词话》，写出十几万字的文稿，又将《蕙风词话》研究的书稿整理一遍，并对写过的王国维《人间词话》论文加以改写，集结成现在这样四十余万字的《晚清三大词话研究》。

传统词学就像传统文化一样博大精深，传统词学的典籍也是浩如烟海，而随着研究的深入，无限词学宝藏在我面前次第打开，我的内心也豁然开朗，万象在前，而天光云影各有次序。晚清三大词话是整个词学的总结，它们涵盖了、代表了晚清词学以至清代词学的基本成就，对三部词话的研究就可以说是对清代词学以至整个词学的总结研究。

现在，我站在新世纪的门槛上，回望一百年前的词坛，心中充满感动。陈廷焯、况周颐、王国维的身影逐渐清晰。陈廷焯是传统诗教的守望者，况周颐是传统的审视者，而王国维则是传统的批判者，他站在西方与现代的高度，站在诗学与美学的高度，批判了传统词学，把词学推向现代化。从《白雨斋词话》到《人间词话》的出版，1892年到1908年，其间16年；再到《蕙风词话》出版的1924年，又是16年，似乎有一种神秘的力量在安排着三部词话的面世。凝视着一百年前的人物，与他们的心灵交流，我感到他们的焦虑与希望，胸中升腾起一种历史的责任。

面对四十余万字的书稿，如同面对三位前贤，我不知道自己的诠释能否令他们满意？而我已经尽力了。从1987年到现在，二十多年过去了，几乎花掉我半辈子的心力，实际就是我的迄今为止全部的研究生涯！其间风霜严寒、盛夏酷暑，所有的休息时间都凝结在这种研究中，而研究带给我的快乐也非亲历者不能体会，这就是如鱼饮水，冷暖自知吧！

谨以此书作为在职研究的封笔之作，以后不大可能有大型的系统研究了。衷心期待着方家的批评。

2009年10月1日下午序于味象书屋

《马其昶文集》整理说明

马其昶（1855—1930），字通伯，晚号抱润翁，桐城人，少时从父亲马起升（慎庵先生）学习古文，后从同邑方宗诚、吴汝纶和武汉张裕钊学习（方宗诚、吴汝纶是桐城派后期重要作家，吴汝纶、张裕钊为曾门四子中人）。其后马氏游京师，又交郑杲、柯凤荪，学问、文章大进。宣统年间马氏再游京师，授学部主事，辛亥革命后，担任清史馆总纂。马其昶被称为桐城派的殿军。桐城派不仅主文，且治经。马氏治易、诗、书，易崇费氏，诗宗毛氏，书宗大传，儒家之外，又精研老庄、屈赋，有《三经谊诂》《老子故》《庄子故》《屈赋微》等著作问世。文集为《抱润轩文集》《抱润轩遗集》。

笔者近年接受教育部古籍整理课题"马其昶文集"点校任务，后更参加大型清史项目《桐城派名家文集汇刊》编纂工作，承担马其昶《抱润轩文集》的点校任务。有机会接触马其昶的文集，获益良多，兹将笔者的点校情况叙述于下。

《抱润轩文集》传世者，据《清人别集总目》，有下列文本：

抱润轩文1卷　　　　　　　稿本（皖图）

抱润轩文集 10 卷	宣统元年安徽官纸印刷局石印本
抱润轩文集 22 卷	光绪刻本（南充师院）
	民国 12 年北京刻本
抱润轩集外文稿 1 卷	排印本（复旦）
马其昶文稿	抄本（北师大）

《清人别集总目》未收的还有《抱润轩遗集》。

我经过千辛万苦复印到宣统元年石印本《抱润轩文集》（下简称宣统石印本）10 卷，民国 12 年北京刻本《抱润轩文集》（下简称民国刻本）22 卷，而抄本《马其昶文稿》藏北京师范大学图书馆，笔者近来托同事复印了前半部，并浏览了全文。此本写在民国 5 年（1916），共收录 43 篇，起宣统元年（1909），迄民国 5 年（1916），正好在宣统元年石印本《抱润轩文集》10 卷后，民国 12 年北京刻本《抱润轩文集》22 卷前，43 篇文章在民国刻本中都收录了。民国 12 年的《抱润轩文集》22 卷是作者最后的手定本，既收录了 1916 年后的文章，又对前面的文章进行了文字的修改，是最有价值的文本。令人疑惑的是，光绪刻本《抱润轩文集》也是 22 卷，它在宣统元年石印本《抱润轩文集》10 卷前，不可能收录后面的文章，虽称 22 卷，其篇幅应该不会大于宣统元年 10 卷本，其内容在宣统本中也应该有所肯定或修正，此本藏南充师院。笔者托朋友到南充师范学院见到此本，并对有关部分进行鉴别，确定此本实际也是民国 12 年北京刻本。

《抱润轩遗集》1 卷，没有序跋，仅署"丙子仲冬孙婿吴常焘敬校刊"，即由吴孟复（原名常焘）先生刊刻于 1936 年，无锡文新印刷所代印。其时马其昶已经故去。

按时间先后，宣统元年石印本《抱润轩文集》10 卷在前，接着是民国 5 年抄本《马其昶文稿》，接着是民国 12 年的《抱润轩文集》22 卷。可以用《抱润轩文集》22 卷本作为底本，《抱润轩文集》10 卷本和抄本《马其昶文稿》做校本对校。最后接以《抱润轩遗集》。

下面看看宣统石印本和民国刻本收录文章的异同情况。

宣统石印本收文118篇，大部分为民国刻本所收录，但也有未加收录的，现引录于下：

1. 杂说二首（卷1）

2. 说需

3. 桐城古文集略序（卷3）

4. 书陆清献公手札后

5. 和汉译法新编序

6. 姚叔节排印所著文诗五卷序

7. 上孙琴西先生书（卷4）

8. 与刘仲鲁书

9. 与刘仲仪书

10. 复皖中绅士书

11. 赠刘撝园序（卷5）

12. 方柏堂先生七十寿序

13. 孙氏节母何太恭人墓志（卷6）

14. 张府君墓碣铭

15. 姚闲伯墓表

共15篇文章，从卷1到卷6，应该说是马氏亲手删除的，删除原因不好蠡测。其中《方柏堂先生七十寿序》收在《抱润轩遗集》中，文中一再说明不写寿序的原因，及写作此篇的不得已。《姚闲伯墓表》一篇，姚氏永楷，字闲伯，乃姚永朴、永概兄，体羸多病，三十八岁卒。不知此文为何删去？这样，民国刻本共收录宣统石印本中的103篇，其余117篇是后来补充的。

这117篇文章，有一部分是很有价值的，如补充收入了大量的文集序跋，包括自己的一些重要学术著作的序，一些并世诗人学者的诗集、著作的序跋，还有后作的一些亭台楼记；而一些应酬的文字如大量的墓志铭，还有一些应酬的信件，价值显然低一些，但作为一个学者、作家的作品全貌，还是可以收录的，也许马氏当时正是这样考虑的。

随之而来的问题是，既然这些文章可以收录，为何又要删除那15篇呢？《抱润轩遗集》收录文章共18篇，也属于这一类，又如何处理呢？我的初步想法是，为了保持马氏文章的全貌，只有委屈他的初衷，把能搜罗到的马氏文章全部收录。全书分上下编，上编收入民国刻本的内容，下编收入《抱润轩遗集》18篇，并把马氏民国刻本删除的14篇（15篇中《方柏堂先生七十寿序》已经收入《抱润轩遗集》）收入。民国刻本前面有陈三立与王树枏的序文，仍然放在上编最前面，《抱润轩遗集》附录有陈三立与姚永朴撰写的马其昶墓志铭，仍作为附录放在全书的结尾部分。

排印本《抱润轩集外文稿》1卷，藏复旦大学图书馆，我在2006年前没有见到，故没有收录。后来得到这个本子，得知共收入文章十三篇，其中九篇与《抱润轩遗集》重出，没有重出的四篇为《菊斋七十寿序》《贵池先哲遗书序》《武昌萧君墓志铭》《刘母杨太孺人家传》。现《抱润轩集外文稿》收入《马其昶著作三种》，由安徽大学出版社2009年出版，故不再收入。

从2002年接受点校《马其昶文集》任务，到现在基本完成，这么多年的休息时间几乎都放在文集的点校上，尤其是酷暑的夏天，寝食难安，酷热难耐，其间艰辛，寸心唯知！要点校马其昶的文集，必须要了解他所具有的一切学问，他的交游。尤其他的学问中的经学，是我们这一代学人的欠缺，他的经学中的孝经、丧服经更是难懂，必须硬着头皮从头啃起。不过也好，没有这个任务，我也不会下决心啃这样的学问，现在回过头来看，觉得还是值得的。点校过程中，还有一些习惯性的错误，有时就是转不过弯来，非要几遍以后，才会恍然大悟。现在才知道点校的难处，而对于严谨地从事点校工作的专家们产生深深的敬意。最后，还要说一句：对于点校中可能有的错误，还望专家学者不吝批评。

2006年8月14日写就

2010年10月29日改定

《贺涛选集》整理说明

贺涛（1849—1912），字松坡，河北武强人，光绪十二年丙戌（1886）进士，曾主讲信都书院，调冀州学正，任刑部主事，以目疾去官。贺氏为望族，其家藏书名甲畿南。贺涛古文承家学，与弟贺沅以文字相砥砺。桐城吴汝纶知深州，见涛所为《反离骚》，大奇之，遂尽授以所学，武昌张裕钊北来主持保定莲池书院，吴先生复使受学于张裕钊。张裕钊曾曰："北游得松坡，不负此行矣！"涛谨守两家师说，于姚鼐义理、考据、词章三者不可偏废之说，尤必以词章为贯彻始终，而竟于归、方、姚、吴数大家之评识，日与学者讨论义法不厌不倦。又大聚古人之书，有所编辑，以为文章大观，而补姚鼐《古文辞类纂》与曾国藩《经史百家杂钞》所未备。张、吴二先生后，贺氏接掌莲池书院，凡十八年，后游京师，任长沙陈启泰、天津徐世昌家讲席。袁世凯督直隶，于莲池书院旧址创立文学馆，勉强贺氏主其事，凡所招致皆一时知名之士，后以目疾辞，馆遂废，自此居家不出。贺氏中年即病目，后遂盲，弃官居学馆，盲二十年，为弟子诵讲不辍，据其子葆真在文集跋中所言，贺氏早年为文不多，而随作随弃，"年且五十，始多述作"，病目后 "每为文，口授葆真代书"，遗稿一百七十余篇，"病目后所为为多"。其同年徐世昌（曾任北洋时期之民国总统）在其文集叙中说："集中后二卷之文，大抵病目后之所为也，此尤前古所鲜闻者，盖其冥探默索之功勤矣。"民国元年（1912）5月1日逝世，享年六十四岁。

贺涛是桐城派后期代表作家之一，徐世昌认为，"继吴先生后，卓然为一大家，非余人所能及也"（《贺先生文集叙》）。有文集4卷，书牍2卷。贺涛为文在桐城派义理、考据、词章三者中，尤重词章，这是在其师吴汝纶、张裕钊先生的观点基础上形成的。姚鼐主张因声求气，曾国藩进而主张声调为本，吴、张两先生发挥这一说法，声者，文之精神，而气者载之以出，同时，声也道气以行。贺涛认为，文章的情感、词汇、义法、内容都要依靠声与气。因为情感、词汇、义法、内容都可以向前人模仿，只有声气不能模仿，是作者自己的精神意象。

谈一谈《贺涛文集》的版本情况。据其子葆真在文集后跋中说，《贺涛文集》4卷，乃葆真整理，而由其友人徐世昌先生出资刻印，葆真跋文写作时间为民国3年7月，距贺涛去世（民国元年5月1日）已经两年。贺涛文集存世情况，据李灵年主编之《清人别集总目》，有《贺松坡文集》4卷，徐世昌编次，贺葆真、吴闿生校订，徐世昌作序，民国3年徐氏北京刻本，吴闿生乃吴汝纶子，贺氏弟子；《贺先生文集诸家评本》4卷，贺培新辑评，民国3年北京刻本，贺培新字孔才，贺涛孙，吴闿生弟子。此本只藏北京图书馆。

我见到4卷本的《贺松坡文集》，而尚未见到贺培新辑评的4卷本《贺先生文集诸家评本》；而又见一种《续修四库全书》本，是网上影印本。此本标明《贺先生文集》，封面有"据民国三年徐世昌刻本影印，原书版框高195毫米，宽306毫米"字样，目录页最后有"墨笔张廉卿评点，绿笔吴挚甫评点"字样，文中有评点，由于是网上影印本，评点不太清楚。此影印本所据，当是藏北京图书馆贺培新辑评的《贺先生文集诸家评本》。此本与4卷本的《贺松坡文集》比较，正文完全一样，是同一刻本，不同之处：一，有评点，二，前有徐世昌和赵衡所作的两篇《贺先生文集序》，后附有《畿辅文学传·贺涛传》，徐世昌《贺先生墓表》、赵衡《贺先生行状》《祭贺先生文》、吴千里《祭贺先生文》。还要说明的是，《贺松坡文集》虽封面是"贺松坡文集"，内页也是"贺先生文集"，包括两本都有的徐坊题签"贺先生文集"。我还见到一种本子，为5本的《贺先生文集》，前4本为《贺先生文集》4卷，1本为1卷，民国3年北京刻本，后1本为《贺先生书牍》，共2卷，民国9年刊于京师。前有徐世昌《贺先生书牍序》，谓作于民国10年，其中前四本也是徐世昌刻本。可以断定，贺涛文集只有一个本子，不存在两本对校的可能，所以我们只是根据4卷本的《贺松坡文集》做了标点工作，而把《续修四库全书》本的徐世昌和赵衡的两篇《贺先生文集序》以及附录的徐世昌《贺先生墓表》附在后面。

根据清史工程《桐城派名家文集汇刊》课题组要求，贺涛文集只能出10万字的选本，因此我们只对贺涛的文集进行了标点，而略过了贺涛的书牍，同时，对文集内容也进行了删减，删去了一些不太重要的墓志铭。原书没有按文章类别分卷，而是按年代先后编次，我们也在删削的前提下一仍旧编，不再改动。由于时间较为仓促，加上我们的水平限制，错误之处一定难免，还请海内专家学者批评指正。

（按：我参加了清史工程桐城派文集汇刊的点校，此文是《贺涛选集》的整理说明）

2007 年 11 月 26 日写就

2010 年 11 月 19 日改定

《迎翠楼诗词》序

吴振洪先生是我父执。我 1982 年进安庆师范学院中文系任教，分配在先生任主任的教研室，时聆教诲，先生于我，又是师长。今先生手定所作诗词名《迎翠楼诗词》，嘱我作序，藐予小子，哪有作序的资格！但先生蔼蔼怡怡，一片奖掖后学之诚，又使我不敢推辞。

先生桐城吴氏，龙眠山钟灵毓秀，涵养了先生的文人气质。我初见先生时，先生住城区系马桩，陋室破窗，户外有盆栽花草，门前大水缸养金鱼，进得室内，则案上徽砚湖笔，翰墨飘香，不由想起孔子赞颜回的话："一箪食，一瓢饮，在陋巷，人不堪其忧，回也不改其乐。"（《论语·雍也》）先生后移居师院宿舍楼，房子更小，先生亦更不修边幅，而陋室中仍然是案有诗书，壁悬京胡，阳台上花鱼依旧，蛐蛐无恙。先生进出内外，怡然自得，我由颜回又想到庄周。噫嘻！处陋室窄巷，而能陶情于自然，是所谓能"独与天地精神相往来"者也！

中国文人从宋代以来即注重于内在修养的完善，注重于生活的内在质量，把生活艺术化，审美化。他们莳花养鸟，品茶饮酒，玩古董，置木石，让日常生活精致化，情韵化，并从中体味出人生的大境界，他们甚至亲手烹制鱼羹，并津津乐道其"超然有高韵，非世俗庖人所能仿佛"（苏轼《记煮鱼羹》）。这种对韵味的追求影响到一千年来文人士大夫的文化人格，孕育了中国文人的学养气质与精神品貌。从吴振洪先生的行事中，我们看到的正是这种文人风范。

自古文人多染翰。先生诗词所作良多，精品不少，而由于文人习性，先生偏爱清词丽句，小景幽境，我觉得从体制来讲，于词为近。如其《鹧鸪天·春感》云：

入室轻寒昼掩门，三分冬意七分春。梨花似雪迷朝雾，柳絮如云映绿萍。　洗古砚，对清樽。吟诗作画最怡神。深情托付窗前月，朗照乾坤万象新。

辞清句秀，一气流转，深得小令之韵致，而先生之人生态度、生活情趣也凸现出来，简直是一幅气韵生动的自画像。其《踏莎行·祝贺安庆师院百年校庆》云：

万里金秋，长天鸿雁。巍峨学府春光遍。红楼琼阁袅弦歌，敧斜大道华灯灿。　斗转星移、百年书院。传薪马帐桃芳艳。今朝庆典盛筵开，良侣嘉宾情缱绻。

全篇实录，记载了师院的百年盛典，而词风于劲健之中仍露缱绻之意。我最爱其《唐多令·忆金陵旧友》：

红叶舞霜秋，桂花香小楼。笑平生何喜何忧。明月清风湖影淡，词一阕，兴偏幽。 杨柳拂轻裘，流泉绕鹭洲。恰书生意气方遒。霞阁丹枫燕子竹，何日里，更重游。

上阕写今、下阕忆昔，忆昔为了衬今。当年五陵衣马，今朝霜叶小楼，词意苍重，感慨尤深。开头两句秋景，写得嵯峨萧瑟，气象宏大，"舞"字、"香"字力透纸背，一股苍凉之感扑面而来，由此逼出"笑平生何喜何忧"的感慨。总结一生，何喜何忧？人世沧桑尽寓其中，而一个"笑"字超脱了一切，化解了一切，通脱旷达，直逼坡仙。于是先生在湖影月色中以清词吟咏幽兴。我理解了先生的精神品格是超然于尘垢之外，而独能与天地万物，上下同流的。

先生今已七十六岁，虽时有小恙，而风神疏朗，常背一褪色之布包，出没于宜城之街巷，如孟浩然之"颀而长，峭而瘦"，惜无总角书童"提书笈，负琴而从"（张洎题王维画孟浩然像）。我祝先生健康、长寿。是为序。

后记：这篇序写在2000年4月，先生逝世于2007年，而先生之音容笑貌宛然如昨。记得当时把这篇序送给先生看，先生对"蛐蛐无恙"四字击节叫好，是触动了先生的文人情性，他动情地念叨着："蛐蛐无恙呐？"今天还能看到先生的宛然喜色，听到先生以桐城乡音的念叨，可惜一支秃笔写不出来！感到笔墨之无奈！我自己喜欢"背一褪色之布包"的描写，当时先生曾要改"褪色"为"黄色"，我说"褪色"好，先生也首肯了。先生后来告诉我，他某位老友也说"背一褪色之布包"好，把老先生的神韵表现出来了，还问这序是谁写的。先生后来也特别珍惜这布包，上街必背。我后来又为先生写首七绝云：

长街小巷出游勤，白发红颜步履新。古锦囊中光五色，皖山皖水养斯人。

谨以此文祭奠先生。

文质相炳焕，众星罗秋旻

——评《词学的星空：20世纪词学名家传》

曾大兴教授的《词学的星空：20世纪词学名家传》由河北人民出版社出版。这是一部集故事性、可读性与学术性于一体的词学人物列传。

首先，让我们看该书的学术价值。该书选了20世纪的22位词学名家加以论述。这22位名家又分为两组，一组以朱祖谋为代表，分别为朱祖谋、况周颐、郑文焯、夏敬观、龙榆生、任中敏、唐圭璋、夏承焘、陈洵、刘永济、詹安泰；一组以王国维为代表，分别为王国维、胡适、胡云翼、冯沅君、俞平伯、浦江清、顾随、吴世昌、刘尧民、缪钺、王仲闻。这一叙述结构，既涵盖了20世纪的词学的方方面面，又明确地分成了两大词学群落，本身就具有鲜明的学术立场与学术价值。对于前者，作者写道："除了任中敏，其余9位都与朱祖谋有过这样那样的关系，例如郑文焯和夏敬观是朱氏的好友，况周颐和陈洵是朱氏的同志，龙榆生是朱氏的弟子，唐圭璋是朱氏的私淑弟子，夏承焘和刘永济得到过朱氏的指点，詹安泰虽不赞成朱氏的词学主张，也不曾和他打过交道，但是对于他的为人和创作，却是很推崇的。"这段话勾勒了朱氏的师弟录与词学传承，况周颐、郑文焯与朱氏，还有王鹏运称清季四大词人，夏敬观是同时词人，其他是弟子类，任中敏与唐圭璋的老师吴梅与朱氏渊源很深，倒是詹安泰与朱氏关系疏一些。对于后者，作者写道："王仲闻是王国维的次子，他的治词，深受乃父的影响；其余9位也都是王国维的崇拜者，他们在词学思想和研究方法上，无不深受王氏的影响。"（《自序》）这一论述是准确的，王国维对于后世词学的影响力是无可估量的。两个词学群落的论述是符合20世纪的词学状况的，实际这两大群落中，以朱祖谋为代表的群落要稍早一些，他们是传统词学的总结者，以王国维为代表的词学群落稍后一些，他们往往在词学思想中渗入了现代、西方的文学思想。我在自己将要出版的《晚清三大词话研究》的自序中也有近似的总结："我站在新世纪的门槛上，回望一百年前的词坛，心中充满感动。陈廷焯、况周颐、王国维的身影逐渐清晰。陈廷焯是传统诗教的守望者，况周颐是传统的审视者，而王国维则是传统的批判者，他站在西方与现代的高度，站在诗学与美学的高度，批判了传统词学，把词学推向现代化。"陈廷焯与况周颐可以划归一类，是对传统词学的总结者，其中陈廷焯的观点要保守一些，况周颐则对传统词学有了批判的审视，王国维站在西方与现代的高度，把词学推向现代化，于是有了后继者胡适等人。

传记作品的人物生平难免与他人的叙述重复，对于他们的学术评价也难免有借鉴；而本书的可贵之处在于对各家的学术思想与学术特点基本有自己的研究心得。作者在《自序》里写道："既然是词学名家的传记，就必然要对传主的词学成就进行评价。在这一方面，我参考和吸收了同行们的部分成果，但是更多的，是出自于我个人的研究和判断。事实上，对于书中所写的22位词学名家的词学成就、词学思想和研究方法，我都做过专门的研究，除了王仲闻和任中敏，我都写有专门的论文，其中一半以上的论文，已在有关学术刊物上发表。"由于是同行，研究兴趣基本一致，看了全书，我感到他的话并非自饰，他不仅写过相关的论文，而且确有自己的判断。比如人们通常把王鹏运、郑文焯、朱祖谋和况周颐并称为"晚清四大家"，曾氏认为王、朱、况三人的词学主张是相通的，而郑文焯却是一个"另类"。郑文焯对梦窗词所下的功夫，并不亚于朱祖谋等人，他对梦窗词是很有发言权的。可是他并不推崇梦窗词。他推崇的是柳永词和白石词。他虽然在词律方面做过许多专门的研究，但是他所重者在词的音律（乐律），不在词的格律，不似朱祖谋等人那样在格律方面（尤其是在四声方面）斤斤计较。他的词学主张对夏敬观是有影响的。夏敬观是第一个公开著文批评《蕙风词话》的人。况氏讲梦窗词，只讲他的优点，不讲他的缺点，甚至还把他的缺点当作优点来讲。这就难免出现偏差。夏氏讲梦窗词，要比况氏理性得多。况氏与夏氏论词，皆宗"北宋"，但况氏主张由"南宋"而"北宋"，夏氏则主张由"北宋"而"北宋"；况氏主张取法"南渡诸贤",夏氏则主张取法"北宋名家"。读况氏《蕙风词话》而不读夏氏《〈蕙风词话〉诠评》,对况氏所讲的许多问题,难以有一个清晰而理性的认识的。这些看法都非常精粹,看出作者对晚清四大词家理论的精深研究。

我十分尊重大兴教授的研究结论,但对"郑文焯是个另类"的说法还要提一点补充意见。郑文焯与其他三家的联系是要疏远一点,从这个角度看,他是个"另类",但并不是其他三家都绝对的推崇吴文英。我在《清季四大词人词学取向与重拙大之关系》一文(载《文学评论》2007年第5期)中谈到,王、朱、况三人都师承端木埰,而郑文焯不是,与大兴教授的"另类"说法一致。但对王、朱、况三家的词学倾向,我认为王鹏运主要学习王沂孙,而又倡导校《梦窗词》,朱祖谋可以说是一心学习吴文英者,况周颐的词学趋向比较复杂。他早年学习史达祖,从王鹏运处得到教诲,要学吴文英,但是他在实践中学习的是姜夔,这从他的弟子赵尊岳所写的《蕙风词史》可以看出来,而他在理论上,却推崇吴文英,理论与创作是分离的。《蕙风词话》洋洋五卷,只有一处正论姜夔,与赵尊岳《蕙风词史》满纸姜夔,无一处提及吴文英相映成趣。深知况周颐的朱祖谋,在况氏死后所撰挽联中也说:"持论倘同涂,词客有灵,流派老年宗白石"。这样看来,王、朱、况三家也非铁板一块,而况周颐在创作上与郑文焯是一样的,都是效法姜白石。其实,对于况周颐,大兴教授也有类似的看法,他认为:况周颐讲"重、拙、大"的时候,把梦窗词树为典范。可是在他讲到他所标举的词的最高境界——"穆境"的时候,却再也不提梦窗词了。这说明在况周颐的心目中,梦窗词并不是最好的,梦窗词只是符合"重、拙、大"中的"重"这一条而已。这说明,我和大兴教授的观点多么一致。

本书对于王国维开创的一代新词学进行了队伍与学理上的梳理。在王国维之外,他还提出了胡适对新词学的影响,当然,胡适也受到王国维的影响。本书指出,胡氏曾六次致信王氏,请教有关词乐问题和词的起源问题。就目前所掌握的材料来看,胡适向著名词家请教词学问题,仅限于王国维一人。本书进而指出，其他诸人或受王氏、或受胡适影响，如胡云翼和胡适是有过交往的，他研究词，则受了胡适的影响。陆侃如是王国维在清华国学研究院带的研究生，冯沅君是胡适在北大研究所国学门带的研究生。陆、冯二人的学术观点和研究方法深受王国维和胡适的影响。俞平伯是胡适的弟子。他是第一个标点整理王国维《人间词话》的人，他的词学观点深受王国维和胡适的影响。浦江清是词学史上第一个科学地阐释王国维的词学思想与研究方法的人。顾随是第一个在大学里讲授王国维《人间词话》的人，他的"高致"说，是对王国维的"境界"说的一个重要补充。吴世昌是顾随的词学弟子，顾随推崇王国维的《人间词话》，吴世昌早年也深受《人间词话》的影响。他推崇王国维的"境界"说，他的词史观和词体观，与王国维是一脉相承的。刘尧民是王国维的精神追随者。他的词史观和词体观，与王国维是相通的。缪钺是第一个对王国维的文学批评和诗词创作进行全面研究的词学家。前期的缪钺，较多地师承了王国维的词学思想；后期的缪钺，则能有选择地吸收张惠言等传统词学家的某些正确意见，用以弥补王国维词学思想的不足和失误，从而丰富和发展了王国维的词学思想。本书所描绘的"现代词学阵营"诸人虽然各有个性，但是在词史观和词体观方面，基本上是一脉相承的。在知识结构、学术背景、治词路子、研究方法以及词学成果的表现形式方面，也有许多相通之处。

本书的学术价值体现在这些具体个别的词家的词学思想的研究之中，同时，本书还通过两大词学群落的划分以及对每一词家的渊源、观点的论述，形成了全书宏观的架构，使得每一词家的研究不是孤立的，全书的理论论述有一明确的集中与指向。这样来结构一本书，就超出了单篇文章的结撰，而具有史学价值与意义，从整体上也体现了本书的学术价值。

以上所论是本书的学术性。本书的另一特点是它的可读性、故事性。如本书叙述唐圭璋先生对爱情的执着：

　　唐圭璋对爱情的执着，更可以说是人世间的一段佳话。他的妻子去世时，他才 36 岁。可是他一直不肯再娶。他的女儿唐棣棣著文回忆说：

> 安葬妈妈之后，爸爸就忙着要去教课，但只要有空，他就会跑到妈妈的坟上去，坐在那里吹箫……有时碰到节假日，他索性带上几个馒头或烧饼，几本书，一只箫，在坟地上待上一天。
>
> ……
>
> 一生一世只爱一个人，一生一世只做一件事，这种罕见的执着，使得他在词籍整理方面取得了多项成就，也使得他的道德操守一直为亲属、朋友和弟子们所颂扬。

试想一个执着于爱情的书生在坟头吹箫的样子，是多么感人肺腑！作者把唐圭璋对爱情的执着与他对事业的执着联系起来看，写出了一个活生生的书生形象！

其他如郑文焯与况周颐的矛盾，王国维之死，胡云翼与谢冰莹的恋情，龙榆生的曲折经历，写来都曲折生动。

"文质相炳焕，众星罗秋旻"。作者描绘了 20 世纪的词学灿烂星空，再现了那一辉煌动景，给予我们的不仅是知识与学术的熏陶，还有如诗的美文，审美的感动。

《邓乔彬学术文集》评介

当代词学大家，暨南大学特聘一级教授邓乔彬先生七十华诞，为表纪念，特出版《邓乔彬学术文集》十二卷，皇皇巨著，值得庆贺。先生勤于著述，常常带病坚持，在写作《唐宋词艺术发展史》这一百万余字的巨著后，大病一场，躺上了手术台，2011 年又再版了《中国绘画思想史》，此后由于身体原因，决定停下学术研究的脚步，于七十岁时，编辑出版三十多年的著作、论文为学术文集，此后打算换一种活法。我觉得，就是这三十多年的著述，已经足够不朽了，此后悠游山水，怡情人生可也！先生身体其实并无特别的大病，只是敲起了警钟，此时换一种活法，实为明智之举。古人在实现事业的同时怡情山水，我们没有那样的条件，但在事业达到高峰时，适时地停下来，从此徜徉山水，悠游人生，也是可以的。我于先生的做法，表示赞成。

先生的著述十二卷的内容分别为：第一卷《文化与文艺》，第二卷为《比较诗学》，第三卷为《文化诗学》，第四卷、第五卷为《唐宋词艺术发展史》上下，第六卷为《词学三著》，第七卷为《词学论文集》，第八卷、第九卷为《中国绘画思想史》上下，第十卷为《宋画与画论》，第十一卷为《学者研究》，第十二卷为《杂缀集》。从题目及各章内容看，先生的研究特点是在文化大背景下的词学与画学研究，时段主要集中在宋代，如词学的《唐宋词艺术发展史》，画学的《宋画与画论》。这样的研究内容与方法，在学术界也是少有的，先生曾经开玩笑说：似乎只有词学界还将他看作"自己人"。实际先生无论在文化学界、词学界、画学理论界都不乏同道与知音。

但是，我认为，先生首先还是一个词学大家。先生的词学研究同样涉及词学的所有方面，从作品分析到词学总论，到词人词作论，再到词论。

从作品分析看，先生的文章集中在1994年之前，这里的原因之一是这一时段是先生从事词学研究的开始阶段，二是当时鉴赏辞典热的影响，三是先生此后的治学兴趣与方向转到文化学。但先生对每一篇词作的分析，都是精准的，这与先生的学术研究起点高（这点后面还要提到），和一丝不苟的治学精神有关。限于篇幅，就不举例了。

从词人词作研究看，这部分作品收录在第七卷《词学论文集》中，共十三篇。尤其值得提出的是《论姜夔词的清空》《论姜夔词的骚雅》两篇，这两篇明显是写作于同时，前篇发表于1982年《文学遗产》，后篇发表于1984年《文学评论丛刊》。这就是我在前面提到的学术研究起点高。当时词学研究还处于新时期的起始阶段，邓先生自己，也刚刚研究生毕业，要做出这样的研究成果，是很难的。现在活跃在词学研究前沿的一批人，或是邓先生的同龄人，学术都是刚刚起步，还有就是如我一辈的，还正在学习阶段。记得我当时捧读这两篇文章，是多么激动。因为当时词学界的主流，还是尊豪放、抑婉约，论清空骚雅，那是全新的领域。尤其值得称道的是，这两篇论清空、论骚雅，论得精准，具体，到今天，还为学术界所认同。如论清空质实，说：

> 由上可见，质实派是以相犯、相叠的笔法使丽景称情合沓而至，层层渲染，处处铺垫，以取实来积蓄其势，在繁复密匝、沉着坚实的描述中以景现情、情景相生。而姜夔的清空却是以相避的笔法，以用虚求情景相间，在欲擒故纵、宕开复回之中，有疾有徐，洁而不腻，显得官止神行，虚灵无滓。总之，前者紧而不结，后者松而不散。
>
> （第七卷，242页）

质实是以相犯、相叠的笔法使丽景称情合沓而至，以取实来蓄势，以景现情；清空却是以相避的笔法，以用虚求情景相间。这样的论述，既准确，又具体，把清空、密实的特点对比道出，可以说是通俗易懂地解释了词学的最难的问题，到今天还是权威的论述。

从词论研究看。当时邓先生与他的同门师兄弟做了一件有益词学研究的事，就是在1994年合著出版《中国词学批评史》。这是学术界的第一部词学批评史，到今天还具有不可替代的理论价值。邓先生撰写了其中六篇：《张炎〈词源〉的雅化理论》《沈义父〈乐府指迷〉的作法技巧理论》《诗化理论在南宋的发展》《论刘熙载的〈艺概·词概〉》《况周颐的词心、词境论及"重拙大"说》《传统词学批评的终结与新变——论王国维的〈人间词话〉》。其中前三篇论南宋的词坛理论，后三篇论清末的词坛理论。南宋的词坛，主要是张炎代表的姜、张的清空一派和沈义父代表的吴文英密实一派理论，再加上词的诗化一派。前三篇文章基本勾勒出了南宋的词学理论。后三篇论刘熙载、况周颐、王国维，也基本勾勒出了清末民初的词学理论。王国维《人间词话》一直是热门，但况周颐的《蕙风词话》却研究者鲜少，当时只有我的《况周颐与〈蕙风词话〉研究》与张利群的《况周颐〈蕙风词话〉研究》两本小册子以及先行发表的一些论文，在研究《蕙风词话》的理论，却因人微言轻，不受学术界的重视；《中国词学批评史》一出，邓先生的况周颐研究立即受到学术界的重视，推动了况周颐《蕙风词话》的研究。今天《蕙风词话》的研究已渐成热门，邓先生功不可没。而刘熙载的《艺概·词概》当时几乎没有人注意，就是今天注意者还是不多，没有人把他的《艺概》与况周颐的《蕙风词话》、王国维的《人间词话》等量齐观，这是令人遗憾的，由此可见邓先生的先见卓识。

从词史研究看，邓先生在2010年出版了一百余万字的《唐宋词艺术发展史》，我在当时就写了一篇书评《简评邓乔彬先生〈唐宋词艺术发展史〉》认为此书有以下几个特点：第一，把词的内容与音乐联系起来探究。第二，从文化学角度对词学的整体研究，而不单纯从文学角度研究。第三，文献学、文艺学、文化学相结合，对所引文献有所评论，谈出自己的看法。从文化角度谈词，以致谈诗、谈画，是先生研究的基本特点，此处不赘述，我仍然想谈谈先生对词与音乐关系的重视，以引起词学界的注意，所以把《简评邓乔彬先生〈唐宋词艺术发展史〉》中谈词与音乐关系的段落复制于下：

> 把词的内容与音乐联系起来探究。一般文学史以及词史著作，对于词的音乐特点，由于说不清楚，大多采取绕道而行的办法，在书的开头论论雅乐与燕乐，然后就不再提及。此书不是这样，而是力图勾勒出词体与音乐的关系，在有关章节尽量展开论述：论述唐代燕乐杂言歌辞之起，教坊曲与词调的关系，"选词以配乐"，"非由乐以定词"的创作原则；从雅乐衰而燕乐传的特定角度论五代歌词繁盛之由；柳永是慢词的创调名家，继承"倚声祖"温庭筠，在变教坊曲为词调中起了很大作用；周邦彦知音律、善制曲，创调甚多；姜夔尚雅乐而反

胡乐，明俗乐而求之雅，先词后曲，回归"声依永"原则，坚持主体抒情，改变了以词就曲的定法。这样，在整个词史的论述过程中，同时贯彻了一条词体与音乐关系的线索。如对于柳永词的音乐特点，引沈曾植一段话，分析词乐之变，以及柳永词与音乐的联系：

《巵言》谓花间犹伤促碎，至南唐李主父子而妙。殊不知促碎正是唐余本色，所谓词之境界，有非诗之所能至者，此亦一端也。五代之词促数，北宋盛时啴缓，皆缘燕乐音节蜕变而然。即其词可悬想其缠拍。花间之促碎，羯鼓之白雨点也。乐章之啴缓，玉笛之迟其声以媚之也。庆历以前词情，可以追想唐时乐句。美成、不伐以后，则大晟功令，日趋平整矣。（第四卷257页）

沈曾植关于词学的论述，一般不太为人注意，可以看出作者的渊博；同时，这段话对于词的音乐变化特点论述十分准确，解释了词史变化的诸多问题，实在非常精彩！作者据此总结出以下几点：其一，五代词的"促数"，北宋盛时的"啴缓"都由燕乐音节的变化造成。其二，"促数"在于羯鼓节奏，"啴缓"在于玉笛节奏，说明了宋初音乐与五代音乐的差别。其三，柳永词与笛子的"啴缓"有关，适合于慢词，故慢词在柳永时兴盛。其四，北宋后期周邦彦词转向"平整"，勾画出从五代的"促数"到北宋初的"啴缓"再到北宋后期的"平整"的音乐变化及其对词体的影响。这样的总结在词史著作中是少见的，是把词体与音乐密切联系起来，做出的令人信服的结论。

综上所述，邓先生的词学研究是在大文化的背景下，对词学的全面而精深的研究，从作品分析到作家作品研究，再到词学总体问题的论述，再到词学理论的研究，到词学史的研究，其中还包括了对词与音乐的关系研究。如此宏大、全面的对词进行精深研究，词学界怎能不把先生当作"自己人"呢！

先生为人严谨，平时不苟言笑，似乎显得有些严肃，其实这都是在书斋中形成的表象，实际先生是很风趣幽默的。词学界的会议有一个特点，就是在第一次聚餐时，要大家各展才艺。每当此时，邓先生都要模仿各地的方言，这与先生丰富的经历有关，也与先生的语言天赋有关，他模仿得惟妙惟肖，常常逗得大家乐不可支，笑得前仰后合，而先生自己却还是那样严肃，严肃的外表与幽默的方言形成了有趣的对照，以致先生的表演成了词学聚会的保留节目。

我祝先生健康、长寿。

（按：这是我写的《邓乔彬学术文集》书评的词学部分，画学部分由谷卿续写。）

2013 年 12 月 6 日

研余随记

谢桥、谢家

寄 人

张 泌

别梦依依到谢家，小廊回合曲栏斜。多情只有春庭月，犹为离人照落花。

更漏子

温庭筠

柳丝长，春雨细，花外漏声迢递。惊塞雁，起城乌，画屏金鹧鸪。

香雾薄，透帘幕，惆怅谢家池阁。红烛背，绣帘垂，梦长君不知。

浣溪沙

韦 庄

惆怅梦余山月斜，孤灯照壁背红纱，小楼高阁谢娘家。 暗想玉容何所似？一枝春雪冻梅花，满身香雾簇朝霞。

鹧鸪天

晏几道

小令尊前见玉箫，银灯一曲太妖娆。歌中醉倒谁能恨？唱罢归来酒未消。　春悄悄，夜迢迢，碧云天共楚宫遥。梦魂惯得无拘检，又踏杨花过谢桥。

采桑子

纳兰性德

谁翻乐府凄凉曲？风也萧萧，雨也萧萧，瘦尽灯花又一宵。　不知何事萦怀抱，睡也无聊，醉也无聊，梦也何曾到谢桥。

本事诗

苏曼殊

春雨楼头尺八箫，何时归看浙江潮？芒鞋破钵无人识，踏过樱花第几桥。

孙按：都写梦境，梦中或到了谢家，或踏过谢桥，或没有到谢桥的惆怅。那种过程的迷人被体会、描写出来了。梦魂可以无拘检地来去，令人羡慕，理学夫子程颐也禁不住莞尔，说："鬼语也"，可见潜意识中人人希望梦中的自由。晏几道特别爱写梦，如"梦后楼台高锁"，"春梦秋云，聚散真容易"，"梦入江南烟水路"，"惊梦觉，弄晴时"，"关山魂梦长"，"意欲梦佳期，梦里关山路不知"，"应作襄王春梦去"，这是在《唐宋名家词选》中随手拈来，《宋词三百首》也如此，其《小山词自序》亦云："考其篇中所记，悲欢合离之事，如幻如电，如昨梦前尘。"梦太得意，反衬出生活的不幸。苏曼殊那首，第几桥，也有谢桥的影子在。谢家，指谢娘家，出自六朝，一般指歌妓，六朝时，指美女为谢娘，情郎为萧郎，一直延续下来。况周颐当年不幸亡妻桐娟，寄殡于萧寺，而自己寒夜抄书，作诗云："殡宫风雨如年夜，薄幸萧郎尚校书"。我意，谢娘萧郎，即从字面也有美感，晏几道写成谢桥杨花，受其启发，也是有字面的美感的。小山词的闲雅风流，韵味十足，此等处无人论及，实在不该放过。同时，谢桥杨花，景色具色彩美，是一种清丽淡雅的色彩美，构成小山词的色彩基调，可入画境，再加上萧郎的人物风流，醉踏杨花，斜过谢桥，则由画境入化境了。化境必有人物神韵。（此段发挥，内容多多，而且可谓发人所未发，全是心津神气。）

况周颐词

减字浣溪沙

风雨高楼悄四围，残灯黏壁淡无辉。篆烟犹缭旧屏围。　　已忍寒欺罗袖薄，断无春逐柳绵归。坐深愁极一沾衣。

风雨天涯怨亦恩，飘摇犹有未消魂。能禁寒彻是情根。　　月作眉颦终有望，香余心字索重温。不辞痴绝伫黄昏。

花与残春作泪垂，何论茵溷已辞枝。怜花切莫误情痴。　　听风听雨成暂遣，如尘如梦最相思。断肠都不似年时。

孙按：况周颐在民国时期作的《减字浣溪沙》八首，当时在沪上广泛流传，现在看来，是词中的上品。它既符合词的婉约温柔的特点，又符合常州词派所要求的比兴寄托，而把两者结合得水乳交融，这实在是很难达到的，不能不认为是词中的高峰。这是八首中的三首。

李商隐写梦

无 题

凤尾香罗薄几重？碧文圆顶夜深缝。
扇裁月魄羞难掩，车走雷音语未通。
曾是寂寥金烬暗，断无消息石榴红。
斑骓只系垂杨岸，何处西南待好风。

重帷深下莫愁堂，卧后清宵细细长。
神女生涯原是梦，小姑居处本无郎。
风波不信菱枝弱，月露谁教桂叶香？
直道相思了无益，未妨惆怅是轻狂。

来是空言去绝踪，月斜楼上五更钟。
梦为远别啼难唤，书被催成墨未浓。
蜡照半笼金翡翠，麝薰微度绣芙蓉。
刘郎已恨蓬山远，更隔蓬山一万重。

飒飒东风细雨来，芙蓉塘外有轻雷。
金蟾啮锁烧香入，玉虎牵丝汲井回。
贾氏窥帘韩掾少，宓妃留枕魏王才。
春心莫共花争发，一寸相思一寸灰。

春 雨

怅卧新春白袷衣，白门寥落意多违。
红楼隔雨相望冷，珠箔飘灯独自归。

远路应悲春晼晚，残宵犹得梦依稀。

玉珰缄札何由达？万里云罗一雁飞。

孙按：李商隐也爱写梦，"神女生涯原是梦"，"梦为远别啼难唤"，"残宵犹得梦依稀"。这几首《无题》写相思，不像那首最著名的"相见时难"，而是写出了心理的过程，事件发生的过程，有叙事在，细致、生动，才能写出心里的情愫，这只靠抒情描景是不行的。李的写法对后来宋代慢词的叙事有开启作用。这几首不如"相见时难"与《锦瑟》有名，但是也有一些我非常喜欢的句子，如"曾是寂寥金烬暗，断无消息石榴红"，"红楼隔雨相望冷，珠箔飘灯独自归。远路应悲春晼晚，残宵犹得梦依稀"，对得工稳，人籁归于天籁，如"春晼晚"对"梦依稀"，诵读之下，如食橄榄，即字面就耐咀嚼，再看内容，则更是余味无穷。像"直道相思了无益，未妨惆怅是轻狂"，"刘郎已恨蓬山远，更隔蓬山一万重"，"春心莫共花争发，一寸相思一寸灰"，则道出一种刻骨铭心的情感，非个中人不易道也。"刘郎已恨蓬山远，更隔蓬山一万重"，是翻进一层法，用在这儿表情感，为宋词所采用，如范仲淹词《苏幕遮》云："山映斜阳天接水，芳草无情，更在斜阳外"，欧阳修《踏莎行》词："楼高莫近危栏倚，平芜尽处是春山，行人更在春山外"。在这之前，南朝梁元帝《荡妇愁思赋》云："荡子之别十年，荡妇之居自怜。登楼一望，惟见远树含烟。平原如此，不知道路几千"？也有些相近。

苏小小词的两个版本

宋人胡仔《苕溪渔隐丛话》后集云："《云斋广录》载司马槱官于钱塘，梦苏小小歌《蝶恋花》词一阕，其词颇佳。"词曰：

妾在钱塘江上住，花开花落，不记流年度。燕子衔将春色去，黄昏几度潇潇雨。　蝉鬓犀梳云半吐，檀板新声，唱彻黄金缕。酒醒梦回无处觅，凄凉明月生秋浦。

何蓮《春渚记闻》云："司马才仲初在洛下昼寝，梦一美姝牵帷而歌曰：'妾本钱塘江上住，花落花开，不管流年度。燕子衔将春色去，纱窗几阵黄梅雨。'才仲爱其词，因询曲名，云是［黄金缕］，且曰后日相见于钱塘江上。及才仲……为钱塘幕官，其廨舍后，唐苏小墓在焉。时秦少章为钱塘尉，为续其词后云：'斜插犀梳云半吐，檀板轻笼，唱彻黄金缕。梦断彩云无觅处，夜凉明月生春渚。'"故其词又云：

妾本钱塘江上住，花落花开，不管流年度。燕子衔将春色去，纱窗几阵黄梅雨。　斜插犀梳云半吐，檀板轻笼，唱彻黄金缕。梦断彩云无觅处，夜凉明月生春渚。

孙按：司马槱，元祐年间人，与苏轼、秦观同时。秦少章，秦觏，少游弟，元祐进士，工诗词。

我多次考虑这两个版本，哪一个更好些？首先，上阕好于下阕，因为上阕是苏小小写的，实际是民间的，带有更多的自然风采。下阕则为文人笔墨，有较多的修饰，语言讲究，却失去了那种质朴自然的韵味。再看两个本子，则胡仔所记好些。"妾在"强于"妾本"，"妾本"主观色彩强了。"花开花落"强于"花落花开"，"花开花落"是自然的现象，"花落花开"则人为因素多了，强调希望虽好，却过于着迹。"不记"同样是本色的，"不管"则强调人的情绪。前者是无我，后者是有我。"黄昏几度潇潇雨"也出自天然，比"纱窗几阵黄梅雨"的修饰好。可能后面这个本子经过文人加工了。前者有一种民间的天然韵味，如同古诗十九首，是不可代替的，加工则画蛇添足了。

冒襄写人得神韵

姬最爱月，每以身随升沉为去住。夏纳凉小苑，与幼儿诵唐人咏月及流萤纨扇诗，半榻小几，恒屡移以领月之四面。午夜归阁，仍推窗延月于枕箪间，月去复卷幔倚窗而望。语余曰："吾书谢希逸《月赋》，古人厌晨欢，乐宵宴，盖夜之时逸，月之气静，碧海青天，霜缟冰净，较赤日红尘，迥隔仙凡。人生攘攘，至夜不休，或有月未出已鼾睡者，桂华露影，无福消受。与子长历四序，娟秀浣洁，领略幽香，仙路禅关，于此静得矣。"李长吉诗云："月漉漉，波烟玉。"姬每诵此三字，则反复回环，日月之精神气韵光景，尽于斯矣。人以身入波烟玉世界之下，眼如横波，气如湘烟，体如白玉。人如月矣，月复似人，是一是二。（《影梅庵忆语》）

孙按：此亦由画境入于化境也，如前所述，化境中有人，而且是人之神韵在。此文如冒氏所说："人如月矣，月复似人，是一是二"，人之精神如月之魂魄。美在月之精灵如烟如波如玉，月的氛围如烟的缥缈，月的倾注如波的流泻，月的色泽如玉的皎洁，而人之精灵也是眼如波，气如烟，体如玉。这是多么美的人的形象，西方高倡人的自由精神之文艺复兴时期的追求也在此。龌龊人间，搅扰人生，有之乎？只有"起舞弄清影"之月下起舞，才有此等境界，这正是宋韵的最高理想，只有"夜之时逸，月之气静"，才能得之。"夜之时逸，月之气静"两句写得也好，夜里的时间是高逸、超逸的，而此时月的静尤其在于气之静，神之静，韵之静。

唐人关于李杨故事的诗篇

凝碧池

王　维

万户伤心生野烟，百官何日更朝天。

秋槐叶落深宫里，凝碧池头奏管弦。

龙　池

李商隐

龙池赐酒敞云屏，羯鼓声高众乐停。

夜半宴归宫漏永，薛王沉醉寿王醒。

骊山有感

李商隐

骊岫飞泉泛暖香，九龙呵护玉莲房。

平明每幸长生殿，不从金舆唯寿王。

集灵台

张　祜

虢国夫人承主恩，平明骑马入宫门。

却嫌脂粉污颜色，淡扫蛾眉朝至尊。

马嵬坡

张　祜

旌旗不整奈君何，南去人稀北去多。

尘土已残香粉艳，荔枝犹到马嵬坡。

过华清宫

杜 牧

长安回望绣成堆，山顶千门次第开。

一骑红尘妃子笑，无人知是荔枝来。

过马嵬

李 益

汉将如云不直言，寇来翻罪绮罗恩。

托君休洗莲花血，留记千年妾泪痕。

一斛珠

梅妃（江采萍）

柳叶双眉久不描，残妆和泪湿红绡。

长门尽日无梳洗，何必珍珠慰寂寥。

行 宫

元 稹

寥落古行宫，宫花寂寞红。

白头宫女在，闲坐说玄宗。

（明）瞿佑《归田诗话》云："《长恨歌》一百二十句，读者不厌其长，微之《行宫》词才四句，读者不觉其短，文章之妙也。"

梅妃传

（唐）无名氏

梅妃姓江氏，名采苹，开元中明皇宠幸，四万宫女视为尘土，善属文，自比谢女，淡妆雅服，性喜梅，所居植梅，上榜曰"梅亭"，明皇戏名曰"梅妃"。杨玉环入，上并宠之，方之英、皇。太真忌而智，梅妃性柔缓，亡以胜，被迁于上阳东宫，以千金寿高力士，求词人拟司马相如

《长门赋》，力士不敢，妃自作《楼东赋》。岭表使归，妃问是否梅使来，对曰杨妃荔枝使，妃泣下。上封珍珠一斛密赐妃，妃不受，赋诗云："柳叶双眉久不描，残妆和泪湿红绡，长门自是无梳洗，何必珍珠慰寂寥"，上以乐府新声度之，号《一斛珠》，曲名自始。后死乱兵，埋骨温泉池东梅树旁。（丁如明辑校《开元天宝遗事十种》）

早朝大明宫诗

早朝大明宫呈两省僚友
贾 至

银烛朝天紫陌长，禁城春色晓苍苍。
千条弱柳垂青琐，百啭流莺绕建章。
剑佩声随玉墀步，衣冠身惹御炉香。
共沐恩波凤池上，朝朝染翰侍君王。

和贾至舍人早朝大明宫之作
岑 参

鸡鸣紫陌曙光寒，莺啭皇州春色阑。
金阙晓钟开万户，玉阶仙仗拥千官。
花迎剑佩星初落，柳拂旌旗露未干。
独有凤皇池上客，阳春一曲和皆难。

和贾至舍人早朝大明宫之作
王 维

绛帻鸡人报晓筹，尚衣方进翠云裘。
九天阊阖开宫殿，万国衣冠拜冕旒。

日色才临仙掌动，香烟欲傍衮龙浮。

朝罢须裁五色诏，佩声归到凤池头。

奉和贾至舍人早朝大明宫

杜　甫

五夜漏声催晓箭，九重春色醉仙桃。

旌旗日暖龙蛇动，宫殿风微燕雀高。

朝罢香烟携满袖，诗成珠玉在挥毫。

欲知世掌丝纶美，池上于今有凤毛。

孙按：我觉四诗以王维诗最好，四联皆有气势，盛唐气象尽在于此。杜诗没有那种恢宏的皇家气势，显得小家子气，寒酸气，看来杜甫只能咏贫困苦难，不能咏富贵气象。这要在朝廷环境中长期浸润，非一日之功，杜甫当时到朝廷，恐怕还是诚惶诚恐的。

宋词的富贵气

吴处厚《青箱杂记》

晏元献公虽起田里，而文章富贵，出于天然。尝览李庆孙《富贵曲》云："轴装曲谱金书字，树记花名玉撰牌"，公曰："此乃乞儿相，未尝谙富贵者。故余吟咏富贵，不言金玉锦绣，而唯说其气象。若'楼台侧畔杨花过，帘幕中间燕子飞'，'梨花院落溶溶月，柳絮池塘淡淡风'之类是也"。故公自以此句语人曰："穷儿家有这景致也无？"

欧阳修《归田录》

晏殊云："老觉腰金重，慵便枕玉凉"，未是富贵语，不如"笙歌归院落，灯火下楼台"，此善言富贵者也。

晁补之《评本朝乐章》

晏元献不蹈袭人语，而风调闲雅，如"舞低杨柳楼心月，歌尽桃花扇影风"，知此人不住三家村也。

李清照《词论》

秦即专主情致，而少故实，譬如贫家美女，虽极妍丽丰逸，而终乏富贵态。

陈霆《渚山堂词话》

昔人谓：凡诗言富贵者，不必规规然语夫金玉锦绮，惟言气象而富贵自见，乃为真知富贵者。

况周颐《蕙风词话》

寒酸语不可作，即愁苦之音亦以华贵出之。饮水词人所以为重光后身也。

孙按：这里所谈不仅是宋词的富贵气，而且是宋代富贵气的表现。这种表现，按叶嘉莹先生的说法，是"写其精神而不写其形迹"，其实就是写神不写形。这个说法不是很确切，怎样写精神？宋人讲，水的精神写不出，就写水的前后左右，但这并不能解决富贵气的问题，富贵气的问题，除掉写精神外，还要解决精神的高贵气质，这就是"贫家美女，虽极妍丽丰逸，而终乏富贵态"，解决的办法是写出贵族特有的气质，大而言之，是气象。

词中的"黄昏雨"意象

菩萨蛮

温庭筠

南园满地堆轻絮，愁闻一霎清明雨。雨后却斜阳，杏花零落香。　无言匀睡脸，枕上屏山掩。时节欲黄昏，无聊独倚门。

蝶恋花

欧阳修

庭院深深深几许？杨柳堆烟，帘幕无重数。玉勒雕鞍游冶处，楼高不见章台路。　雨横风狂三月暮，门掩黄昏，无计留春住。泪眼问花花不语，乱红飞过秋千去。

忆王孙

李重元

萋萋芳草忆王孙，柳外楼高空断魂。杜宇声声不忍闻，欲黄昏，雨打梨花深闭门。

附《春怨》

刘方平

纱窗日落渐黄昏，金屋无人见泪痕。寂寞闲庭春欲晚，梨花满地不开门。

孙按：三首都有"春晚黄昏掩门"意象："门掩黄昏，无计留春住"；"欲黄昏，雨打梨花深闭门"；"梨花满地不开门"。

蝶恋花
传·苏小小

妾在钱塘江上住，花开花落，不记流年度。燕子衔将春色去，黄昏几度潇潇雨。　蝉鬓犀梳云半吐，檀板新声，唱彻黄金缕。酒醒梦回无处觅，凄凉明月生秋浦。

蝶恋花
朱淑真

楼外垂杨千万缕，欲系青春，少住春还去。犹自风前飘柳絮，随春且看归何处？　绿满山川闻杜宇，便做无情，莫也愁人意。把酒送春春不语，黄昏却下潇潇雨。

声声慢
李清照

寻寻觅觅，冷冷清清，凄凄惨惨戚戚。乍暖还寒时候，最难将息。三杯两盏淡酒，怎敌他、晚来风急。雁过也，正伤心，却是旧时相识。　满地黄花堆积，憔悴损，如今有谁堪摘？梧桐更兼细雨，到黄昏，点点滴滴，这次第，怎一个愁字了得！

点绛唇
姜夔

燕雁无心，太湖西畔随云去。数峰清苦，商略黄昏雨。　第四桥边，拟共天随住。今何许？凭栏怀古，残柳参差舞。

词中的"夜月"意象

菩萨蛮
温庭筠

水精帘里颇黎枕，暖香惹梦鸳鸯锦。江上柳如烟，雁飞残月天。 藕丝秋色浅，人胜参差剪。双鬓隔香红，玉钗头上风。（景）

乌夜啼
李 煜

无言独上西楼，月如钩。寂寞梧桐深院锁清秋。 剪不断，理还乱。是离愁，别是一般滋味在心头。（景）

卜算子
苏 轼

缺月挂疏桐，漏断人初静。谁见幽人独往来，飘渺孤鸿影。 惊起却回头，有恨无人省。捡尽寒枝不肯栖，寂寞沙洲冷。（景）

暗 香
姜 夔

旧时月色，算几番照我，梅边吹笛？唤起玉人，不管清寒与攀摘。何逊而今渐老，都忘却春风词笔。但怪得竹外疏花，香冷入瑶席。 江国、正寂寂。叹寄与路遥，夜雪初积。翠尊易泣，红萼无言耿相忆。长记曾携手处，千树压、西湖寒碧。又片片吹尽也，几时见得？（景）

蝶恋花
晏 殊

槛竹愁烟兰泣露。罗幕轻寒，燕子双飞去。明月不谙离恨苦，斜光到

晓穿朱户。 昨夜西风凋碧树。独上高楼，望尽天涯路。欲寄彩笺兼尺素，山长水阔知何处？（情）

八六子
秦 观

倚危亭，恨如芳草，凄凄划尽还生。念柳外青骢别后，水边红袂分时，怆然暗惊。 无端天与娉婷，夜月一帘幽梦，春风十里柔情。怎奈向、欢娱渐随流水，素弦声断，翠绡香减，那堪片片飞花弄晚，濛濛残雨笼晴。正销凝，黄鹂又啼数声。（情）

鹊踏枝
冯延巳

谁道闲情抛掷久？每到春来，惆怅还依旧。日日花前常病酒，不辞镜里朱颜瘦。 河畔青芜堤上柳。为问新愁，何事年年有？独立小桥风满袖，平林新月人归后。（以景结情）

捣练子令
李 煜

深院静，小庭空，断续寒砧断续风。无奈夜长人不寐，数声和月到帘栊。（以景结情）

木兰花
张 先

龙头舴艋吴儿兢，笋柱秋千游女并。芳洲拾翠暮忘归，秀野踏青来不定。 行云去后遥山暝，已放笙歌池院静。中庭月色正清明，无数杨花过无影。（以景结情）

蝶恋花
传·苏小小

妾在钱塘江上住，花开花落，不记流年度。燕子衔将春色去，黄昏几

度潇潇雨。　蝉鬓犀梳云半吐，檀板新声，唱彻黄金缕。酒醒梦回无处觅，凄凉明月生秋浦。（以景结情）

一剪梅

李清照

红藕香残玉簟秋。轻解罗裳，独上兰舟。云中谁寄锦书来？雁字回时，月满西楼。　花自飘零水自流。一种相思，两处闲愁。此情无计可消除，才下眉头，却上心头。（以景结情）

踏莎行

姜　夔

燕燕轻盈，莺莺娇软，分明又向华胥见。夜长争得薄情知？春初早被相思染。　别后书信，别时针线，离魂暗逐郎行远。淮南皓月冷千山，冥冥归去无人管。（以景结情）

孙按：月的意象很多，当然取其中较美的，我喜欢的举例。月的意象似有三种。一是以月抒情，如苏轼《水调歌头》，二是以月描景，三是以月景结情，如冯延巳《鹊踏枝》。我们最重第三种。

"听雨"意象

菩萨蛮

韦　庄

人人尽说江南好，游人只合江南老。春水碧于天，画船听雨眠。　垆边人似月，皓腕凝霜雪。未老莫还乡，还乡须断肠。

孙按：花间词有"夜船吹笛雨潇潇"，夏承焘老谓胜过"画船听雨眠"。

风入松

吴文英

听风听雨过清明，愁草瘗花铭。楼前绿暗分携路，一丝柳一寸柔情。料峭春寒中酒，交加晓梦啼莺。　西园日日扫林亭，依旧赏新晴。黄蜂频扑秋千索，有当时纤手香凝。惆怅双鸳不到，幽阶一夜苔生。

虞美人

蒋　捷

少年听雨歌楼上，红烛昏罗帐。壮年听雨客舟中，江阔云低断雁叫西风。　而今听雨僧庐下，鬓已星星也！悲欢离合总无情，一任阶前点滴到天明。

减字浣溪沙

况周颐

花与残春作泪垂，何论茵溷已辞枝。怜花切莫误情痴。　听风听雨成暂遣，如尘如梦最相思。断肠都不似年时。

学术与人生发展的三个阶段

钱钟书先生说："学与术者，人事之法天，人定之胜天，人心之通天"（《谈艺录》）。禅宗有一段著名的公案，唐代青原惟信说："老僧三十年前未参禅时，见山是山，见水是水。及至后来，亲见知识，有个入处，见山不是山，见水不是水。而今得个休歇处，依前见山只是山，见水只是水"。王国维说："文学之事……意与境二者而已。上焉者意与境浑，其次或以境胜，或以意胜。"其"无我之境"就是"意与境浑"的最高层次。

"有我之境"就是"以意胜"的"人定胜天"层次。哲学与学术与人生都是按照这种否定之否定的发展路线螺旋上升的。

第一阶段是低级的模仿，基本是人类原始时期的事，或人生童年时期的事。大量的学术、人生、艺术都处在第二阶段，而人尚沾沾自喜，认为有个性。艺术上的自我表现，重写意，重移情，重表现都是这样，刘熙载说："咏物即咏怀。"王国维所说的"有我之境"是文学艺术的最多的境界，可以说人类的艺术史、文学史展示的基本都是"有我之境"。袁行霈说："中国诗歌艺术的发展，从一个侧面看来就是自然景物不断意象化的过程。"人生的重个性也如此。所以"见山不是山，见水不是水"，只是自己，小说所写的都是自己，福楼拜说：包法利夫人就是我自己。而最高的艺术与人生应该是人心通天的第三阶段，孔子讲的"随心所欲，不逾矩"就达到了这种境界，因为人心已经通天了。道家讲的"自然"也是这个意思。这是第一义的境界，物我合一，物中有我，我中有物，强调的是水乳交融，无法含蓄，也不必含蓄，如天与地之间的契合无间。周易说："大哉乾元，万物资始，乃统天"，"至哉坤元，万物资生，乃顺承天"，"天地交而万物通也，上下交而其志同也"。这才是大美，大气的美。他不讲含蓄，一秉自然与天然，人天交通，随心所欲，无所不可，而都达到最高最美最自然的状态。这就是"真"，我们虽然不能达到，但是可以逼近它。古代最有领悟的艺术家都强调"真"，如王国维的"无我之境"。讲究含蓄是第二义的。含蓄是个性化的，表现的，装饰性的，它就像人的要穿衣服。我曾研究过含蓄，觉得有两种，一种是言此意彼，一种是半吞半吐。都是装饰，言此意彼，表现为言景意情，衣服是外在的景，半吞半吐比穿衣的欲露不露。通过装饰来表现自我的个性。

胡兰成的《中国文学史话》

要重视胡的这本书，他对传统的文学史观是一种颠覆，读来令人眼花缭乱。细究总的思路也并不太复杂，看来他的基础在先秦汉魏，具体在先秦典籍，这得自于少时的学习，而汉魏则在史书，也是少时的学习，以及民间乐府，他一贯喜欢民间东西，爱玩。唐宋不怎么样。元明清则也在民间戏曲。用这些杂烩烩成一部文学史，肯定是单薄的，但是他确实有才气，有悟性，与人不同，而且说得精辟，可开启人的思路。

他的文学史开篇谈理论，定名为"礼乐文章"，谈的是大自然五法则，我印象最深的是大自然有意志。西洋文学是社会的，中国文学是人世的，社会的只有物质，人世的才有文明。就是说人与自然亲和是第一性的。西方是人与自然相离，文学中没有自然，不亲切，没有人情味，比不上中国文学。中国文学的高贵在此，而文学是贵人之事，贵人是士，宋代以后平民也是贵人。日用的东西因为亲切，反而是高贵的，只作观赏的东西会日益狭窄贫薄，也就是说纯艺术反不及日用品的艺术价值，如禹铸九鼎，上绘魑魅魍魉，本是为辟邪，却是无上的艺术。（见《今生今世》）中国的天人合一，人事是日用的，但合于天。说与自然亲并不新鲜，与王国维的无我之境接近，强调真，自然，吴世昌也这样强调，但是大多数人并不这样看，所以也重要，这是艺术的第一要义。新鲜有三点，一是亲切，认为中国文章亲切，不像西洋的冷冰冰，客观描写，下文再发挥。二是日用品的亲切，真山水的亲切。三是高贵，士的高贵，文学的高贵。

第二章"天道人世"。讲文学有四大特点：对大自然的感激，忠君，好玩，喜反。对大自然的感激，讲大自然的意志，即天意。尚书尧典，卿云之歌，诗经，易经的象、文言与系辞，老子与庄子都是直接写大自然，有自然的亲切，李白、苏轼的诗有大自然的浩浩而亲切，西洋的文学写自然，只写了形，那情绪也是人的，而不是天意。中国历来文学的气运也不同，新朝开创时期三分人事，七分天意，就有自然的气象，如西汉唐初宋初的文章有日月山川的气象。他也讲天人合一，与王国维不同，王国维主于静，胡兰成主于动。他喜欢的文章浩浩大大，堂堂正正，有日月山川的气象，顺承天意而与人亲切。这亲切是天意，是对天的感激。读胡兰成的文章有一团喜气充溢其中，事事都高兴，兴高采烈，哪怕是身陷绝境也如此，也许他真体悟到了大自然的关爱？他读古代的文章，也能从普通的文字中看出一片喜气，发现人所发现不了的，这是天才，还是大自然对他的特殊关爱？如他看《岳飞传》，写岳飞一条心要尽忠宋朝，但是没有一点郁愤、阴暗与惨淡，高兴这一番兵乱才显豁了大宋江山，岳飞一干人真好，金兀术也可喜爱，没有他，就没有岳飞。

忠君。中国的君在于定位，王天下的风景是古来诗文的根本。中国的男人的大而委婉，待人深至，都从对于君的情意而来。爱女人，爱朋友都如此。这几句话重要。中国古代诗歌的内容都在里面了，忠君，爱女人，交朋友。而出发点在忠君，这个君只是一个位置，而不是具体的人。爱女人也如爱君，离骚的比兴源于此。而后世写女人的诗那么多，是士大夫以爱君的心态去爱女人，（反过来也可说：是以爱女人的心态去爱君，所以小而委婉。应该是这种，胡兰成说反了。）大而委婉，待人深至，故此感人。同时许多爱情诗词被当作比兴寄托忠君情感的原因也在此。他还特意讲到了"怨"，是对亲人的思念不尽，自伤此心的不被知。孟子说："诗可以怨，小弁之怨，亲亲也"，离骚之感人在此。故古代能容忍这种怨，它与怨恨、仇恨不同。

好玩，喜反。世界上只有中国戏剧里把妖怪写得这样可爱，番邦公主写得可爱。水漫金山里是佛法与正神这边无趣。西游记里是孙悟空可爱，妖魔可爱，因为孙悟空也是妖魔。历史上五胡乱华与西游记道理相通，王猛与崔浩是汉与胡反在一道了，玩在一道了，结果是汉同化了胡。刘邦与项羽约为兄弟，曹操与孙权与刘备彼此相敬爱。世界上只有中华民族最会玩，佳节灯市是大人的游戏；采莲捣衣浣纱是把劳动当游戏；佛教的罗汉面壁冥想，中国的神仙一味好玩。中国的诗文最多游山玩水，西洋文学没有。苏轼看天晴自个儿高兴得意。西游记里阿难要人事，观音写得像姐姐。

第三章"中国文学的作者"一种是士，一种是民。功业与文章比，重功业，而功业到大自然面前又不存在了，自然为贵，所以贵人忘其贵，美人忘其美，绝世的好文章出于无意。但是，士的志气与对天下的责任感还是不自觉的存在着。

第四章"文学与时代的气运"分阶段谈不同时期的文学。

"尧典与虞书"。尧典里的世界使人读了胸襟开豁，这就是文学的最高效果。学文学要从非文学处去学，譬如游山玩水。读虞书感觉有一种飞扬而安定。安定在于人对人、人对物的基本态度是宾主之礼，天子对于诸侯，柴望（祭祀；柴，烧柴祭天；望，祭山川）对于山川皆是宾主之礼。这基于人与天地为三才的觉。中国是人与天地并为大自然所生，也就是并为神所造。这就是庄子讲的"天地与我并生，而万物与我为一"，所以和谐。西洋是征服与被征服，所以抗争。胡兰成对于上古文章喜好，主张大气、和谐（这是胡氏的基本观点），认为上古文章这样，出自上古时期人与天地自然的联系。人与自然的紧密造成和谐，人学习天地的宏大造成大气。学文学要从非文学处学，既是胡兰成的态度，又道出了文学创作的关窍，所谓工夫在诗外，这样的学习，也不会小气。

"文体"。中国的文体是独有的，一是文史哲合一，二是自楚辞汉赋开始的抒情文体。写情写到天性与事理之际，文学升高到文学非文学之际。形式即是内容，文体与性情一致。中国是调，西洋是旋律，旋律是连续的，调可以是不连续的，调由生命的意志统摄。

"魁星在天"（此谈诗经）。诗书易的文章高旷雄劲，实在是后来汉唐的亦非其比，何况今天的卑弱。汉朝的陶器好过唐宋，但又不如殷铜器，把所有的研究美术的人都盖倒了。原因在于强大而自然，即大气。《诗经·大雅》有殷师出征徐方和周师伐商的诗，个个字彻底的，绝对的。诗经是天地人的威严。古人离神近，后世离神远。离神近的强大而自然，故大气，离神远的变得卑小，不自在，精致，多装饰性。《礼记》说："大乐不和，大羹不调，大祭用醴酒生鱼，有遗味者矣。清庙之瑟，朱弦而疏越，一唱而三叹，有遗音在矣。"这里谈到的不和，不是不和谐，那种狰狞的魑魅魍魉是不和，他仍然是天地人的融合，但是显得生硬，硬邦邦的，从生硬中产生遗味，也是大气。与后世的甜熟比，反是他美。甜熟就是不自在，精致，多装饰性。这里主要谈大气。

西洋是强而不大。罗丹与海明威以肉体的生命力自隔于大自然的无际限。所以是强，但是不大，原因在于隔。他谈到池田的话：粗糙的东西不是魄力，而是臂力。也说得好，也是强而不大。要大，必须不隔于自然，这又回到天地人的并生于大自然，回到和谐。强大必须不隔。中国的"大"有特殊含义，如老子的大音希声，大象无形。大是内在的、精神的，通于神境界的。

不隔是人与自然不隔，这与我论王国维的无我之境的观点一致。他谈到张爱玲的观点："她一次说西洋人有一种隔，隔得叫人难受，这又是一语打着了西洋一切东西的要害"。"西洋人的隔像月光下一只蝴蝶停在戴白手套的手背上"。比喻真妙！天才！胡氏接着说："现代人是这样的对物的素面隔断了，也就是对大自然隔断，与神远离了。"我当年论王国维的隔，就是这个观点，要是早看到这段话，可以多一条有力的证据。

归纳一下胡兰成的观点：与自然的合一造成大气与和谐。大气在于强大而自然。强大要强而大，粗糙的东西强而不大，原因在于与自然隔了，也就不自然了，强大必须不隔。我理解：单纯的强是外在的、物质的肉体的，而大是内在的、精神的，通于神境界的。

"论文的时代"（此谈春秋战国至汉）。春秋战国是论文的时代，把此前的文明加以理论的学问化，有知性的光辉与劲势，刺激了文学的创造力，故有离骚与西汉的文体。此前是明德，此是明明德。没有哪个民族能这样把神也以理论来说明。

中国文学是知性的，情操也知性化了，无论诗文都自然带着理论式。理要看是怎样的理，合理主义的理不能是文学，而中国是合于大自然的理，其自身就是诗的，还有就是叙事就是抒情，因为那叙事写到了物背后的象。

"新情操的时代"（此论六朝及唐）。汉民族的精神在黄老，儒家是路，要有精神才能走路，所以要结合。晋人偏轻了儒，清谈老庄，与西汉尚黄老不同，尚黄老有黄帝疆理天下的意识在，去黄帝而单说老庄，就是懒惰无为了。中国不亡于蛮族，是因为中国有士，能同化蛮族，中国文明有统一天下的基础。这种基础就是集义而生的浩然之气。有汉文明在，汉民族就在。北朝胜过了南朝，他们对华夷事情的大气，他们的开豁，后来宋朝的文人，他们在情操上更对北朝远了。

西汉文章的气运从春秋战国来，盛唐文章的气运从魏晋南北朝来，所以西汉与盛唐的文章伟大不可及，此后虽北宋也不可及。

唐诗人李白最好。

中国史上两件大事，一是黄河文明与淮夷文明结合，到商时完成，一件是黄河文明与楚文明结合，到汉时完成。而至李白，汉民族的文学与楚人的总体生在一起了。李白思想是黄老，黄帝是民族精神，到老子成为思想。老庄都生在汉楚边境，受两种文明的激荡。与生在山东的孔孟不同。晋人是老庄思想，少了黄帝的气魄，李白才是黄帝打头，所以李白黄河文明（黄帝）与楚文明（老庄）结合最好。李白是一股浩然之气，他是天之骄子，对世上事什么都高兴，又什么都不平。他对盛世不平，对乱世也不平。我认为，这样谈好，有道理。李白由北而南，有北方的王气，也有南方的清绮。不过这样谈，缺少资料的依据。

"士弱民尤强"（此论宋元明清）。宋不及唐的气概，隋唐从魏晋南北朝的大变动开出来，宋则是残唐五代的动乱而来，创造力不及，宁是思省的，观照的。唐诗如饮酒，宋词如品茶。宋词南宋不及北宋，晏殊、张先、欧阳修、苏轼的词，其轩豁、亮直、柔劲，稍后的秦观、周邦彦不及。自南宋至元明清，士的文章几乎全无可看，诗词还比文章好些。所以平民出身的朱元璋对士全无敬意，随意杀文人。

"今日何日兮"（此论民国）。辛亥初才是士的第一次觉醒。五四否定士，因为西洋无士。士是先知先觉者，布衣蔬食而志存天下，与民主的个人主义不同。中国的读书人是士，士因为自己尊贵，所以知道世上有尊贵的人与物。辛亥后士失去对民间起兵的领导力。

以出世的精神做入世的事业

梁漱溟说："我一生所忙碌的事业，都是以出世者悲天悯人的心肠，从事入世工作。"引自《名人传记》2002 年 8 期《儒学大师梁漱溟的佛缘》。

李泽厚《华夏美学·儒道互补》第 293 页："这也就是冯友兰所谓'以天地胸怀来处理人间事务'，'以道家精神来从事儒家的业绩'的'天地境界'。"注："引自冯友兰《新原人》。"

《冯友兰集》第 341 页："我们可以说：中国哲学是超世间的。所谓超世间的意义是即世间而出世间。"

朱光潜《谈美》第 6 页开场话："人要有出世的精神，才可以做入世的事业。""我以为无论是讲学问或是做事业的人都是抱着一副'无所为而为'的精神，把自己所做的学问事业当作一件艺术品看待，只求满足理想和情趣，不斤斤于利害得失，才可以有一番真正的成就。伟大的事业都出于宏远的眼界和豁达的胸襟。"

《东方丛刊》2001 年第 1 期第 244 页："以出世的情怀做入世的事业。"

歌行体诗

一般不分其体，有人认为就是乐府、七言古诗。马承五在《李白歌行特征论——兼论歌行的诗体定义与形式特点》（载《华中师范大学学报》

2002 年第 6 期）中有详细论述。最早论到歌行的是宋代诗论家。张表臣说："猗迁抑扬，永言谓之歌……步骤驰骋，斐然成章谓之行。"（《珊瑚钩诗话》）姜夔说："体如行书曰行，放情曰歌，兼之曰歌行。"宋《文苑英华》以乐府旧题为乐府，新题为歌行。明人继承宋人观点，吴讷、徐师曾等皆如此，胡震亨说："新题者，古乐府所无，唐人新制为乐府题者也。其题或名歌，抑或名行，或兼名曰歌行。"清人冯班也是这个观点。但他探讨了歌行的演化过程。马承五认为：歌行的特征有四个方面：1.用乐府古题或自创新题，2.放情长歌，尽情展示内心世界，3.体式纵横变化，4.七言为主。是唐代最终成型的诗体。我看是放言长歌（歌），体式自由（行）的七言诗，起于曹丕《燕歌行》，成熟于唐代。

晚清词坛学吴思考

晚清词坛学吴（文英）是理论上的，四大家都另有学习对象。王鹏运倡导学吴，是开派人物，朱祖谋最学吴词，张尔田称：最近觉翁，但是他晚年又加以苏轼词，况周颐"流派老年尊白石"，郑文焯实际也是学姜夔。所以晚清实际出现融合姜吴的现象。吴词有毛病，不可能是宋词的领袖，一是过于赋化，二是过于雅化，都导致词的消亡。学吴者更是等而下之。陈洵所以徘徊于周吴之间。

宋代士大夫的超逸

刘方《宋型文化与宋代美学精神》一书谈"隐逸与生命存在的精神自由与诗性栖居"，完全从隐逸角度谈"逸"的思想是不妥的。对于宋人的

"逸"谈得较好，可以在例证上对我的思想加以补充。

完全从隐逸角度谈"逸"的思想是不妥的，隐士毕竟是少数，是一种思想的极端者（学道之人还不能算隐士），是主流社会的不合作者；大量的是非隐之士，包括所谓的大隐隐于朝，小隐隐于市者，唐代白居易提出的中隐，即外放，远离朝廷。宋人提出的禄隐（王安石）、廷隐（朱廷隐）、半隐（贾元放）等，都不是隐士。他们与隐士的最大区别是，他们不是不合作者。

士大夫中有一种人或一种现象，退居。大量的宋代士大夫处于这种状态中，所以称为"退士"。在宋代大家纷纷以居士相号。

大量的退士、加上隐士，还要加上处于朝廷上而"心隐"之士共同追求着这种"超逸"的精神状态。

该文提出了一个命题：宋代的隐逸思想与唐代不同，唐代是生活方式，宋代是文化精神，是对闲适人生与诗意生活的文化选择。宋代以后，隐逸才有了审美意义。

叶朗说："逸是远离人生与深入人生的统一"，怎样理解深入人生呢？以前我只从不脱离现实来理解，刘方举苏轼《超然台记》谈苏轼思想，其登台四望，想到吕尚、齐桓，想到韩信及其被杀，并未忘怀世事，正是深入人生。刘方发挥说："他超然的是摆脱政治挫折和世间局促，获得净化的心灵，但仍念念不忘自己的理想抱负。轻外物而自重，是超然思想的核心。这种思想的积极意义在于他面对困境不像一般人那样沉沦、消极、悲观，甚至忧郁而终，而是坦然面对，和宇宙、大自然融为一体，在它们那里体现自己的价值，获取生存的快乐。"并引老子话说："虽有荣观，燕处超然。"（荣观，宫阙）还引王安石《禄隐》，有一句："君子无可无不可"，苏轼《张氏园事记》："古之君子，不必仕，不必不仕"，"无适而不可"。我理解：精神自由是第一位的，生命是第一位的，所以要"自重"，人生的闲适与生活的诗意是最高的存在，要独与天地精神相往来。在此基础上，入世出世、入仕出仕无可无不可，更是"无适而不可"，所以也不要刻意去脱离红尘。刻意，就是"我执"。而即使在朝廷上，也超然处之，这就是老子说的："虽有荣观，燕处超然"。也就是今人所说的：以出世的精神、情怀做入世的事业。

该文所引司马光《独乐园记》，司马光说，此皆人所弃置的，而我独乐，可补充苏轼《前赤壁赋》对清风明月的享受的思想。

陆游之词

我论陆游一文提出两个观点：一，词与诗不同，它的最原始状态就是纤丽的，不像诗的最原始状态是朴实的，但是与最原始状态的诗又有相同之处，都是纯粹天然的。词是一种精致的诗体，它从中晚唐诗而来，带有中晚唐诗的精致与美丽，正要有一点雕饰，这种雕饰正是词的本色。稍有一点雕饰，恰到好处，反而增加了它的纯粹天然。二，飘逸虽高妙，却有不足，远离现实的人间而进入仙境，不是超逸或旷达，区别在于一个飘字，是飘然而逝，离开人间的，而超逸是远离人生与深入人生的统一。入世、出世、入仕、出仕，无可无不可，不在于刻意的离开人间，而强调精神的自由与生命的独立。

从宇宙到心性

"苏子曰：'客亦知夫水与月乎？逝者如斯，而未尝往也，盈虚者如彼，而卒莫消长也。盖将自其变者而观之，则天地曾不能以一瞬，自其不变者而观之，则物与我皆无尽也，而又何羡乎？且夫天地之间，物各有主，苟非吾之所有，虽一毫而莫取。惟江上之清风，与山间之明月，耳得之而为声，目遇之而成色，取之无禁，用之不竭，是造物者之无尽藏也，而吾与子之所共适。'"

孙按：这段话的理解总感到不着边际，说从宇宙观到人生观，是现代人的说法。从宋人看，应是从宇宙到心性，从外在宇宙到内在人心。宋人构建了一个包括宇宙与人心在内的体系，故而思维是从外到内的，从宇宙观看，物我同一是天人合一思想，也有道家的观念在，但是宇宙观方面的，而不包括齐是非，那是今人的有意延伸；之后转到内在人心方面，是外在无能为力，转向内在人格修养，那是宋人的"孔颜乐地"思想。这样解释可能接近苏轼的本意。

宋代是汉民族的全面规范时期

我看葛兆光《中国思想史·宋代部分》有此想法。①上层社会的向下，整个社会的平民化，当然思想也是全社会的。②伦理学的规范。儒家经典六经到唐代就主要是礼经与春秋经，前者规范朝堂与贵族人家，后者讲实用的治乱之迹，前者是务虚，后者是务实，前者是思想，后者是实践。到韩愈的思想，从礼经中抽出了大学与中庸两篇，建立儒家的系统，称为道统，与史书的治统相辅相成，再到宋儒，更进一步建立了儒家的道统与治统。把大学、中庸等礼的规范具体为对士大夫的节气和妇女的妇节的种种规定，从此，士大夫的气节尤其重要，妇女的失节事大，也超过其生命。③在整个社会平民化的基础上，第一次出现了士绅阶层，唐代没有这个阶层，唐以前是门阀世族，是贵族，唐代由于士族的流动，没有建立起这样的士绅阶层，宋代的聚族而居，出现了这个阶层。士绅阶层成为上下之间的过渡，成为社会的重要支撑，后代所说的士，已经不是先秦意义上的士了，而是宋代的士绅了。士绅成为社会的中坚力量，有决定性的作用。④理学的世俗化，朱熹的《家礼》把三礼，大学、中庸对上层的规范变为对民间普通人家的规范，这是宋代理学的特点，是儒家思想从思想领域到行为领域的变化，是儒家思想的平民化，其意义在于全民化与行为化，也就可以制度化了。然后再从家礼延伸到乡礼，制定家规，到乡规、民约，代表着国家的秩序，多层次的规范制度化了。⑤同时，严华夷之辨，明确汉族的传统，唐代是不讲究这些的，可以胡服骑射，宋代规范了，民族性得到稳定。所以，宋代把汉民族的行为规范了，民族性加强了，从制度上巩固了，这一规范一直延续到现代。宋代是值得我们今天思考的，许多东西都可以上溯到宋代。

《宋六十一家词选》与乔笙巢

《宋六十一家词选》，选者冯煦，自言其师乔笙巢手自一编毛晋的《宋六十家词》，并教导他：词至北宋而大，南宋而深。后得一本《宋六十家词》，并选其中的精粹为《宋六十一家词选》。

冯煦所提到的乔笙巢，只有《白雨斋词话》谈到冯煦时说到，冯煦说的秦观"词心"，是乔笙巢语，并说乔笙巢编《宋六十一家词选》。但冯煦明确说自己选词选，应该不会有误。复旦大学中文系朱刚对邓乔彬说，乔笙巢是冯煦书斋名。

王国维说朱彝尊言：词至北宋而大，南宋而深，编者注指出朱氏说的是"词至南宋而始极其工，至宋季而始极其变"。但未指出王国维所引是谁的话，现在知道是乔笙巢或冯煦语。

三家词论

况周颐的词话是以词学理论为主，故研究以对其理论的探讨为主，王国维的词话以诗学理论为主，尤其以诗学理论的哲学基础为主，如有我与无我等，是文学普适性的，故以研究其普适性文学及其支撑的哲学思想为主，陈廷焯以词学发展史为主，所以探讨其词学发展史。

"思乡"玄想

钱钟书先生在《人生边上的边上 说回家》中说：中国古代思想家，尤其道家和禅宗，每逢思辨得到结论，就把回家作为比喻，如归根复本，自家田地等，而西方神秘主义也如此，新柏拉图派大师泼洛克勒斯把探讨真理的历程分为三个阶段：家居，外出，回家。德国早期浪漫主义也受新柏拉图影响，诺梵立斯说："哲学其实就是思家病，一种要归居本宅的冲动"。钱先生1947年认为是比喻，我认为应该有更深的哲学渊源。

闻一多在《庄子》（《闻一多全集》二 古典新义）说，庄子认为现实是一种寄寓，（陶渊明也说"寓形宇内复几时，何不委心任去留"，古诗十九首"人生寄一世"，西方荷尔德林"何处是人类莫测高深的归宿"）李白说自己是天上谪仙人。"无何有之乡"才是我们真正的故乡。"庄子的著述与其说是哲学，毋宁说是客中思家的，他运用思想，与其说是寻求真理，毋宁说是眺望故乡，咀嚼旧梦。"

文学更是思乡曲，所以唐人好诗十之八九是游宦、迁谪、远戍之作，是游子的思乡。

思家、思乡的根本是对土地的依恋，对生命的焦虑。

由此想来，"归居本宅"与《礼记·郊特牲·蜡辞》："土反其宅！水归其壑！昆虫毋作！草木归其泽！"以及老子："致虚极，守静笃，万物并作，吾以观复"（十六章）所表达的是一样。

读书随记——赵元任

20世纪20年代清华国学院的四大导师之一的赵元任没有其他三人出名。今天乱翻书，翻了邮局赠送的《特别文摘》，看到一篇谈赵元任的文章：《赵元任"玩学问"》，作者管继平，感到有趣，随手掇录于下：

1947年赵元任任美国加州大学伯克利分校教授，新居在伯克利一座小山半山腰，胡适录南宋诗僧显万《庵中自题》诗相送：

> 万松岭上一间屋，老僧半间云半间。三更云去作行雨，回头方羡老僧闲。

这首诗谈不上怎么好，但是它所表现出来的宋人对"闲"适状态的追求，却彻底到位。"云"在常人看来是最闲的了，说人闲适飘洒，是闲云野鹤，野云孤飞，李白诗"众鸟高飞尽，孤云独去闲"，而这儿闲云还要羡慕僧人的闲，因为云还有任务：布云行雨。想起唐人诗写老僧的闲，"朝臣待漏五更寒，将军铁甲夜度关。山寺日高僧未起，算来名利不如闲"。

这是谈闲，宋人最重一个闲字，表现了对自由生活、自在生命的向往。

赵元任生性滑稽，做学问也是玩，这个态度也好。他是语言学家，曾写一段著名的《施氏食狮史》，说明语音与字义的关系：

> 石室诗士施氏，嗜狮，誓食十狮。施氏时时适市视狮。十时，适十狮适市。是时，适施氏适市。氏视是十狮，恃矢势，使是十狮逝世。氏拾是十狮尸，适石室。石室湿，氏使侍拭石室。石室拭，氏始试食是十狮。食时，始识是十狮，实十石狮尸。试释是事。

这段文字收在《大不列颠百科全书》，是经典的语音与字义的关系的说明，比当前一些相声家的绕口令要绕得多，也可看出赵先生的幽默滑稽，看出他的天才。

他在1948年的《国语入门》中讲到语尾助词"吧"时，幽默地指出，不要和"王""鸡"这两个字合用。我们平时谈心，常常当心一些人不小心，看来赵老先生早就指出来了。

他还有一句名言：对于学术，要怀着"女人对男人的爱"，而对于艺术，要具有"男人对女人的爱"。作者说，前者指恒心，后者指激情。

兹录该文所谈赵元任轶事，并加点评，与诸君共赏，也供自己留存。

"蔬笋气"与"酸馅气"

高慎涛《僧诗之"蔬笋气"与"酸馅气"》：

入宋以后文人对唐代僧诗的清苦风格大加鞭笞，并用蔬笋气、钵盂气、山林气、酸馅气、衲气、僧态等词语指称僧诗过于清寂、清苦的诗风，其中尤以"蔬笋气"和"酸馅气"最为常用。"蔬笋气"这一名称肇始于北宋欧阳修。王安石尝与工诗的大觉怀琏禅师交游，曾以怀琏诗示欧阳修，欧公评曰："此道人作肝脏馒头也。"王公不悟其戏谑之意，欧公进一步解释说："是中无一点菜气。"（《冷斋夜话》卷六）欧阳修最初用"菜气"一词是本于对僧诗清寂特色的一种戏谑，用来嘲笑诗僧做诗题材不广、语涉禅语、诗情枯槁等特有的习气。稍后欧公门生苏东坡也是在这一意义上运用"蔬笋"这一词语，他在《赠诗僧道通诗》中说："语带烟霞从古少，气含蔬笋到公无。"尝云："颇解蔬笋语否？为无酸馅气也。"除"蔬笋气"这一称呼外，"酸馅气"也是对僧诗的批评。

诗词之"气"

明代陈继儒在董其昌《容台集叙》中说:"凡诗文家客气、市气、纵横气、草野气、锦衣玉食气,皆锄治抖擞,不令微细流注于胸次,而发现于毫端。……渐老渐熟,渐熟渐离,渐离渐近于平淡自然。而浮华刊落矣,姿态横生矣,堂堂大人相独露矣。"

李煜词中看不出皇帝象、富贵气,如他的《乌夜啼》"无言独上西楼",清人茅瑛《词的》评道:"绝无皇帝气,可人可人。"

读《礼记》札记

大戴礼记85篇,小戴礼记49篇,东汉郑玄为小戴礼记做注,得以流传。了解战国秦汉的儒家思想,要读《礼记》。

《礼记》49篇,大部分是记载儒家的礼,从思想史看,重要的是《大学》《中庸》,其次是《礼运》《乐记》《经解》《儒行》。

1.丧服经:

丧服经指服丧的有关礼仪。依照清阮元校刻的《十三经注疏》,《丧服经》包括《仪礼》中七篇文献(卷二八——卷三四),而《仪礼》中的另三篇文献《士丧礼》(卷三五——卷三七)、《既夕礼》(卷三八——卷四一)、《士虞礼》(卷四二——卷四三)与丧服也有关联。此外《礼记》中《丧服小记》《丧大记》《奔丧》《问丧》和《丧服四制》也与之有关。(孙:其实还有,如《服问》等)

晋宋之际,范宁是"丧服"大家,释慧远从他学"丧服",在佛法之外，也讲"丧服"，雷次宗从慧远学"丧服"。

丧服经是一种直接为社会生活服务的经学，无深奥的义理。

2.《大学》讲大人之学。

最有名的为第一节：大学之道在明明德，在亲民，在止于至善。

第五节解释《康诰》"克明德"、《帝典》"克明峻德"，"皆自明也"，是讲明明德，解释《盘铭》"苟日新，日日新，又日新"，《康诰》"作新民"，《诗》"周虽旧邦，其命维新"，应该是新民，故亲民即新民。第三节解释"惟民所止"，为说明"止于至善"。所以第一节意思是：要彰明德行，使人民新，止于至善。以善教民。

怎样教民呢？第二节讲了：

古之欲明明德于天下者先治其国，欲治其国者先齐其家，欲齐其家者先修其身，欲修其身者先诚其意，欲诚其意者先致其知，致知在格物。

治齐修诚致，是其次序。

后面各节分论正心、修身、齐家、治国。

是故君子先慎乎德。有德此有人，有人此有土，有土此有财，有财此有用。德者本也，财者末也。外本内末，争民施夺。是故财聚则民散，财散则民聚。

孟献子曰："畜马乘不察于鸡豚，伐冰之家不畜牛羊，百乘之家不畜聚敛之臣，与其有聚敛之臣，宁有盗臣。"此谓国不以利为利，以义为利也。

3.《中庸》讲一种中庸的哲学，最有名也是第一节：

天命之谓性，率性之谓道，修道之谓教。……喜怒哀乐之未发谓之中，发而皆中节谓之和。中也者，天下之大本也，和也者，天下之达道也。致中和，天地位焉，万物育焉。

天给人的禀赋叫性，遵循天性叫道，修明此道叫教。第二节开始讲中庸之道，只有君子才能实行中庸，有时讲中，得其中，舜"执其两端，用其中于民。"君子"和而不流"，"中立而不倚"。"天下国家有九经，所以行之者以也"（九经，九条纲要）。

接下来讲"诚"：

诚者，天之道也，诚之者，人之道也。诚者，不勉而中，不思而得。从容中道，圣人也。诚之者，择善而固执者也。博学之，审问之，慎思之，明辨之，笃行之。

诚是天赋的道理，学习诚，是做人的道理。圣人能不勉而中，不勉强就合于中庸之道。一般学习诚的人要择善坚持。博学、审问、慎思、明辨、笃行。

诚与中庸一致，都是天道。圣人能够不勉而中庸，一般人要学习，要择善坚持。

唯天下至诚为能尽其性，能尽其性则能尽人之性，能尽人之性则能尽物之性，能尽物之性则可以赞天地之化育，可以赞天地之化育则可以与天地参矣。

唯天下至诚为能经纶天下之大经，立天下之大本，知天地之化育。

最后总结圣人之道与中庸的关系：

　　大哉圣人之道，洋洋乎发育万物，峻极于天，优优大哉！礼仪三百，威仪三千，待其人然后行，故曰"苟不至德，至道不凝焉"。故君子尊德性而道问学，致广大而尽精微，极高明而道中庸，温故而知新，敦厚以崇礼。是故居上不骄，为下不倍，国有道其言足以兴，国无道其默足以容。诗曰"既明且哲，以保其身"，其此之谓与！

　　君子要修养自己，至天下至诚，合于中庸，是为极高明，尊德性而道问学，为先修养然后从事学问，达到极高明地步，再到中庸。

　　此章还有一些句子，"国家将兴，必有祯祥，国家将亡，必有妖孽"，"君子慎其独"，"凡事预则立，不预则废"，"登高必自卑"，杞、宋"不足征"、"君子动而世为天下道，行而世为天下法"（苏轼"匹夫而为百世师，一言而为天下法"从此出）、"仲尼祖述尧舜，宪章文武"。"溥博如天，渊泉如渊。……舟车所至，人力所通，天之所覆，地之所载，日月所照，霜露所队，凡有血气者莫不尊亲，故曰配天。"

　　4.《儒行》：

先讲儒服，"丘少居鲁，衣缝掖之衣，长居宋，冠章甫之冠"。

接着从各方面讲儒行：

自立、容貌、备豫、近人（难得而易禄，易禄而难畜）、特立、刚毅（可杀不可辱）、自立、仕、忧思、宽裕、举贤援能、任举、特立独行、规为、交友、尊让。

　　5.《礼运》：

主要包含大同与小康的表述：

　　大道之行也，与三代之英，丘未之逮也，而有志焉。大道之行也，天下为公，选贤与能，讲信修睦。故人不独亲其亲，不独子其子，使老有所终，壮有所用，幼有所长，矜寡孤独废疾者皆有所养，男有分，女有归。货恶其弃于地也，不必藏于己；力恶其不出于身也，不必为己。是故谋闭而不兴，盗窃乱贼而不作，故外户而不闭。是谓大同。今大道既隐，天下为家，各亲其亲，各子其子，货力为己，大人世及以为礼，城郭沟池以为固，礼义以为纪；以正君臣，以笃父子，以睦兄弟，以和夫妇，以设制度，以立田里，以贤勇知，以功为己。故谋用是作，而兵由此起。禹、汤、文、武、成王、周公，由此其选也。此六君子者，未有不谨于礼者也。以著其义，以考其信，著有过，刑仁讲让，示民有常。如有不由此者，在势者去，众以为殃。是谓小康。

何谓人情？喜怒哀惧爱恶欲，七者弗学而能。何谓人义？父慈、子孝、兄良、弟弟、夫义、妇听、长惠、幼顺、君仁、臣忠，十者谓之人义。讲信修睦，谓之人利，争夺相杀，谓之人患。……饮食男女，人之大欲存焉。

故人者，其天地之德，阴阳之交，鬼神之会，五行之秀气也。……故人者，天地之心也……

故天降膏露，地出醴泉，山出器、车，河出马图，凤皇、麒麟皆在郊椒……

6.《经解》：

孔子曰："入其国，其教可知也。其为人也，温柔敦厚，诗教也；疏通知远，书教也；广博易良，乐教也；洁静精微，易教也；恭俭庄敬，礼教也；属辞比事，春秋教也。故诗之失愚，书之失诬，乐之失奢，易之失贼，礼之失烦，春秋之失乱。"

这一篇最主要便是这一则。

7.《乐记》：

记几则：

凡音之起，由人心生也。人心之动，物使之然也。感于物而动，故形于声。声相应，故生变，变成方，谓之音。比音而乐之，及干戚羽旄，谓之乐。

乐者，音之所由生也，其本在人心之感于物也。是故其哀心感者，其声噍以杀；其乐心感者，其声啴以缓；其喜心感者，其声发以散；其怒心感者，其声粗以厉；其敬心感者，其声直以廉；其爱心感者，其声和以柔。六者非性也，感于物而后动。是故先王慎所以之者。

凡音者，生人心者也。情动于中，故形于声，声成文，谓之音。是故治世之音安以乐，其政和；乱世之音怨以怒，其政乖；亡国之音哀以思，其民困。声音之道与政通矣。

是故乐之隆，非极音也；食飨之礼，非至味也。清庙之瑟，朱弦而疏越，一倡而三叹，有遗音者矣。大飨之礼，尚玄酒而俎腥鱼，大羹不和，有遗味者矣。

人生而静，天之性也。感于物而动，性之欲也。物至知知，然后好恶形焉。好恶无节于内，知诱于外，不能反躬，天理灭矣。夫物之感人无穷，而人之好恶无节，则是物至而人化物也。人化物也者，灭天理而穷人欲者也。

天尊地卑，君臣定矣。卑高已陈，贵贱位矣。动静有常，小大殊矣。方以类聚，物以群分，则性命不同矣。在天成象，在地成形，如此，则礼者天地之别也。地气上齐，天气下降，阴阳相摩，天地相荡，鼓之以雷霆，奋之以风雨，动之以四时，暖之以日月，而百化兴焉。如此，则乐者天地之和也。

魏文侯问于子夏曰："吾端冕而听古乐，则唯恐卧，听郑卫之音，则不知倦。……"

故歌者上如抗，下如队，曲如折，止如槁木，倨中矩，句中钩，累累乎端如贯珠。故歌之为言也，长言之也。说之，故言之，言之不足，故长言之；长言之不足，故嗟叹之；嗟叹之不足，故不知手之舞之，足之蹈之也。（王国维"词之言长"）

8.《孔子闲居》：

子夏曰："敢问何谓三无私？"孔子曰："天无私覆，地无私载，日月无私照。"

9.《表记》：

子曰："以德报德，则民有所劝。以怨报怨，则民有所惩。诗曰：'无言不雠，无德不报'，大甲曰'民非后，无能胥以宁；后非民，无以辟四方'。"
子曰："以德报怨，则宽身之仁也。以怨报德，则刑戮之民也。"

《论语·宪问》或曰："以德报怨，何如？"子曰："何以报德？以直报怨，以德报德。"
孔子不同意以德报怨，主张最好是以直报怨。

子曰："虞夏之道，寡怨于民；殷周之道，不胜其弊。"子曰："虞夏之质，殷周之文，至矣。虞夏之文不胜其质，殷周之质不胜其文。"
子曰："……故君子之接如水，小人之接如醴。"

10.《礼器》：

君子曰:"无节于内者,观物弗之察矣。欲察物而不由礼,弗之得矣。"

此所说"观物",不是老子的观物,而是一般观物。

君子曰:"甘受和,白受采……"

甜味是各种味道的本味,可以接受调和;白色是各种颜色的底色,可以接受各种彩色。

11.《玉藻》:

君子之居恒当户,寝恒东首。若有疾风迅雷甚雨,则必变,虽夜必兴,衣服冠而坐。

父没而不能读父之书,手泽存焉尔。母没而杯圈不能饮焉,口泽之气存焉尔。

12.《学记》:

君子如欲化民成俗,其必由学乎!

玉不琢,不成器;人不学,不知道。是故古之王者建国君民,教学为先。

是故学然后知不足,教然后知困。知不足,然后能自反也;知困,然后能自强也。故曰,教学相长也。兑命曰"学学半",其此之谓乎!

古之教者,家有塾,党有庠,遂有序,国有学。比年入学,中年考校。一年视离经辨志,三年视敬业乐群,五年视博习亲师,七年视论学取友,谓之小成。九年知类通达,强立而不反,谓之大成。夫然后足以化民易俗，近者说服而远者怀之，此大学之道也。记曰："蛾子时术之。"其此之谓乎。

"蛾同蚁，蛾术即蚁术，喻积微成著。"

记问之学，不足以为人师。

记问之学，指记诵一些资料，而没有自己的见解。

13.《祭义》：

宰我曰："吾闻鬼神之名，不知其所谓。"子曰："气也者，神之盛也。魄也者，鬼之盛也。合鬼与神，教之至也。"

14.《婚义》：

是故男教不修，阳事不得，适见于天，日为之食；妇顺不修，阴事不得，适见于天，月为之食。

15.《乡饮酒》：

天地严凝之气始于西南而盛于西北，此天地之尊严气也，此天地之义气也。天地温厚之气始于东北而盛于东南，此天地之盛德气也，此天地之仁气也。

16.《聘义》：

孔子曰："……夫昔者君子比德于玉焉：温润而泽，仁也。缜密以栗，知也。廉而不刿，义也。垂之如队，礼也。叩之，其声清越以长，其终诎然，乐也。瑕不掩瑜，瑜不掩瑕，忠也。孚尹旁达，信也。气如白虹，天也。精神见于山川，地也。圭璋特达，德也。天下莫不贵者，道也。诗云：'言念君子，温其如玉。'故君子贵之也。"

韵语掬存

五　古

三月廿五日葬母于公墓，悲恸何极，感而吟咏①

荒丘一别后，青冢风雨潺。

春晖从此尽，寸草独凄凉。

老父暗吞咽，弱弟无依傍。

可怜团聚日，竟成永悲伤②。

软语犹盈耳，佯怒应满房。

偏失慈母爱，大厦倾栋梁。

盘飧何滋味，苦酒浇愁肠。

尊前少一人，唯有泪千行。

三更思亲梦，五内皆摧伤。

临明强忍泣，不语对骄阳。

烟花无颜色，柳絮漫轻狂。

泪眼看愁红，失声恸亲娘。

更堪清明雨，阵阵落轩窗③。

一九七九年三月二十五日

注释：

①母亲名王秀洁（1924—1979），一生为小学教师，曾任职于安庆双莲寺小学、依泽小学、大二郎巷小学。中年患鼻咽癌病，与病魔斗争近十年，于1979年2月5日病逝。

②父亲四清时被遣送回乡，1977年请长假回城。

③当时突然下雨。

五　律

采石怀李白

羁客杳然去，空余草木深。

山林埋俊骨，笔墨蕴天真①。

沦落百年事，凄凉方寸心。

燃犀如可见，入夜照诗魂②。

一九八三年八月二十五日

注释：

①李白诗"一曲斐然子，雕虫丧天真"，"清水出芙蓉，天然去雕饰"。

②晋温峤曾于采石燃犀角下照水族，又传说李白曾于采石入江捉月而死。予谓李白诗魂亦入水神之列，故合二传说而言之。

新年有感①

入岁乡心切，他邦景色新。

亲邻原散落，故国更无人。

皖水盈盈夜，龙山淡淡春。

忽闻归去客，伫立望车尘。

二〇一三年二月九日

注释：

①当时在杭州儿子家过春节。

七 律

上坟思母

十年雨雪泣山河，母子相依在网罗①。
病体岂堪摧折久，东风可奈鬓云皤。
常思懿范崇高洁，每记叮咛费砺磨！
今日北邙空酹酒，寒川瑟瑟泪盈波。

一九八二年清明

注释：
①母子当年皆在小教集训。

贺八一级壁报复刊　时任辅导员

美奂美轮今日会，彬彬四十八贤人。
移来南国三春色，酿就东篱九月魂。
小草凝眸含远志①，新松锐意入层云。
他年秀干终成栋②，余亦高张绿绮琴。

一九八四年九月二十三日

注释：

①《世说新语·排调》："于是人有饷桓公药草，中有'远志'，公取以问谢（安）：'此药又名"小草"，何一物而有二称？'"

②宋包拯诗："秀干终成栋，精钢不作钩。"

新居书房感赋

半世艰难筑屋迟，从㧑白发感书痴。

窗含秀水寻常绿，门掩修篁自在枝①。

坐久偏因观物老②，吟余正是忘筌时③。

抚琴欲令千山应④，味象何须挂席驰⑤。

二〇〇二年一月

注释：

①书房北边窗上绘山水，南边落地窗上绘竹丛。一作"山依秀水寻常绿，竹瘦斜窗深浅枝"。

②宋邵雍云："以道观道，以性观性，以心观心，以身观身，以物观物。"

③《庄子·外物》："荃（筌）者所以在鱼，得鱼而忘荃（筌）。蹄者所以在兔，得兔而忘蹄。言者所以在意，得意而忘言。"

④《宋书·隐逸传》："（宗炳）凡所游履，皆图之于室，谓人曰：'抚琴动操，欲令众山皆响'。"宗炳《画山水序》："圣人含道应物，贤者澄怀味象。"

⑤唐孟浩然《晚泊浔阳望香炉峰》："挂席几千里，名山都未逢。"

运河独行

寄食杭城儿女家，经年散步做生涯。

抛残典册难操翰①，已老此身松动牙。

三复运河观好景，周匝云树有昏鸦。

亲朋数月无音讯，拄杖归来半盏茶。

二〇一二年十二月十六日

注释：

①2012年后，基本不再从事学术工作。

吊祖保泉先生

我吊先生入道山，苍天无语路蜿蜒。

文心已逐长江远①，德业恒留大地间。

屡及蕙风相嘱咐②，常言人世有承担。

卅年教诲师恩重，绛帐迟回泪满衫。

二〇一三年十月五日送先生入道山，六日追记

注释：

①先生是《文心雕龙》专家，今两用其意。

②先生80年代就嘱咐我研究况周颐《蕙风词话》。

再咏散步

去年散步绕河行，今岁依然杖履轻。

场上风情纷烂漫①，堤边柳色未凋零。

白头更咏刘公赋②，青眼聊观天下人③。

屐齿归来光满壁，吾庐虽小且容身④。

二〇一三年十二月三十日

注释：

①场上：指西湖文化广场。

②刘公赋：指刘禹锡《陋室铭》。

③青眼：《世说新语·简傲》引《晋百官名》曰："籍能为青白眼，见凡俗之士，以白眼对之"。

④合陶渊明"吾亦爱吾庐"与戴叔伦"茅庐虽小可容身"。

中学毕业五十载聚会感忆

五十年间物候浓，艰难竭蹶又匆匆。

南方陋厂存身际，北国烟花映日红①。

往事如云还倦雁，风光不待白头翁。

同窗尽有缠绵意，碧桂园中笑语从。

二〇一五年四月七日

注释：

①一九六五年高中毕业，一半同学进大学，其中可能又一半考到北京重点大学，如清华、北师大等，没上大学的同学大部分进了安庆的小厂。

住杭三首·初到有感

客住他乡为养伤①，从头再办碗锅筐。
斜楼五十忙钻雨②，坐席寻常难见阳。
电器尚全唯有损，灶台置换更遭障③。
百般艰巨百般耐，我以安详致吉祥。

二〇一八年元月八日

注释：

①2017年11月，得病心脏大血管夹层，到杭州住进浙大二院重症监护室，万幸血管内膜自己结痂了，逃过一劫！从此住在杭州。养伤指此也。

②初到杭州，以每月三千元租一楼房，只有五十平方米，方向向东南，故曰斜楼。

③置换灶台，被维修人员以一"三无"产品诳了两千四百元。

住杭三首·养病

客住杭城为养伤，血糖血压竞乖张。
血糖巧遇名医愈①，血压犹疑施慧方②。
三载风尘坎壈去，两排义齿后前镶③。

今朝饭菜难吞咽，待晓寻医暴雨忙④。

二〇二一年七月二十五日

注释：

①第一人民医院俞灵莺主任医师，把我每天打的四针胰岛素改为口服药，血糖居然可以控制，省了我的大麻烦。俞字古写可以通愈，去声，治愈，此处双关。

②血压药氨氯地平降压好，但水肿，我从进口缬沙坦氨氯地平改为苯磺酸氨氯地平，最后改为国产施慧达（左旋氨氯地平），居然不肿了。

③二院牙科修复科主任贺瑞博士给我镶了假牙。贺医生的医术严谨、规范。

④台风"烟花"七月二十五日在杭州等地肆虐，暴雨狂风。

住杭三首·酷暑

客住杭城为养伤，寻常生计费周章。

渐长鬓发须推剪，入肉趾尖待削戕。①

奥疫疯狂人闭锁②，夏蒸酷热地颓唐。

桩桩竭蹶桩桩苦，犬吠太平盛世阳。③

二〇二二年八月二十五日初稿，九月四日定稿

注释：

①趾尖：脚指甲。戕：杀，转剪。

②奥疫：新冠肺炎变种奥密克戎。

③犬吠太平：太平犬吠，古人云"宁做太平犬，不做离乱人"。

悼邓师乔彬先生

惊悉先生入道山，苍穹肃穆地凝寒。

笔耕十卷无繁语①，讲诵千言有藻翰。

沪上当时聆教诲，羊城更后接熙颜。

杭湖申水夕朝至，无奈余今行路难②。

二〇一八年一月三十一日

注释：

①先生似乎对自己生命有个预感，匆匆把自己的文集出版了，名为《邓乔彬学术文集》十二卷。

②前注已说明我得病，医生叮嘱近期不得离开杭州。

悼皖生

我与皖生，同学而兼朋友，四十年无或间断，今其去，悼诗一首为送别，不及推敲也。

一纸电文黄橐去①，惊闻涕泪满天涯。

专攻党史时高论，发覆独翁近大家②。

腹有诗书颜穆穆，心无芥蒂语些些③。

君言最记阳台上，落照轻烟对啜茶④。

二〇一八年十月十四日

注释：

①张皖生绰号黄橐，大家都如此叫，不以为忤。

②独翁：指陈独秀。皖生后期研究陈独秀，有《陈独秀诗联集》，惜未出版。

③元稹任官远地，白居易写诗抒离怀："远地官高亲故少，些些谈笑与谁同。"

④我家阳台对下面平房，有人傍晚生煤炉，烟气上升，恰逢晚照，皖生认为特有烟火气。

一九六八年感忆　三首

一九六八年从小学代课教师被辞退，暂在街道服务队劳动，迄今整整五十年，感而有作

五十年前离教席，勉从街道暂栖身。

朝迎寒雨抬泥土，暮踩秋霜掸垢尘。

暗淡此生无愿景，蹉跎尽日失精神。

平庸代课原无奈，更有今天可奈人。

第二年秋开始大招工，所谓第一家者，指工人阶级领导一切也

金商而后时机变，尽人同侪第一家。

工服招摇过闹市①，单车呼啸落昏鸦②。

年轻不识浅深水，积重才知道路遐。

可叹残冬孤夜月，人间多少牖窗赊。

一九七八年大地春回，彻底改变人生，诗亦一气呵成

十年梦觉长江涌，消息如风进万家。

大地晴光燕子剪，高天淑气柳枝斜。

车床化作银蛇舞③，白日疑为散绮霞。

田舍郎今登翰院④，赭山红叶映宣麻⑤。

二〇一八年十一月二十七日

注释：

①当时都觉得工人阶级为领导阶级，改变成分了，故意穿油污工服上街。

②电机厂离城十里，人备一辆单车，我也花五十元买了一辆旧车，青年工人邀了一起骑车上下班，单车呼啸而过，惊起一路鸦鹊，引得田中农民嫉妒。

③备考期间，我车床不能停，甘小网钳工没事，天天站我车床边，戏说：考不取就"自挂东南枝"。

④宋儿童汪洙诗："朝为田舍郎，暮登天子堂。"登翰院谓当秘书，为皇帝起草诏书，借指大学文科。当时有说法，谓七七、七八级打算培养县级干部，勿谓作者忘形也。

⑤赭山红叶：安徽师大一景。宣麻：古时诏书的用纸。

七 绝

镜湖春思 三首

二月柔条二月花，淡如流水灿如霞。
离人不是怜肠断，短棹兰舟醉天涯。

伫立花阴远市声，波中柳榭自沉吟。
东风可惜伊人瘦？隔水吹来笑语频。

无赖春愁带远思，生憎叶底唱黄鹂。
一年一度杨花落，正是风筝欲上时。

一九八一年三月二十日

怀谢亭有感

怀谢亭前野草花，千枝万朵灿如霞。
东风无限关情处，高咏斯人莫怨嗟①。

注释：

①东晋镇西将军谢尚秋夜泛舟，听袁宏诵诗，大为赏识。李白感此，赋诗云："余亦能高咏，斯人不可闻。"

雨山湖饭店登楼

雨湖烟水韵依依，雾锁佳山日微微。
跃上十层骋远目，江城树色正芳菲。

一九八三年七月十八日

咏春　二首

春　风

梦别天涯若许时，惊回处处发新枝。
等闲识得神州路，淡扫蛾眉不自持。

春　雨

待得东风荣万树，更将喜雨湿千花。
江城日日须春色，好洒甘霖百姓家。

一九八四年一月十二日

贺《季节风》十年

一自东风拂槛后，新晴细绿照江城。
凝眸小草含远志，余亦擎杯向早莺①。

一九九九年五月十四日

注释：

①新晴细绿，小草远志，早莺等，都指当代大学生。

吴振洪先生印象

长街小巷出游勤，白发红颜步履新。
古锦囊中光五色①，皖山皖水养斯人。

二〇〇二年三月八日

注释：

①欧阳修、宋祁《新唐书》：唐诗人李贺，"每旦日出，骑弱马，从小奚奴，背古锦囊，遇所得，书投囊中"。

安庆一中六五届一班同学毕业四十年聚会，感而赋诗　六首

座谈会
四十年来各西东，艰难跋涉一体同。
白头回望浑不记，笑说当年小争风①。

春光苑留影
先生不动如风景②，弟子频移白发新。
"咔嚓"一声山水绿，春光苑里驻行云。

才　女③
才女文章尽可传，秋山落叶水凝寒④。

如何从后无新语？漫教童孙压晓鬟。

忆当年

当年胆气壮如虹，北大清华在囊中。
云水苍茫秋色冷，山花映得夕阳红。

周 子⑤

将船买酒白云边⑥，周子情高重当年。
三十余人同一醉，人生能得几回还！

卡拉OK

酒余饭足有余狂，也上卡拉OK房。
老太老头齐声吼，民歌会唱"像太阳"⑦。

二〇〇五年四月二日

注释：

①指当年同学之间的使气争风与少年男女之间朦胧的争风吃醋。

②先生指李玉美老师与倪世慧老师。

③当时班上有"四男不如一女"之说，四男指孙茂莲、罗益寿、查锦生与区区在下。

④"秋山落叶"与"水凝寒"乃该女生当年两篇文章中的精彩意境。

⑤周子：同学周坚卫，时任湖北省副省长。

⑥周坚卫带来湖北"白云边"酒，以飨同学，酒名出自李白诗句"将船买酒白云边"，李白当年曾酒隐湖北的安陆。

⑦到卡拉OK，汤锡光同学首唱《东方红》。

赠杨雨

杨花杏雨纷烂漫，诗意琴心最超尘①。

一缕茶烟天籁静，听君说讲女词人②。

二〇〇八年一月四日

注释：

①杨雨与赵晓岚在词学会即席表演会上表演提琴。

②杨雨赠送《解密李清照》书，有光盘可听。

感　遇

当时意气贯云稠，赢得三年老学囚①。

好枕苍霞观逝水，不拟重上雨中楼。

二〇〇八年七月十一日

注释：

①六十岁后，学校给我们三个老教授三到五年的延聘，实际延聘了四年半。

悼张晓陵君　四首

小试芜城谈天口，人生得意金陵王①。
一世功名何处也？石头城外水茫茫。

张子才高兼五史，法庭论辩更纵横。
二十余年驰骋过，得暇弄笔写兰亭②。

虎体熊腰称剽悍，激情澎湃是天成。
更有兰心一缕在，当年点滴话分明③。

运动论成生死验，染疴不辍俯卧撑。
劝尔小停驰骤步，人间怎奈夕阳沉④。

二〇〇九年五月二十三日

注释：

①芜城指我们读书的芜湖，张君后在南京任律师，人称"金陵铁嘴"。

②人谓张君"一流的律师，二流的教授，三流的书法家"。

③2008 年毕业三十周年返校，时张君已染疾，仍然论辩滔滔。

④张君主张"生命在于运动"，并终生实行之，得病后仍然每天做一百俯卧撑，同学有惋惜之意。

广州大学曾大兴教授赠我木棉诗，有"不作江干垂老行"之句，深得我心，感而奉和　二首

友人寄我木棉诗，铁干凌云红满枝。

绿叶何须回护力，南国老尽正风姿。

友人寄我木棉诗，洒落襟期更可知。

我欲因之浮大白，荒寒一洗见春时。

二〇一一年二月二十二日

附　录

曾大兴教授原诗：

辛卯年正月十一日凌晨，梦中得句："一树豪华照晚晴。"醒而思之，当是咏木棉者，因捉笔补成之。古人咏此花者甚多，不知有此句否？

一树豪华照晚晴，暮春景色最分明。

凭他壮大英雄胆，不作江干垂老行。

赵维江教授和诗：

春节后，曾大兴教授以木棉诗见寄，孙维城教授又有和作自安徽发来。二兄大作，咏物抒怀，性情真切，读后颇有同感，特步韵和之

其　一

一树豪华照晚晴，春情化火最鲜明。

英雄本色无须掩，羞煞众芳任我行。

其　二

是花似火更如诗，红艳无须衬绿枝。

谁道南风柔且弱，试看铁干拂云姿。

其　三

是花似火更如诗，豪放为何睹此知。

太白东坡千古后，春来精魄附云枝。

述　怀

老父曾吟肠断句：西湖山水满眼秋①。

我今策蹇行河上②，一样风尘自古愁。

二〇一二年九月十日

注释：

①我初中毕业时，父亲带我回乡看奶奶，贵池山水引人生悲秋之感，父亲感而吟黄梅戏《白蛇传》断桥一段，有"西湖山水还依旧，憔悴难对满眼秋"之句。

②我此时在杭州儿子家居住，早上在运河边散步，触类有感。

词

鹧鸪天

安庆杭州两地游，等闲离却世间愁。斯须天上秋阳媚，引得河中归棹留。 抛卷册，懒登楼。周颐廷焯且休休①。如今绕膝儿童戏，豁齿家翁更白头②。

二〇一四年十月十四日

注释：

①周颐廷焯：况周颐《蕙风词话》与陈廷焯《白雨斋词话》，都是我研究方向。

②时掉落两颗牙齿。

长相思

木樨香，银杏黄，杨柳依依暗夕阳，归飞宿鸟忙。 休轻狂，漫凄惶，人近悬车发自霜①，风桥点点凉。

二〇一四年十一月八日

注释：

①悬车：指七十岁。

苏幕遮 运河

早梅开，迟柳绽。料峭寒风，定是春来晚。破水归舟旅路远，南北匆匆，尽了家人盼。 运河边，行步缓。注目霾天，感慨流年换。嗟我于今成老汉，养病杭城，思念乡关遍。

二〇一八年二月二十五日下午四时

联

挽　母

河山哽咽，浩劫经年，婉晚春晖犹堪荣寸草；
书剑飘零，兰舟待发，叮咛慈语尚记嘱早归。

一九八二年春

代人挽女友①

华年可羡，不曾想玉陨香消。青山埋秀骨，千点泪流千点血；
往事难追，只落得神伤意恸。芳草忆王孙，一声肠断一声天。

约一九九二年

注释：
①应欧阳华英女士要求，为其挽女友。欧阳系我夫妻二人好友。

庚寅春节集句联

愿教青帝常为主^①；
不信东风唤不回^②。

一九八五年二月

注释：
①出自宋朱淑真《落花》。
②出自宋王令《送春》。

挽　父

翩然而来，翩然而去，沧桑回首，先翁原具深觉悟；
昔悲失慈，今悲失严，形影相依，人子可怜太难堪。

一九九二年十月二十五日

振翮亭联语

读五千年史，方寸犹钟天地气^①；
乘九万里风，水云好作逍遥游^②。

二〇〇〇年七月

注释：

①用宋文天祥《正气歌》语"天地有正气"，取读书（史）养气之意。

②用庄子《逍遥游》之典："鹏……水击三千里，搏扶摇而上者九万里。"喻志存高远，故能有人生大境界。

学校求才联语　应人事处之请

百年名校，巍峙西南，远绍皖江文脉①；
四海青衿，踵接阡陌，共襄龙镇风流②。

二〇〇二年十二月二十五日

注释：

②皖江：长江安庆段。

②龙镇：安庆大龙山镇，为安庆师范大学新校区所在地。

代亲属拟挽内兄刘先健

亲承绛帐，共沐春风，剩有弟子说遗泽①；
患难相依，音容顿杳，忍看娇儿悲失声。

二〇一二年二月二十七日

注释：

①先健南京大学数学系毕业，中学教师，课教得好，对穷苦学生尤其关心，一学生已是银行行长，先健病危，他一直陪伴身边。

自　娱①

栖身凤水龙山傍②，
得意唐风宋韵中。

注释：
①陶渊明《五柳先生传》：“常著文章以自娱，颇示己意。”
②安庆师范大学坐落宜秀区，有大小龙山、凤凰河。

二〇二三年元月一日追记

附录一　1978年高考录取中的一段往事

　　我出身于一个教师家庭，但是父亲已经于1964年以"历史反革命"身份回老家贵池唐田公社监督劳动。母亲也有历史问题，做人民内部矛盾处理，此时又身患鼻咽癌多年，1978年已经要人照顾，平时都是我下班照顾她。随着十一届三中全会的召开，政策有所松动，爸爸在唐田公社请三个月长假回安庆照顾妈妈，我可以腾出晚上时间复习迎考。我还有一个小我两岁的弟弟孙维士，此时在311地质队当工人，驻地安庆潜山县，不幸的是，他也身患严重的肾炎住院治疗，很快转为尿毒症，不幸于1985年去世。这就是我当时的家庭情况。我自己在安庆市手工业局所属集体单位五金电器厂当车工，离城十里路，每天早出晚归。这样一个糟糕的状况，我找不到老婆，一直到1976年才有一个姑娘愿意嫁给我，就是我现在的老伴刘先旺。我们于1976年结婚，第二年有了一个孩子。她在安庆市望江县凉泉公社卫生院工作，那时带着几个月大的孩子宁远在卫生院生活。

　　我自己的学习情况是这样：初中进了速成班，两年毕业，考进全国都有名的高中安庆一中，1965年高中毕业考大学，当时是"文化大革命"的前夜，狠抓阶级成分，由于我的家庭问题，所以尽管我当时理科考了平均81分，按成绩全国所有大学都能录取，还是名落孙山。后来我到小学当代课老师，进集体单位当工人。我们厂有一个优点，"老三届"初、高中生多，1978年他们复习迎考，把我也挟裹进去了。我犹犹豫豫，将信将疑的也复习起来。到报名时，我遇到一个难题，按当时的政策，我年龄大了4

个月。当时的政策也奇怪，老三届（指68届，67届和66届）不管年龄大小，哪怕40岁也不管。我比老三届的66届还高一届，必须按年龄1947年9月以后出生的才合格。我是1947年5月出生，大了4个月。报名时我只好填了1948年5月，他们也不管，我就顺利地通过这一关。但是我自己有点忐忑不安，就到厂政工科长那儿讲了这个情况，他很爽快地答应帮忙，第二天就给手工业局写了一个我出生于1948年的证明材料。

在厂里当车工，车床必须转起来，一点剩余时间也没有，晚上回家必须服侍妈妈，天天搞到九点钟，才能坐下来复习。天又热，我总是打一盆凉水，一手拿芭蕉扇，一手拿笔，赤膊上阵。又没有教科书，我已经高中毕业13年了，自己也没想到还有机会上学，所有当年的教科书都送到废品站去了。厂里一个66届的高中生好心借书给我看，他自己也要复习，所以都是规定时间要还。正因为没有更多时间复习，我选择了考文科。记得我复习地理拿的是初中两册地理书，所以考试时地理成绩最差，是77分。

考试顺利过关。过了一段时间，成绩下来了，我考了437.25分，其中数学是100分，是安庆地区的第一名。我亲耳听到当时安庆有线广播电台播出了这个分数，是安庆地区文理在内的第一名，但是没有播我的姓名，接着公布理科第一名，是一名在校生，分数比我低（当时一般理科比文科分数高），却播出了姓名。大概还是受"文革"思想的残余影响，我这样家庭背景的人是不值得，甚至是不应该宣扬的。当时的市招办主任是我们一中的老教导主任王康先生，他稍后说，我是安徽省文科第二名。这个成绩在当时安庆轰动了，一起参加考试的考生，尤其是老一中的学生都喊我"文魁"。市手工业局也很兴奋，整个大安庆包括八县的第一名出在手工业局，为他们长了脸。

但是我所在的工厂高兴不起来，这次达线的考生中，我们厂有四个，都要带薪上大学，是一笔不小的开销。不知出于什么心理，厂里派人外调我们，四个人中另一个叫朱式庆的也是家庭出身不好，厂里派人到我老家唐田和他父亲的劳改单位去外调。外调回来后，召集我们四人开会。召集人是厂革委会副主任彭某某，一个不知怎么上来的女青年。会上彭主任分别谈了我们四人的表现，记得她说我与反革命的父亲没有划清界限，还下乡去看望父亲，对朱式庆也有不好的评价。最后，她拿出一张纸，宣读了对我们四人各自的鉴定。鉴定按照"文革"中外调的惯例，写了一句"目前尚未发现有重大政治历史问题"。那两个家庭没什么问题的考生不做声，我和朱式庆跳了起来，强烈反对。我说："没有发现，那就是还可能有了？"彭主任说："那谁也不敢保证，你说怎么写？"我只好教育这个只有小学文化的彭主任，"这种格式是阶级斗争时，对有问题人的说法，我们是高考，怎么这么讲呢？不要我们上学吗？"她再问："你说怎么写？"我说："不好写就不写，把这句去掉。"最后彭主任终于勉强同意去掉这一句。会议不欢而散。

事情还没有完。第二天厂里派政工干事曹某某去市手工业局去找局里招生办，拿到我的高考履历表，当着局里经办人员的面，把我的出生年月改回了1947年5月。这就是不要我考取呀！局里经办人员很着急，说："年龄是多大我们不管，但是履历表是不能涂改的，涂改就作废了，这个全市第一名就无法考上了！"曹某某不管，丢下局里着急的经办人员，扬长而去。

据局里经办人事后向我讲，事情的发展是这样：他们很着急，因为下午就要把表交到市招办，于是他们决定找我要户口本，审查并重写我的年龄。当时只有厂里有电话，他们往厂里打电话，结果那天起大风，把电话线吹断了，电话怎么也打不通。他们决定到我家来核实户口本，从我的履历表上找到我家地址，两个工作人员到我家来了。可怜我那头上还顶着反革命帽子的老父亲吓得不轻，他又认定这些人是来害我的，高低不肯拿出户口本，说我把户口本带到厂里去了。经办人员又好笑，又无奈，再次决定到派出所去翻我家的档案。派出所一个年轻女同志接待了他们，听说我是安庆市第一名，非常热情地在大量的家庭档案中翻找我家的档案，终于找到了，翻出了我的年龄：1947年5月16日，并写了证明材料。事情在几个素不相识的善良人手上得到完满的解决。事后局里工作人员还不忘告诉我，这个女同志姓康，是市里一把手康兆郁书记的女儿。他们还告诉我，局领导说，如果这次高校不录取我，他们就把我调到局里当秘书。

接着是漫长而着急的等待录取时间，我天天按时到厂里上班。消息不断地传来。市招办负责人，我们原安庆一中老教导主任王康先生叫人告诉我，省里长途电话说：那个安徽省文科第二名被复旦大学要了。我这才知道，我是省文科第二名，同时对这样的好事降临到我身上，有点不相信。果然接着又有消息传来，对我的年龄问题，有人写了检举信，复旦招生人员决定不要我了。最后还是王康主任告诉我，我被安徽师大录取了，他并说:也是很好的学校。以后过了很长时间，我已经在安徽师大上学了，一次在路上见到王康先生，他告诉我，检举我年龄问题的人是我高中同班同学！真是人心叵测呀！这样，我不敢相信地进了安徽师大中文系，开始的一学期我怎么都适应不了，晚上睡觉总是梦到自己还在厂里上班。

后来，我大学毕业，分到安庆师范学院中文系当教师。多少年后，我已经是中文系主任了，一次在安徽师大中文系老师孙文光先生家，他夫人王老师告诉我，当年安徽师大录取我时也有争议。她当时是招生人员，有人说我年龄大了，她说：文科年龄大一点没关系。

我就这样以 31 岁的高龄进了大学，毕业分到安庆师院时，已经 35 岁了。此后的时间，我一路在赶，1997 年，我 50 岁，终于赶上了，评上了教授，当上了系主任，文学院院长，此后以我为带头人，评上了古典文学的硕士点，当上了硕士导师。在安庆师院工作 30 年，发表了 80 余篇论文，出版了 9 本书，同时也成为国内古代词学领域的比较知名的学者。这一切的得来，甘苦寸心知！同时也感谢我的亲爱的母校，给我提供了这样的舞台。

我对于当年有意或无意构陷我的那些人，并不恨，他们这样做，也许是那个时代的畸变。在这儿，我表示原谅他们，宽恕他们！我感谢当年帮过我的那些人，是你们的善良和正直，给了一个无助的人以出路。我相信善有善报！

40 年过去，弹指一挥间，其间景事如幻如烟，如昨梦前尘！梦醒后想到的是天道酬勤，所以张载《西铭》讲："贫贱忧戚，庸玉汝于成也"；天道也酬善！刘备教导儿子说："勿以善小而不为，勿以恶小而为之"。做善事，诸事顺畅！我庆幸自己从不作恶，故有后来小小的福报。

　　本文原作于 2018 年 2 月 11 日，原载《峰回路转——我们的 1978》

（人民出版社 2018 年版），修改于 2021 年 12 月 19 日

附录二 我的学术研究经历

这一辈子最大的遗憾就是没有读研究生、博士生，使得我在学术研究的道路上磕磕绊绊。我1982年从安徽师范大学中文系毕业，就分配到安庆师范学院中文系任教，先是教了九年的公共课"大学语文"，这也影响了我对学问的深入研究，没有研究方向，也没有良师益友的提醒。九年后开始教唐宋文学，算是教学与研究一致了。当然，我在教大学语文时，就自己摸索着搞学术研究，一直以来的学术研究都是磕磕绊绊的。现在把自己的学术摸索经历写下来，供大家参考。

（一）孟浩然研究是我学术研究的入门

在安徽师大写毕业论文时，我选择了研究唐代张九龄的《感遇诗》，是受到中文系老师的启发。老师要我们不要选择重要作家来研究，而要选择二三流的作家研究，可以起到事半功倍的效果。由于时间的关系，对张九龄的诗歌在大学没有研究透。到了安庆师院后，我又捡起这个课题继续研究，不知道怎样深入下去，只是增加了一些细碎的内容，把论文写成两三万字的篇幅。这就是没有良师益友的切磋与指导的后果，这篇论文始终没有写成，当然也就没有发表。在沮丧之余，我也发现了一个问题：由于张九龄研究，我接触到唐代另一大诗人孟浩然，在翻阅孟浩然材料时，我翻看了当代学者陈贻焮、傅璇琮先生的有关论文，一边学习他们的写法，一边也发现他们文中一些不够完善的地方，尤其在孟浩然进入长安的时间上可以做文章。于是又找资料，写出了《孟浩然入京事迹考》。因为有问题要讨论，这篇文章写得很快。写好后，我把文章寄给安徽师大我的老师祖保泉先生看，先生觉得谈出了一个问题，又把此文推荐给安徽师大学报主编陈育德先生，陈先生也认为可以，很快就在安徽师大学报上发表出来了。我知道这篇文章的发表与祖保泉、陈育德先生的推荐有很大关系，看出他们对学生有多么关爱！我如果说在学术研究上有一点成绩，与老师的关爱是密不可分的。后来，在学报工作的凤文学同学告诉我，没有两位老师的推荐，一个刚毕业两年的本科生，想要在安徽师大学报发表文章几乎是不可能的。文章发表后，我初生牛犊胆大，又把刊有此文的学报寄给了陈贻焮、傅璇琮先生，真是异想天开！然而没有想到的是，两位前辈居然都给我回了信，信的内容一样，都说现在学术兴趣转移了，不参加讨论了；你尽管大胆的写出自己的观点吧。表现出两位前辈学者的虚怀与宽容，令我激动不已！我觉得，我们向前辈学者学习的，首先是这种虚怀与宽容，正是由于他们的虚怀与宽容，才造成了那段时间的宽松学术环境。事情还不止于此。一年后我无意中发现，在《1984年唐代文学研究年鉴》上"初唐文学研究"的文章中提到了我的这篇文章，作者是葛晓音。我知道葛晓音是陈贻焮的高足，文章在孟浩然研究部分首先说："在这一年的孟浩然研究中，孙维城的《孟浩然入京事迹考》值得注意。"接着用一页纸的篇幅介绍了我的文章内容。我估计，这一评价是陈贻焮先生做出的，或者是陈先生启发葛先生做出的。我感动得不得了，前辈学者是这样提携后学的。我当时是一个本科毕业才两年的毛头小伙，居然与先生商榷，先生不以为忤，还尽量提携，令我终生难忘！当然，这篇文章也是有所长的，一直到今天，学术界都没有忘记我这篇文章，在讲到孟浩然入京事迹时，都会提到我这篇文章，俨然成为孟浩然入京事迹的一种观点。

这是我学术研究的入门之作，此后到1995年之前，我还写了几篇文章，如《〈谈龙〉小议》《对〈大学语文选讲·采薇篇〉的几点意见》。这两篇同样是与别人商榷，前一篇与同样是大学者的周振甫商榷，后者是与华东师大一位老先生程俊英先生的商榷。由于没有研究方向，我就只能与别人商榷，表现自己初生牛犊的莽撞。我很快就体会到这种商榷的毫无意义，写出来供和我当年一样的年轻学人参考。这里主要问题一是要找到自己的研究方向，才不会浪费时间；二是不应有意的与学术界尤其是大学者商榷。这些大学者时间宝贵，他们的功力不是表现在一些枝节问题上，如陈贻焮先生较早对孟浩然进行全面的研究，为学术界对孟浩然的研究打下基础。认识到此后，我再没有商榷之作，这也许有些矫枉过正。

（二）况周颐研究使我打下了学术研究的基础

1985年兴起助教进修班热，我考上了华东师范大学中文系古典文学助教进修班。这是一个研究词学的进修班，我到华东师大进修一年，算是找到了研究方向——词学，但是仍然没有具体的楔入点。助教班结业后，一次偶然的机会，我回母校出差，顺便到中文系原主任祖保泉先生家玩，与先生谈起词学，先生郑重地向我提出，可以研究清末词人况周颐的《蕙风词话》，他说："《蕙风词话》学术界很重视，但是都是引用况氏的词话条目，还没有人对《蕙风词话》进行系统研究。你现在开始研究，十年后，你就是这方面的小专家。"先生喜欢用小专家、小皇帝、小元帅这样的称谓，今天回想起来，先生的语气神态还历历在目，而先生已经故去几年了，愿他在天国安康！我在先生的追悼会上写了一首悼诗，特意提到先生嘱咐我研究况周颐：

> 我吊先生入道山，苍天无语路蜿蜒。
>
> 文心已逐长江远，德业恒留大地间。
>
> 屡及蕙风相嘱咐，常言人世有承担。
>
> 卅年教诲师恩重，绛帐迟回泪满衫。

先生是我的恩师,是我的学术引路人,尤其他嘱咐我研究况周颐,表现出他的学术素养与学术眼光,以及以学术为天下人的学术的高尚情怀!我按照先生的指示,埋头在《蕙风词话》的研究中,历时七八年,写出并出版了《况周颐与蕙风词话研究》小册子。近年来况周颐研究成为热门,而即使在现在,学者们的研究视野还是停留在况氏生平及作品的考证上,我已经先行一步了;而对于况氏词话的词学内容研究,到目前为止,还只有我的这本小册子,我可以告慰先生了。

我对于况周颐《蕙风词话》的研究,从生平考证到年谱撰写再到词话美学意义的揭示,对自己是一个学术上较全面的学习与磨炼,经过这番磨炼,我感到自己终于打下了学术研究基础。这本小册子从今天看,生平年谱的考证只有一处没考出来。对于词话在古代文论与古代美学的方方面面,我当时是一边学习,一边吸收,如重拙大、词心、意境等都是如此,今天来看也没有大的错误。我当时每写一部分都寄给祖先生看了,有先生把关,我心里也放心。这部书稿浸透了先生的心血!我虽然没有读研究生,实际上是先生的第五个编外研究生。我自己这样看,许多同事也有这个看法。

(三)王国维《人间词话》研究使我的研究上了一个台阶

况周颐的《蕙风词话》研究使我在古代文论研究、作者生平考证、年谱撰写等方面作了比较全面的训练,打下了学术研究的基础。但是,写出的文章基本在安庆师院学报上发表,只有《况周颐简谱》在安徽师大学报上发了(还是祖保泉先生推荐的),在论文发表的杂志级别上不高,没有国家级及国家级重点杂志,从范围看,也没有冲出安徽,这可说是我学术研究的瓶颈。我在接着的王国维研究中就注意到这个问题,王国维《人间词话》的研究使我的研究上了一个台阶。

我在《蕙风词话》研究时已经注意到其人理论的学术框架,在《人间词话》研究中，我同样注意到这个问题。我觉得王氏境界说的贡献在于划分了境界的层次，从而建构了境界说的理论体系。在托名樊志厚撰写的王氏《人间词甲稿序》中，他说：

> 文学之事，其内足以摅己，而外足以感人者，意与境二者而已。上焉者意与境浑，其次或以境胜，或以意胜。苟缺其一，不足以言文学。原夫文学之所以有意境者，以其能观也。出于观我者，意余于境。而出于观物者，境多于意。然非物无以见我，而观我之时，又自有我在。故二者常互相错综，能有所偏重，而不能有所偏废也。

这儿，王氏以能观的理念以及观我、观物的不同维度划分了境界的三个层次："观物者，境多于意"的"以境胜"层次，"观我者，意余于境"的"以意胜"层次与"意与境浑"层次。以此为框架，我写了《传统文化与王国维境界说体系》一文，按照省教育厅下发的杂志等级目录，寄给了中华书局的《文史知识》。这在省教育厅下发的杂志级别目录中属国家级，按照我省的评职称规定，评副教授要一篇国家级论文。1993年6月评职称正在热火朝天地进行，就是在评审过程中，我收到《文史知识》当年的第5期，我的《传统文化与王国维境界说体系》一文赫然在目，而且是放在重点栏目中发表的。但是1993年的评审已经来不及了，只有等来年吧！文末的责任编辑是厚艳芬。我后来在一次学术会议上遇到了厚艳芬，一个不到30岁的女孩子。她编发了我的文章，我的第一篇国家级论文，她是我的伯乐！我后来发了许多篇国家级、国家级重点论文，但是这类论文的第一篇是一个小女孩发现的，谢谢厚艳芬！愿她幸福！

以后很快，我在《文艺研究》这一国家级重点杂志上发了另一篇有关《人间词话》的论文：《对王国维"隔"与"不隔"的美学认识》，发表在《文艺研究》1993年第6期。这是我的第一篇重量级的文章，《文艺研究》是国内文学及艺术的重要杂志。在这篇文章中，我阐述了三个方面的内容，第一，"隔"与"不隔"都指的是一种境界，而不隔正是一种无我之境。第二，"不隔"是人与自然的无碍无隔，王国维用"意境两忘，物我一体"，"不知何者为我，何者为物"反反复复加以说明，指妙悟自然，物我两忘的心灵与宇宙高度浑一而互化的境界。"物我一体"指物与我的统一，"意境两忘"指主客的互容互化。周邦彦《苏幕遮》词"叶上初阳乾宿雨。水面清圆，一一风荷举"，王国维赞为"能得荷之神理"，是为"不隔"。此句写出雨后初阳逐渐晒干荷上宿雨，又清又圆的荷叶由于水珠渐渐消失而渐渐在风中举起。动态地，细腻如发地表现了荷的神韵，见出观物之深，状物之神。作者心中没有存了一个以荷表现人的精神品貌的想法，没有比兴寄托，比德象征，不同于司马迁《屈原贾生列传》以荷赞屈原、周敦颐《爱莲说》以莲比君子；只是全身心地沉入宇宙大化中去，才能够自由地表现荷花中有我，我中有荷花的大自然与我相融相浑，莫辨彼此的神境，表现人类与大自然共有的生命本体。这才是"不隔"之境。第三，"隔"是自然景物的意象化。王国维认为，隔有缺点，但仍然是艺术。"隔"作为中国艺术的独特审美形态，作为自然景物的意象化表现，应该加以肯定。首先，王国维肯定了严羽的水中之月、镜中之象，就是对"隔"的肯定。其次，王国维对主观意识过于强烈、从而冷落、疏远了自然的"隔"，做了有分寸的批评。复次，王国维对于语言上的雾障造成的"隔"予以全盘否定。《对王国维"隔"与"不隔"的美学认识》一文受到了学术界的肯定，尤其指"不隔"是人与自然的无碍无隔得到不少肯定。我看到两本对《人间词话》近百年评论摘编的书，作者是周锡山和刘锋杰，都引用了我这篇文章的有关论述。我后来对王国维与刘熙载的继承关系的论述，从而论证王国维的《人间词话》继承的是传统思想的文章：《〈艺概〉对〈人间词话〉的直接启迪——王国维美学思想的传统文化精神》，同样发表在《文艺研究》1996年第3期上，就不赘述了。

我对王国维《人间词话》前后研究了10年，其间一些文章发在国家级或国家重点级杂志上，比起前一时期可说上了一个台阶，没有这一步，就还是打基础而不是升级。这一个台阶可说是我的学术研究走出了瓶颈，走向了广阔的空间，走向了学术研究的成熟。

（四）宋韵的研究使我从纯理论走向了宋词研究

以上的研究，除孟浩然研究外，可说都是文学理论研究。一个偶然的机会，我看了叶朗先生的《中国美学史大纲》，尤其宋代美学中对"韵"的追求的论述，想起10年前在华东师大进修时注意到时人对张先词的"韵"的评价，写过一篇有关张先词有韵味的文章，其实，当时我对张先词的韵味一说没有深入的了解。叶朗在书中几乎全文引录了宋人范温谈"韵"的文章。我结合以前在华东师大进修时，翻遍一本唐圭璋先生笺注的《宋词三百首笺注》，只有张先词的引文中有晁补之与李之仪二人用"韵"来评价张先词，一下豁然明白了。第一，范温指出"韵"的定义是余味不尽，是最准确的定义。黄庭坚、范温等人用韵来评价古代的绘画，就是因为绘画最能体现余味不尽。黄庭坚、范温、晁补之、李之仪等人都是苏轼的门下士，这可以看作是苏门一致的美学要求。第二，宋代文学门类中，文是记录圣人的言论的，属于最高的文学门类，诗也要言志，是次于文的文体，只有词是小道，宋人称为谑浪游戏，欧阳修记载钱惟演说："坐则读经史，卧则读小说，上厕则阅小词。"宋词的这种"厕所文学"的地位反而使它保留了抒发情感的权利，在道貌岸然的宋代文学中保留了一块言情的土壤，而言情恰恰是文学的基本特质，需要有余不尽。这就是宋人在词中强调韵味的原因。第三，张先曾经鼓动苏轼写词，是苏轼的前辈。张先与柳永同时，都是词人，柳永的词，宋人觉得品味太低（其实柳永也有一些写得很雅的词，苏轼称为"不减唐人高处"），他们更提倡张先的词，这就是晁补之、李之仪在文中提倡张先的原因。于是我陆续写出了《宋韵的人文精神及其在宋词中的体现》，发表在《中国韵文学刊》1997年第1期；《论宋玉〈高唐〉〈神女〉赋对柳永登临词及宋词的影响》，发表在《文学遗产》1996年第5期；《论张先"以小令作法写慢词"》，发表在《安庆师院学报》1997年第2期；《"晋宋人物"与姜夔其人其词——兼论封建后期士大夫的文化人格》，发表在《文学遗产》1999年第2期。《凄美之韵：秦观词"以身世之感入艳情"》，发表在《东方丛刊》2001年第1辑；《宋代咏物词与赋比兴》，发表在《文学评论丛刊》第2卷第2期（1999年）上。并以这些文章为基础，写出了《宋韵——宋词人文精神与审美形态探论》一书，这是一本以"韵"为核心的唐宋词史，陈伯海先生在书的序言中说："全书紧扣'韵'的建构来展开其方方面面的论述，纵贯晚唐五代以迄两宋数百年间词的变化历程，于是宋词便成了'宋韵'的鲜明体现，而一部唐宋词史也就显形为'韵'的衍生史。这不能不说是作者创意之所在。"这一研究使我从文艺理论研究走回了文学文本研究。

在任职教师的最后10年，我觉得自己在学问的道路上还有古文标注与点校没有尝试，在学校号召研究乡土文学的指引下，我申报了教育部古籍整理项目《桐城派马其昶文集点校》，后来又参加了清史大型项目《桐城派名家文集点校》中马其昶与贺涛文集点校的工作。

总结这一生，在学术研究的道路上，我作过点校、考证、年谱及古代文论和文本研究，算是比较全面的了。从研究的过程看，也还差强人意，从孟浩然研究的学术入门，到况周颐《蕙风词话》研究的打下基础，再到王国维《人间词话》研究的上一个台阶，再到宋韵研究的从理论到文本，最后搞了点校这一基本学术训练。每一步都走得踏实，基本没有走弯路。缺点是每一步都花了七八年到十年的时间（除孟浩然研究），算是比较缓慢的，其原因当然是没有读研究生，全凭自己摸索，磕磕绊绊地一路走来。其中实际还少不了一些人的帮助，否则连这样的成果也难以取得，最重要的是祖保泉先生的帮助，所以有人说我是祖先生的编外研究生。感谢祖先生！愿他在天之灵安好！

谨以此文献给中文78级入学40周年纪念。

孙维城　2018年7月9日

编后记

　　孙维城先生是我的老师。读大学时，我跟听了孙老师给本科生和硕士生讲授的全部课程，算起来已经过去十多年了，是孙老师引导我迈入词学研究的门径。在拙著《唐宋词心解》第一版的后记里，我曾说想将小书作为献礼孙老师七十寿辰的礼物，一转眼，老师将届喜寿之年，承蒙信任，有幸能为老师的这本文集做些编校工作，老师要我撰写序言，作为学生，我实在不敢答应，多次推辞敬谢，但非常乐意在此略记编印的经过，也借机重温跟随老师学习的美好时光。

　　早在三十多年前，孙老师就以精研况周颐闻名学界，后来转向宋代词学研究，所著《宋韵——宋词人文精神与审美形态探论》影响很大，被列为不少高校唐宋文学专业研究生的必读书目。当孙老师再度回顾、重新拾起早年研讨王国维的旧作时，他开始有意识地将《人间词话》和《蕙风词话》以及《白雨斋词话》置于比较的视野之中加以观照，那时候网上购书还不太便捷，老师常让我帮着代买些资料，也是那段时间，我有机会集中向老师请教，同他推敲学问。临近退休，孙老师终于拿出他十分得意的代表作《千年词史待平章——晚清三大词话研究》。

　　孙老师的文字清通优雅，虽说词总体以绮柔婉约为本色，但他赏评研考词学的篇章，却充满刚健和向上的气象，像《宋韵》一书，还有《张先与北宋中前期词坛关系探论》等著作，其中不少佳篇、佳句，我至今犹能成诵。学术写作之外，孙老师也时发吟咏，在博客流行的一段时间内，他更新博文的频率也很勤，因此积稿颇丰，由网络转载入纸面，多数都呈现在这本《味象书屋零稿》中了。文集所分三个部分，是据我的提议而定，书名原拟名"丛稿"，孙老师坚决不许，他觉得叫得太大，还是称"零稿"更符合这些文字"小"的现实。我想到刘熙载评价五代词，曾说它们"虽小却好，虽好却小"，"零稿"所见者小，但却亲切可爱，给人的启发也未必就小。

文集第一部分"韵语掬存"和第二部分"博文论学"，本来按照写作时间先后排序，我通读几遍后，征得孙老师的同意，在编排时稍作了一些调整：诗词以体裁分类，同一体裁内再依时为序；博文则据大致主题归类，论学、赏评、随感之什在前，序跋、书评在后。第三部分"研余随记"中偶有与第二部分重复者，也就删略不存了。没想到这些"碎金"，也有九万字之多，它们或是一霎心绪的留痕，或是长久思考总结的经验，孙老师谦虚谓之"敝帚自珍"，但在我看来，很多篇章颇有"金针度人"的价值。《千年词史待平章》出版之际，我第一时间拜读全书，做了大量笔记，后整理成一篇书评，收入王兆鹏先生主编的《宋代文学研究年鉴（2010—2011）》，老师阅后不以为浅陋，当时还把它贴到博客上，也拟编入此集，但我觉得文集是老师自家文字的汇编，拙评混进来倒有"乱入"之嫌了，再者还有众多学者评论过老师的著述，那些好文章也都没有采录，拙评亦舍之为宜。

说实话，文集里的一些诗词和短文，我也是第一次读到，这些"为己之作"更丰富了我对老师的理解。2005年我刚进大学没多久，某天辅导员来告："孙院长要你去他办公室一趟"，我颇觉疑惑，不知会有什么事，甫进院长办公室，即见一位老师对着面前一个堆笑鞠躬的学生正色言道："读书人不要这样卑躬屈膝！"我在门前一愣，那位老师移目过来，问："你是哪个？"我报上姓名，他立刻道："你怎么这样糟蹋自己？！"我一时受惊，又摸不着头脑。原来这位老师就是孙维城院长，他了解过我的情况，觉得我基础不错，应该考到更好的大学。我得知原委，深为孙老师这特别的关心和"棒喝"所感，他赤忱直率的性情在我内心留下深刻印象。在我看来，孙老师是典型的"望之俨然，即之也温，听其言也厉"，他爱憎分明，对学问一丝不苟，对不平之事一毫不容，但对学生却愿给以最多的爱惜和眷顾。

孙老师在中文系开设的"唐宋文学"专业课，最受同学们的欢迎，我作为一个"蹭课生"，每次因去得早，总能踞于第一排。孙老师讲课以其投入，故极精彩，我现在仍能想象那时他用微带口音的普通话讲课的样子并模仿出来。他在学校老校区给几位硕士生讲授的"词学研究"专题课程，我也跟着学习了一两个学期，每次下课后都会陪着他一道回家，多数时候至送他上楼进门后始返，还有几次我们就在他家楼下站着聊天，完全不觉得时间过得很快。现在想来，正是每次由校还家的一路追陪，足以说得上是"亲炙"了。

这本《味象书屋零稿》收录有一篇孙老师为学校老教授吴振洪先生《迎翠楼诗词》写的序言，虽是以评介吴老诗词为主，但却属极好的志人之作，传神之笔在在。再读此序，我又回想起安庆师范学院以前有不少经历相当特殊的老先生，一次孙老师命我去古籍所退休教授徐凌云先生家给他送新出的学报，我因此有幸得聆徐老謦咳，徐老是很有成就的古典戏曲专家，此前我却不知他曾师从胡小石、罗根泽等前辈学者，也不知他还在社科院文学所工作过，并担任何其芳的秘书。当然，那时我也不会料到多年以后自己也成为文学所的一员。

孙老师退休后不久，即从安庆搬到杭州定居，读书颐养，乐享天伦，从他的诗里能够看出，晚景优裕从容，充满幸福欣慰。京杭两地相距千里，又兼疫情阻隔，近些年很少寻到机会去看望老师，不过此番整理文集，似乎又找到些许当年陪同老师步行回家的感觉。

好友冯松先生、魏文杰先生和范荃荃女士为设计、印刷这本文集，花费了很多心力，他们乐于成全我的这点心意，真不啻一种"加持"。我在社科院文学所的老师王筱芸教授，是词学大师唐圭璋先生高足，不唯学问精深，书法亦极高明，她特别用心地题写了书名，文集由此也增添了更多孙老师最善体察也最能会心的"韵味"。

谷　卿

2022 年 12 月 29 日谨记于古运河北端

补　记

　　没有想到《味象书屋零稿》如此受孙老师重视和喜爱，书印成后不多久，很快也就赠送殆尽，但还有很多孙老师的朋友、学生等希望获得赠阅。孙老师大概对它是"一日三摩挲"，不仅校看出了若干编印舛误，更产生了增补一些内容、交付出版社正式出版的想法。月前孙老师来信，高兴地告知我他已决定在安徽师范大学出版社把这本"零稿"好好地出一下，结构上略作调整，仍分四部分：一是"宋代文学简说"，二是"博文论学"，三是"研余随记"，四是"韵语掬存"，最后是附录文字，内容较之此前已多了四万余字。如此再看这份充实丰富的"零稿"，竟显得有些"名不副实"了。感谢责任编辑李克非先生的努力，使孙老师这本书能够被更多的读者看到，也让孙老师严谨为学的精神被更多古典文学研究者和爱好者感知到。

2024 年 1 月 12 日

后　记

　　这本书经过了很曲折的过程。2022年底，我忽然想将自己写的诗词找个印刷厂印一下，我就和我的得意学生谷卿博士提了一下，他说：我帮你做，也有印刷厂印。我想这样更好！不过我的诗只有50来首，太少了。于是和谷卿商量，能不能把我写的一些谈学术的博客放在后面？不过这些文章太杂乱。他说："我帮您整理。"我另又找了一点学术随记，就形成了这本书的初步轮廓。于是我提供材料，全部都由谷卿选文、整理、排版，甚至连书名"味象书屋零稿"也是他起的，花了他大量时间。我心里很不安，因为谷卿现是文化部艺术研究院中国文化研究所副所长，业务繁忙，为我的事耽误了他大量的休息时间。后来他又请他的博士后导师，中国社科院文学所王筱芸研究员为我题写了书名，题字刚健又兼娟秀，我特别喜欢！他的三位朋友冯松、魏文杰、范荃荃也"加持"其间。这本书也由谷卿找印刷厂印出来了，十分精美！我要感谢谷卿和他的老师王筱芸研究员和他的三位朋友！谢谢！

　　到了2023年，我对这本书没有找正规出版社出版还是有些遗憾，于是又找出版社出版，我的大学同学汪鹏生帮我联系了安徽师范大学出版社，出版社经过审核后答应出版，满足了我的这一愿望。我要感谢出版社老社长汪鹏生先生，感谢社长张奇才先生的支持，感谢责任编辑李克非先生的精心编辑，李老师认真负责，精细周到，也很宽厚，我有时急了，他也不生气，还是耐心讲解。谢谢李老师！

最后我还要感谢我的工作单位安庆师范大学人文学院，感谢安庆师范大学皖江文化数字化保护与智能处理重点实验室的帮助！谢谢！

孙维城

2024 年 4 月 12 日